エノケンと菊谷栄

昭和精神史の匿れた水脈

山口昌男

晶文社

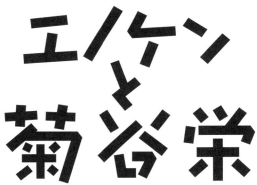

表紙イラスト：山口昌男
編　集：川村伸秀
装　幀：大森裕二

目次

第五章　『歌劇』を読む　宝塚少女歌劇のアルケオロジー

第六章　エノケン・レヴューの栄光と悲惨

第七章　菊谷栄戦場に死す

付　録

凡例

一、本書は、平成二十五（二〇一三）年三月十日に鬼籍に入られた著者・山口昌男の未完の遺稿である。
二、本書で扱っている時代を考慮し、年代は元号を用い、適宜（　）内に西暦を示した。但し、海外の出来事に関しては、西暦で示し、（　）内に元号を示した。
三、旧漢字・旧かな使用の古い文献の引用は、新漢字・旧かな遣いとし、読みにくい漢字にはルビを付したが、原文にルビのないものは新たに加えたものもある。その際は新かな遣いとした。但し、舞台・映画のタイトル及び楽曲のタイトルについては、引用文中のものを除き、現代表記に統一した。
四、原稿では、人名に付された「氏」の扱い方が不統一なことと既に鬼籍に入られたかたも多いことから、本書では編者（川村）の責任で敬称はすべて省略した。
五、原稿では、引用文中の著者の註釈は（　）で示されていたが、引用文内の（　）と区別するため、〔　〕で表記した。
六、頻出するエノケンの所属した劇団「カジノフォーリー」の表記に関しては、資料によって「カジノ・フオーリー」「カジノ・フオリイズ」「カジノ・フオリー」等々と異なっている。本書では、当時の劇団のちらし等に「カジノフオーリー」とあることから、この表記を採用した。その際、「オ」は促音を大文字で表す旧カナ表記なので、現代表記に改め「カジノフォーリー」とした。但し、引用文中にある表記はそのままとした。
七、引用文は、可能な限り原文にあたり出典を確認したが、佐藤文雄談、中村是好談、和田五雄談とあるものについては、直接本人たちから話を聞いたものである。このうち佐藤文雄に関しては、著者の資料中にワープロ打ちしたインタヴュー原稿が残されていたので、それにより確認した。中村是好、和田五雄の発言に関しては不明なため、原稿のままとした。
八、引用文中には、現代では不適切とされる表現も含まれているが、歴史的、資料的価値を考慮し、そのままとした。読者のご寛容を願いたい。

第一章　菊谷栄の生い立ち

青森での少年時代

菊谷栄（本名・栄蔵）は、明治三十五（一九〇二）年十一月二十六日、東津軽郡油川《あぶらかわ》村大浜に、父英太郎、母フユの二男として生まれた。母方の伯父・田中宇一郎は、菊谷の生家の近くに住み、子供がなかったため菊谷を我が子の如く可愛がった。実際には入籍しなかったものの、菊谷は養子に近い形で田中家に引き取られ、幼少時は伯父の家と生家を往復するような形で生活していた。伯父は多趣味の人だったので菊谷は物心つくやいなや、芝居見物や音曲に親しむ機会を与えられた。

明治四十二年に油川小学校に入学した菊谷は、五年生の頃からテニスに親しむ程のスポーツ少年だった。また伯父の感化によるものであろうが、この頃から薩摩琵琶を好んで聞いたというから、音曲の方面に対しては早熟だったと言えるかも知れない。

大正四（一九一五）年、菊谷は青森県立青森中学校（現・青森県立青森高等学校）に入学、翌五年には陸軍幼年学校を受験したが失敗した。中学時代の学科では英語・数学が得意であったという。三年生の頃から絵画に興味を持ち、教官石野隆の指導を受けた。後年の画学生の萌芽がここで始まる。たぶん高価な油絵具も田中伯父によって惜しむことなく与えられたのであろう。

中学時代の学友には、同じ油川町の出身で、往復五里（約二十キロ）の道程を共に通学した泉文一らがいる。冬は青森市栄町や新町通りにある親戚の家に下宿した。テニスはテニス部に所属して中学時代も続けた。「テニスはうまかった」と友人の三橋皓太郎は座談会「おらだぢのケヤグ栄ちゃん」（昭和四十三年九月二十二・二十三日、青森市民会館、篠崎淳之介作・演出『ツガル・ロマンティーク陽炎の唄は遙かなれども』上演パンフレット）で証言している。

中学時代の友人の何人かがのちに菊谷と共に上京して、本郷森川町にあった下宿屋総州館にたむろするに至る。そのうちの一人で、のちに菊谷の妹すゑと結婚する伊藤良平は、油川出身で小

◉油川町大浜の菊谷栄の生家

◉テニス部、前列の右から二人目が菊谷栄

さい頃からの知り合いであった。伊藤は菊谷を偲ぶ先の座談会の中で、「家も近所で、商業〔学校〕へ行って、野球やテニスを一緒にやったわけです」と語っている。

現在、青森市で文具店を手広く経営している三橋との知り合い方は少し変わっている。三橋が中学へ入学した頃、三橋は見習い奉公をしながら通学していた。入学試験の時、鉛筆も消しゴムも持たずに学校へ行って、三年生の菊谷たちのクラスから筆記用具を失敬してきて答案を書いた。それがバレて、菊谷が代表として撲りに来たが、そのまま仲好くなって、後年三橋も菊谷について行くような形で上京するに至った。また、今日東北タンクの社長をしている横内忠作も中学では一級上で、菊谷とは仲が良かった。

こうした雰囲気からも察せられるように、菊谷は面倒見がよく、何となく級の上下、学校の相違を問わず、すでに中学在学中ながら菊谷コネクションとも言うべきものが出来ていた。そうした仲間が、のちにそのまま菊谷を押し立てて、エノケンの周りに集まることになったのである。

菊谷の芝居への関心は、すでに述べたように多趣味の伯父田中宇一郎によって早くから芽生えていたが、中学三年の時には、秋谷専蔵の書いた筋書で、主人公には油川町出身の友人泉文一が、その恋を邪魔だてする土人（原住民）には菊谷がそれぞれ扮し、油川小学校同窓会で上演した。

大正九年、青森中学を卒業した菊谷は、上野の美校を受験するもこれに失敗、近くの青森営林局管理課に製図工として勤務した。この青森営林局庁舎は、今日も青森市森林博物館として優雅な姿を、菊谷の生家の近くにとどめている。

◉菊谷栄・画

踊り娘（油彩）｜自画像（油彩、大正十二年）

画題不明（水彩、大正十四年）｜画題不明（水彩）

◉菊谷栄・画（いずれも画題不明）

（水彩、大正十三年三月二十日）	（水彩）
（油彩）	（水彩）

友人の泉文一も同じく受験に失敗、菊谷と共に営林局に勤めた。この二人は中学以来テニスのコンビを組んでいた。野球にも多くの時間を割いた。

演劇への目くばり

翌大正十（一九二一）年、十九歳の菊谷は上京して、日本大学法文学部文学科（芸術学）に入学し、同時に画家川端玉章の画塾に入った。この頃から、本郷森川町の総州館住まいが始まる。下宿一カ月二十五円なりを払って居つく。経済的にはほとんど伯父の仕送りに依存していた。

同じ下宿に、これも青森県（むつ市田名部）出身で三年先輩の室瀬喜五郎が居り、この室瀬の手引きで歌舞伎に接近した。確かに、のちに『研辰《とぎたつ》の討たれ』など歌舞伎に題材を得たオペレッタの脚本を書いただけあって、菊谷はこの頃、歌舞伎にせっせと通ったらしい。昭和二（一九二七）年に書かれた論文「歌舞伎劇と動物」と題する草稿が、今日菊谷家に遺されているが、この文章から推しても、菊谷は歌舞伎に対する並々ならぬ該博な知識の持ち主であったことを推察することが出来る。この中で菊谷が取り上げている作品には『明智左馬之助の湖水渡り』『斎藤内蔵之助堅田落ち』『靭猿』『蘆屋道満大内鑑』『西南戦争聞書』『堀川（近頃河原達引）』『伽羅先代萩』『児雷也』『京鹿子娘道成寺』『市原野』『義経千本桜』『春興鏡獅子』『釣狐』『小野道風青柳硯』『鳩の平右衛門』『慶安太平記』『奥州安達原』『鵜飼勘作』などがある。この論文の中では動物が、筋・音曲・比喩・名称等の様々のレベルでどのように使われているかが述べられる。こうした主題によって菊谷が何を意図していたかという点については、次の数行が端的に語っていると言えよう。

而して動物に関係ある歌舞伎劇も、前述したやうに芸術的価値の高いものを生んだ。過去の演劇歌舞伎劇は亡びやがて我国に於て、この歌舞伎劇の如く、真に民衆と離れる事の出来ない新しい演劇、即ち育まれつゝある現代劇に動物が如何なる形成で表現されるか、私には興味ある問題である。私としては然《しか》らば如何なる形式で動物を舞台の上へ持出すかといふに、私は、決してアメリカのマウリス・センネット〔マック・セネット?〕映画に現はれるやうな動物それ自身に芝居をさせる事、即ち我国の猿芝居輩は同感出来ない。

こうして、いわゆるリアリズム風に動物を舞台に載せることの空しさを指摘した後に菊谷は、次の四点を歌演劇における動物の利用の前提として強調する。

第一に子供に美を教へる童話的に
(例、メーテルリンクの青い鳥、バアナード・ショウのアンドロクラスと獅子の如く)
第二に主題象徴として
(イブセンの野鴨、チエホフの鷗　白鳥の歌、熊)
第三　技巧として、情緒、気分の表現に(ザイツエフの技巧の如く)
その他、カレル・チヤアペックの「虫の生活」のやうな作、又は前述した歌舞伎劇中私が賞

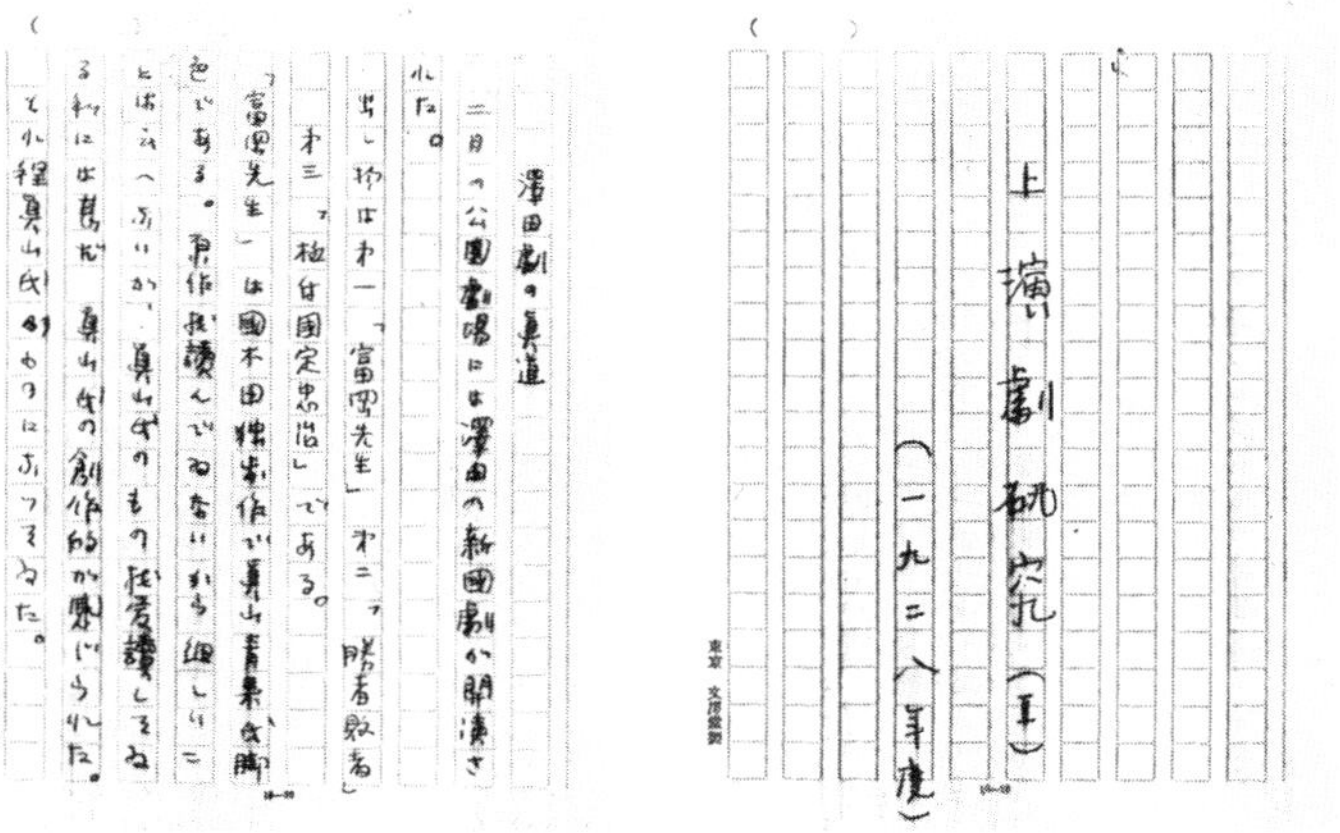
上演劇研究（I）

（一九二八年度）

沢田劇の真道

二月の公園劇場には沢田の新国劇が開演された。

出し物は第一「富岡先生」第二「勝者敗者」第三「極付国定忠治」である。

「富岡先生」は国木田独歩作で真山青果氏脚色である。原作を読んでゐないから細しいことはいへないが、真山氏のもの程愛読してゐる私には甚だ真山氏の創作的な感じにうたれた。それ程真山氏のものにふってゐた。

◉菊谷栄「上演劇研究（Ｉ）」草稿

讃したやうな演劇が、本当に私としては希望してやまないのである。

菊谷は歌舞伎をよく見ていたし、台本も『歌舞伎全集』（創元社）などをよく読んでいたらしい。また、そのうちの何冊かが生家に遺品として残っている。『世界戯曲全集』（同全集刊行会）も読破していたことはほぼ確実なところである。その結果、習作的論文とはいえ、ここにかいつまんで紹介した論文におけるように、伝統劇と来たるべき近代劇を総合した視点を持つことが出来た。

菊谷の演劇に対する目くばりの良さは、「上演劇研究（Ｉ）」（一九二八年度）と題する二百字詰め原稿用紙八十一枚の草稿からも窺い知ることが出来る。この、どこに発表するというあてもなく書かれたらしい草稿には、「沢田劇の真道」と題する沢田正二郎の新国劇観劇記が一篇、「プロレタリア作家の二戯曲」と題する昭和三年二月の築地小劇場観劇記、

「弥生の歌舞伎座」と題する一篇が収められている。この目くばりの良さとバランスは、菊谷が公平な立場から芝居を見ていたことを示して余りある。ちなみに、今日何点か残されている舞台スケッチを試みたのも、昭和三年のこの頃のことらしい。

大正十二年、関東大震災の年、日大時代の菊谷は、『昼過ぎのアトリエ』（五月）、『弾正の謀叛』（六月）などの劇作を試みている。「菊谷栄年譜」（『ツガル・ロマンティーク 陽炎の唄は遙かなれども』上演パンフレット）によれば、特に『弾正の謀叛』は、先生から「在学学生中一位、二位」の出来と誉められたらしい。この頃の劇作の指導教官といえば、劇作家の畑耕一であったに違いない。この年にはさらに、『客の浴衣』（七月）、『心中お夏、小左衛門』（七月）、『お嬢吉三』（十一月）を執筆している。この頃創作劇の方法においては久保田万太郎の影響を受けていたようである。篠崎淳之介は先の座談会の中で、この頃の作品を次のように位置づけている。

未発表の習作時代ともいうべき作品、つまりエノケンさんに近づく前に書かれた本は、ミュージカルでもないし、レヴューでもないですね。歌舞伎モノ三本を除いて九本位は五景ほどの多幕で、非常によく書き込まれたものが多いです。習作時代にあれだけのものを書いているんですから、例えば新劇や新派に近づいて行かれたとしても、今日一方の雄としても劇作家で居られたと思います。当時新劇や歌舞伎について書いている批評なども、かなり深い線でまとめられています。

篠崎も認めているように、劇評は今日何処に出しても少しも引けをとらない劇評家の立場を確立したことを疑わしめない、行き届いた文章になって残っている。

菊谷栄と女性

「菊谷栄年譜」には、「この頃本郷小町と噂された某女性に恋し、震災の日には三日間東大構内に野宿して跡片付けを手伝」ったとある。この本郷小町とは「和子さん、この人とも仲良しだった」と三橋が言っているが、大多数の人の証言では、菊谷は気楽に友人として言葉を交わす女性はいても、恋人という関係にある女性は居なかったというのが真相に近いようである。

横内　本当のところ、何もない人ですよ、レビュー時代でも、あれだけ女の子に囲まれていながら艶種一つなかった人でしたからね。

伊藤　私は東京で十一年間同じ下宿でつき合ったけど、菊谷さんに恋人がいたという話は一度も耳にしません。ただ、さっきいった「ニコニコ」〔本郷のおでん屋、後述〕のおかみさんと仲がいいということは聞きました。また本郷の酒屋の一人娘タカ子さん、この人を毎晩のように散歩しながら眺めて来るのを楽しみにしていましたね。

三橋　酒屋のオヤジもオカミも大したことないのに、極めて日本的ないい娘さんなもので、トンビが生んだタカだからタカコさんと呼んでたんです。本当の名は誰もわからないんですよ。

伊藤　それから、総州館に絵のモデルとして来てた栄子さん、函館の人で生活の苦しい人でした。

（中略）

北津（青介）　ハナさんはどうですか。

伊藤　ハナは総州館の女中です。山形の人ですがね。

横内　しかし、どんな人がいたにせよ、菊谷さんという人は女といちゃついたりしたことはない人です。暗い面がないんです。あくまで陽光のもと、芝生の上で女性と肩を並べてるといったタイプの人でしたね。

伊藤　だから、菊谷さんが死んだ時、田中宇一郎さん、つまり養子先のお父さんがいってました。栄蔵に子どもでもいてくれたらなあどっかに隠し子いませんか伊藤さんってね。

横内　それは、いい話です。本当にそれでよくわかりますよ。菊谷さんという人は全く女性についてはホレたハレたのない人だったんです。

菊谷の最も身近な人々の証言だけに、菊谷と女性についてはこれでほぼ尽くされていると思われる。長部日出雄は小説「玉の井純情派」（『オール讀物』第二十八巻第十二号、昭和四十一年十二月）の中で、菊谷の玉の井通いを取り上げている。菊谷が玉の井をよくひやかしに行っていたことは大方の知るところであったようだ。しかし、これは全く個人的な、そして趣味性に溢れる生活レベルの問題に属すると言えよう。

大正十三（一九二四）年四月、菊谷は浅虫にて劇曲『別れ行く人々』を書いている。この年にはさらに『恋と友情』（五月）、『幽霊』（六月）、『遠雷夏宵話』（九月）、『夜曲』（十一月）、『冬の日暮るる迄』（十二月）を書き上げている。また、大いに歌舞伎を見、それを劇評としてまとめてもいる。

こうした仕事の進め方は翌十四年にも続き、この年に『芸術家を巡礼する人々』（五月）、『観楼会の夜』を上演している。この大正十四年から昭和三（一九二八）年まで、菊谷は新劇、新国劇、新派、歌舞伎と観劇の回数が重なり、「年譜」によれば批評を「上演劇批評」としてまとめているということであるが、これが「上演劇研究（Ⅰ）」のことを指すのかどうかはわからない。

翌大正十五年十月に『パアラア・コーリン』を書き上げてのち、青森歩兵第五聯隊に一年志願兵として入隊している。兵役に服務中の昭和二年に、幹部候補生の受験を薦められたが、受験しては落第するように努めたらしい。この年に座禅より軍隊生活が苦しいと日記に書き問題となった（「年譜」による）。

昭和三年には、菊谷の身辺に様々の変化が起きた。この年の二月に菊谷は思想的な色彩をおびた作品『夜の町』を執筆（未発表）している。

大正の末から、すでに述べた本郷の総州館には、青森の友人達がたむろして津軽衆の梁山泊の趣きを呈していた。画学生の菊谷をはじめとして横内忠作、伊藤良平、三橋皓太郎、飛島定城などといった若者たちが総州館に集まっていた。太宰治も屢々総州館に出入りしていたという。横内らは当時の太宰について次のように語っている。

横内　僕が太宰と会ったのは、やはり菊谷さんの部屋ですね。いつもこそこそして、寝転ろんでるんです。懐には、いつも原稿が入ってるんだが、私には絶対に見せなかった（笑）。

伊藤　しかし、菊谷さんには一生懸命読んでもらってましたね。

横内　太宰も菊谷だけは先輩として、信頼して批判をあおいでいたようです。

三橋　年齢からいっても太宰はずうっと下でしたしね。

横内　その頃の太宰ってのは、我々とはゴタグ《ママ》あげる程度で、芝居を見に行くわけでもなし、静かなもんでした。とにかく、菊谷さんは、太宰を文壇に押し出してやろうとはしてましたね。

北津　お金の面でも面倒見てたんじゃないんですか。

横内　そりゃ、もう、面倒とか何とかじゃなくて、止むを得ず奪われるんですよ。

伊藤　いわれれば、黙っていられない性質なんです。菊谷さんは。

横内は菊谷のことを芝居者の君子だったという。芝居者は、有る時の米の飯的に金銭をぱっぱっと使ってしまう。菊谷は牛丼一つ、カレー一皿にしても、必ず現金で払ってしまう。仲間と何処かへ飲み喰いに行っても必ず自分から、または自分で払ってしまうという、潔癖なところがあった。もっとも、こうした金払いの良さの陰には、伯父から送金されて来た潤沢な資金があったことは言うまでもなかろうが。

「ニコニコ」の若者集団

こうした菊谷の廻りに伸びのびした若者集団が形成されないわけはなかった。このグループのたまり場が座談会にも登場した「ニコニコ」という本郷のおでん屋であった。三橋の語るところによると「ニコニコ」のおかみさんは浅草で三味線の免許を持っている人であった。おやじさんも浅草育ちでエノケンの大ファンだった。この「ニコニコ」へ菊谷が飲みに現われ、総州館の津軽衆が加わり、おやじさんがエノケン・ファンのペラゴロであるということがわかり、一層緊密な連帯感がつくられた。そこへ酒は飲めないが近所に住んでいた佐藤文雄が現われる。佐藤文雄はのちにピエル・ブリヤントで菊谷がペンネームにその名を借りたという文芸部所属の人である。この佐藤文雄のところへはエノケンが現われるので、エノケンとこのグループとの繋がりが出来る。「年譜」では、こうした繋がりが出来たのは、昭和三年のこととして「本郷のおでん屋「ニコニコ」に八田元夫、佐藤文雄、三橋皓太郎がたむろし、エノケン等と近付く」と記されている。ところが肝腎の菊谷は、『東京朝日新聞（青森版）』（昭和十一年十一月十五日、菊谷家に遺されている菊谷自身の切り抜き帖にあったもの）に語った「エノケン影武者――そも馴れ合ひから座付作者となるまで」という談話の中で、次のように語り、エノケンとの出会いを昭和五年のこととしている。

私と榎本さんとのそもそもの馴れそめは昭和五年は八月、本郷の、その名もニコ〳〵と名づくるおでん屋でした、郷里東津軽郡油川町から青森中学を出て十九の春上京し、一高の試験に落第し、川端画学校で絵などを学び、或は左翼にかぶれ、或は日大芸術科で脚本を書き、或は偸《とう》小乗の安酒に酔ひしれ、かくして前記ニコ〳〵なるおでん屋で、これも東亜キネマをおん出て、カジノに不入りを続けていた榎本氏と『来ないか』『行かう』となったのでした。同じ『西北新報』（たぶん昭和十一年、これも菊谷の切り抜き帖にあったもの）の「エノケンと僕」と題する戯文調の連載で、菊谷は次のように述べている。

昭和十一年より去ること満七年前の昭和四年――マルクス主義やうやく我が国青春に華やかならんとする頃であつた。僕は洋画研究所で毎日モデルを見詰めて勉強し、画家の登竜門たる大小の展覧会に我が芸術を訴へんとして虎視眈々たる時代である――といひたいのだが実は、僕も潮の如く寄せ来る新らしい世界観に頬を撫でられては泌々《しみぐ》とブルジョア美術の甲斐なさを感じ、といつて直ちに勇しくハンマアに星輝くプロレタリア美術への猛進も出来ず、良心クヨ〳〵たるこの悩みを忘却せんとひたすら酒盃を傾けては襟を暖めてゐた――この蒼白い風景を繰り返してゐたのだつた。

左翼への接近

「年譜」の昭和三年の項に「この頃から画家としての途に疑問を感じ悩む」とあるのは、こうした時代に対する多感な青年の反感を指すものであろう。とはいえ、菊谷の文章からも察せ得られるように、菊谷の左翼への傾向は、同時代の青年が多かれ少なかれ共有したもので、筋金入りというには程遠いものであったに違いない。前記座談会の中でも、こうした菊谷的左翼のスタイルについて次のように論じられている。

伊藤　「ニコニコ」のおカミさんは、カフェーにいたこともあり、前々から菊谷さんを知っていて、おヤジさんと一緒になってからでも総州館の近くにこういうお店を開いたから来て下さいというんで、我々も引っぱられて行くようになったというわけなんです。そこへ三橋さんのいうようにエノケンが来るようになり八田元夫が来る。山崎という舞台美術家や、二《ふた》村《むら》定一、大町竜夫など、色んな人が集ったわけです。

（中略）

三橋　オデンマルクスというのも、ここから生れたんだな、「ニコニコ」でオデン喰い乍らマルクスを論ずる奴のことですよ。八田ゲンプー〔元夫〕だの左翼連中がよくやりあってたものです。

工藤（与志男）　その頃の左翼思想への傾向というものはどうだったんですか。

（中略）

伊藤　八田さんを初め、あるにはあったが、そういう人との親交は、わりと薄くて、思想的なつながりはなかったです。むしろ、レビューなんか盛んに見に行ってましてね、そっちの方へ出よう出ようという気持が強かったように思います。

（中略）

北津　エノケンさんにいわせると、菊谷さんは共産党だったので名前が出せず、やむなく佐藤文雄名で書かしたんだとおっしゃるのですが。

伊藤　私も長いつきあいだったけど、ただの一度も思想的なことで話しあったこともないし、それは信じられませんね。ただその方面の勉強はしてました。当時の青年の通るべき道としてね。

北津　工藤永蔵さんのお話ですと菊谷さんとこへカンパに出入りしていたというのですが。

横内　そうなると、やはりシンパということになるね。

篠崎　そういう噂があってかどうか、菊谷さんは一度青森署に引っぱられていますね。竹内俊吉さんが貰い下げに行ったということですが。

伊藤　それは事実です。総州館を調べに来た時、証拠となる品物は私の部屋にあったんです。これは工藤永蔵が置いて行ったものなのですが、総州館のオヤジさん、私のことを菊谷さんとは無関係だといってくれたんで助かったんです。あれで私の部屋を捜されたら大事でした。

（中略）

横内　シンパとして、お金を送ってたということも、菊谷さん一流の困ってる人にはお金をあげようといういわば個人的な行動だと思います。

三橋　いずれにせよ、シンパ菊谷説は疑問だな。菊谷の左翼問題は、どうも女性問題に似ていて、強いて避けはしないが、積極的には深入りもしないという意味で両者相似していないこともない。カンパも、太宰にたかられると同情から出すという、伯父の仕送りを背景とした鷹揚さのしからしむるところと言えよう。むしろ、伊藤が強調するように「当時の青年の通るべき道」、それも知的感受性の鋭敏な青年の通った道として接近したと言っても過言ではないであろう。

菊谷の遺した切り抜き帖の中には昭和三年頃の『読売新聞』の記事（紙名、日付は菊谷の手書きによる）の次のようないくつかが収められている。

神近市子「政治闘争的婦人など」（昭和三年二月十九日）
高群逸枝「『婦人』の問題――神近市子氏に答ふ」（昭和三年二月廿五日）
山川菊栄「婦人の政治進出」（昭和三年二月廿九日）
伊福部隆輝「あるアナクロニストの手帳より――唯物主義か唯量主義か」（昭和三年三月五日）
戸川貞雄「観念的政治主義を排撃せよ」（昭和三年三月十七日）
片岡鉄兵「一層生きるために」（昭和三年四月三日）
前田川広一郎「文芸の正道とは何ぞや――過程・方向・闇市」（昭和三年四月四日）
井汲清治「文芸の正道とは何ぞや――発展と社会と個性」（昭和三年四月七日）
江口渙「文芸の正道とは何ぞや――時代の推移と文学の正道」（昭和三年四月十二日）

木村毅《き》「寓目抄――ジョン・リードの短篇・『革命の娘』の梗概」（昭和三年四月十五日）等々であり、このほか『帝大新聞』掲載の藤森成吉「両面」（昭和三年三月十九日）も含め、当時の社会情勢に関心を持っている青年なら誰でも作ったであろう切り抜きである。

だが、井崎博之の観察は少し違っている。井崎は、『エノケンと呼ばれた男』（講談社、昭和六十年八月）の中で、当時菊谷は左翼のレッテルを貼られた秋田雨雀と仲がよかったから、同郷の左翼学生たちがよく資金カンパに総州館にやって来た。芝居の脚本を書いていることが知られると、ますます押しかけられるおそれがあると心配するので、佐藤が名前を貸してやったというのである。のちに菊谷栄の名で書くようになっても、左翼から手を切れなかったので、左翼学生から逃れるため、連日連夜玉の井遊郭で脚本を書いたと言う。当時の官憲は菊谷をシンパ以上とみていたようだと井崎は言う。（六八頁）

ふつうエノケンの証言に基づいて、その筋が許さないので佐藤の名前を使ったという説とは少し違うようである。しかし伯父から仕送りを受けていた菊谷が左翼の学生へカンパをしぶったということは、あまりありそうにないようである。

第二章　浅草のエノケン・エノケンの浅草

暴れん坊エノケン

ここで菊谷栄と手を組む前の榎本健一、通称エノケンについて触れておこう。昭和十一（一九三六）年四月七日から月末まで、断続的に二十一回『東京日々新聞（城北版）』に連載された「エノケン三分の一代記——僕の人生劇場」という連載記事がある（紙名、日付は菊谷の手書きによる）。これは菊谷の切り抜き帖に収められていたものであるが、菊谷の実妹伊藤すゑの語るところでは、菊谷によるエノケンの談話の聞き書きを、面白おかしく整理したものらしい。事実、表現のスタイルに、菊谷の他の文章と相通ずる部分が散見する。そこで、ここではエノケン＝菊谷の語り口を生かした上で、さらに他の資料から得られる事実で補ってみたい。まさに昭和一桁の後半においてはエノケンなくして菊谷なく、菊谷なくしてエノケンはないというのが二人の関係だったのだから、この方法はエノケン＝菊谷の生きた芸能空間を立体的に、その息づかいをも含めて再現するためには決して無駄ではないし、冗漫には陥らないであろうと思われる。

この「三分の一代記」は次のような言葉で始まっている。

　明治時代には幾度か非常時があつたさうですが、その中で最も大きい非常時は日露戦争——その真最中に僕は生れたのです。

　卅七年の十月ですから彼《か》の軍神橘大隊長の壮絶なる首山堡の最後がくはしく内地へ報ぜら

れた頃です。

榎本健一は明治三十七（一九〇四）年十月十一日、東京市赤坂区青山南町五丁目五十三番地に生れた。父榎本平作は入間屋という鞄屋を経営し、エノケンはその長男として生れたのである。平作は埼玉県川越在の出身であった。元来は資産家の伜であったが、祖父常吉が大酒呑みで家産を傾けたため、平吉は裸一貫で上京して、中国山東省の青山まで放浪したのち東京に戻って鞄屋を営んでいたというわけである。

　軍人でなかつたから遺憾ながら戦争へ行けなかつた僕の父も、時が時だけに大いに愛国の精神に燃えてゐたのでせう――生れたばかりの僕を見詰めて
『此奴をカッチリ育て、御国のために奉公させよう！』
と決心したのです。
しかしながら前世の定めは父の決心に拘らず厳としてその威力を発揮して来ました。
といふのは母は僕を生んで間もなく天国へ旅立つてしまつたので、母に代つて僕を抱き、乳の出ない乳房を僕に含ませたのは祖母であつたからです。

エノケンの母親しょうは、父親同様埼玉県の大宮の出で、彼女は、エノケンを生んだあと産後の肥立ちが悪く世を去った。平作はエノケンの生母の死後間もなく再婚した。生後半年ほどして生母に死に別れたエノケンは、コンデンス・ミルクで育てられたという。祖母の話は、こうした事情を反映したものであろう。継母のことを語っていないのは、終生エノケンが継母とうまくい

かなかったからであるらしい。

　父は僕にスパルタ精神を持って来て、

「さうしちやいけない、かうしちやいけない」

と宣伝教化に努力したのですが、祖母は、温か過ぎる愛情をもつて
「あ、、よし〳〵、何でもよしよし」といつてくれるのです。

この衝突において父が祖母よりも理論的にすぐれてはゐても、祖母は父の母たるの権威を持つてゐるので実践的に負けてはゐません。そこで僕はスパルタ精神からは離れ、父の理想に反対の方向にすく〳〵と育つて行くのでした。

祖母と共にエノケンを慈しみ育てたのは九歳年長の叔父の榎本幸吉だった。榎本姓であるから当然父の兄弟で、祖母の息子である。

　小学校へ入学した――父の前ではおとなしく勉強のポオズをとつてはゐるが、心こゝにあらずで、あばれ廻ることだけを考えてゐたのでした。

事実、エノケンは幼少時代から桁外れの暴れん坊で、小学校は麻布、南山、東町などを転々とした。背こそ低かったが、運動神経は並外れて発達していて、どんな高いところも平気で登り、塀の上を歩き廻り、コンクリート塀の横腹を駆け足で十メートル以上も走れたという。映画『青春酔虎伝』の素っ飛びの演技で観客の度胆を抜くエノケンの身体の基礎は、独学で小学校時代に充分に出来上がっていたのである。

◉小学校一年のエノケン、前列の左から二人目

これでは成績が良くなる筈がありません……今でも甲という字を見ると一寸淋しさを感じますが、乙といふ字を見ると何ともいへないなつかしさが胸一ぱいにこみ上げて来ます。

一遍操行丁を獲得した時はさすがにげつそりしてしばし呆然としました。

が、父がこれを見たらどう思ふだろう……殴られるわが身は我慢するとしても、さぞや悲しむであらう、父の心境は子供心にも察せられたので親孝行のために、悪事をしました。丁を甲に直して父を悦ばせようと思つたのですが、父のケイ眼に見破られて

『末おそろしい奴だ！』

と我子の将来のために父は暗然たる表情をしたことをいまだに知つてゐます。

家庭が嫌で、学校は好きだが勉強嫌いのエノケ

ンは、麻布高等小学校に進む頃から、浅草へ通いつめるようになった。

役者への道

小学校の卒業式のあとの余興に卒業生一同が『忠臣蔵』を演じ、エノケンは「五段目山崎街道」の定九郎を演じて大喝采を博する愉しみを知る。

手を焼かせるけれど愛嬌があるから好きだという担任の教師の言葉に送られて学校を出たエノケンは、父の生業の煎餅屋を手伝うが、外へ出る度に暴れ廻る。この間、エノケンは青山四丁目付近の写真屋に丁稚奉公に入る。のちにエノケンが写真天狗になる種はここで播かれていたのである。しかし単調な仕事は長続きせず、エノケンは実家に戻る。

父はこうしたエノケンを持てあましてアメリカに送ろうとするが、エノケンはこれを嫌って家出をして京都へと向かう。家出する前にエノケンは叔父の幸吉を訪ねた。「三分の一代記」に次のようにある（以下、この章で特に断りのない引用は「三分の一代記」による）。

京都に行く前に幸吉叔父さんを尋ねました、といふのは幸吉叔父さんは父の兄弟中で一番若いから僕と心を語れると思つたからです。

僕の燃えるが如き決心は遂に幸吉叔父さんを動かしたのです。

『よし、それぢや、立派な忍術使いになつて来るがいゝ』

『ありがたう、叔父さん』
『お前京都へ行く汽車賃があるか』
『ありません！歩いて行きます』
叔父はふき出してまづ汽車賃をくれました——しめた！

叔父幸吉は終生エノケンのマネージャーとして、克明な上演記録を残した人であるが、同時に最もよき相談相手の一人だった。

京都に行ってどうにか尾上松之助に弟子入りする手筈を整えたエノケンは、実家に戸籍謄本を送るよう頼んだが、いつまで待っても送られて来ない。そうこうするうち宿賃も溜まり、結局幸吉の迎えで帰京させられると、エノケンは芝白金三光町の伯母の嫁ぎ先の肉屋に奉公に出された。

（前略）閑の多いのが何よりです、そこで当時、流行つてゐたヴアイオリンの練習です。
僕は元来の嗄《しやが》れ声、それにヴアイオリンで歌つたら艶歌師として理想的なんですが……僕は艶歌師にならうとは思ひませんでした。

これは、自己に対する認識不足の結果だつたかも、知れないですねえ。

エノケンはその嗄れ声をジャズのリズムに巧みに乗せて、ルイ・アームストロングのような負の声を正以上のものに転化するにいたった。なおこの連載の六・七回には川村秀治によるエノケンの気の利いたカリカチュアが載っている。川村秀治は昭和六年頃の『松竹レヴュー・ニュース』に〝Sewge〟というサインで表紙絵を描いている人で、いずれも洒落たジャン・コクトーか

◉「三分の一代記」に添えられた川村秀治による挿絵（二点共）

らロシア構成派を想わせる図柄を残している。

ところで、このヴァイオリン練習はエノケンに独学による音楽の基礎を与えたものと思われる。エノケン自身も謙遜しながら次のように述懐している。

（前略）たゞ単に自分の淋しさを紛らすために、音楽をきかうとしたことが今や男子の体面上、オタマジヤクシを睨んで、ギイギイと歯ぎしりの如き怪音を立て、本格的基礎練習をはじめることになつたのです。

これこそ健気なる虚栄心でしたが、しかしながらこのため本格的な音楽に対する敬意も生れ、当時爛漫たる華かさを誇つてゐたオペラを見ても、踊り子やコオラス・ガアルの美しさのみに心奪はれるペラゴロにならず、オペラの立派な音楽にも心をひかれる高級なファンと自称するやうにまでなつたのでした。

　また、後にオペラへ入つてコオラス隊またはその他大勢といふ雰囲気のために存在するフンイキ・ボオイとして舞台へ出るやうになつてからも、この本格的勉強がどれほどためになつたことか、更にレヴユウの時代になつてジヤズの楽譜を読むことや、唄を覚えるのに自分でヴアイオリンを弾いて覚えたり、踊り子達の合唱をヴアイオリンで稽古してやつたりすることの出来たのは実に、この肉屋時代に男子の体面上仕方なく勉強したギイ〳〵が役に立つたのです。

　後年、エノケンが例えば、オッフェンバッハ（ク）の『ブン大将』の「我輩はブン大将閣下である」やジャズ・ソングで発揮した恐るべき音感の良さと、リズムの外し方の巧みさは、天分に加えて、この時自らのものにした基礎訓練の賜物であると言って差し支えないであろう。

　その後父の死に遭遇し、家業を継いで煎餅製造に専念する。夜はヴァイオリンの独習を続け、浅草オペラを観に出かけ、寄席や映画に時間を費やしたが、中でもオペラの魅力に酔いしれた。

　当時我が国の青春は、この新興オペラの魅力にうつゝを抜かしてゐたのです。

見よ、端麗なスタイルで甘美にして朗々たる田谷力三のテノオル、大陸的な風貌のうちに滋味溢るゝが如き歌ひつぷりで親しみのある音色《おん》を持つ清水金太郎のバリトン、いやみのない仕《し》科《ぐさ》で三枚目を得意とし幅のあるバスを聞かせる柳田貞一——これに配するに安藤文子、清水静子の美くしいソプラノ、可憐な合唱隊、踊子群！

一たびは時を得ずして鎮圧された僕の心の火が、こゝで再び燃え出したのです。

そこでエノケンは叔父幸吉に相談して柳田貞一のところへ弟子入りすることになる。大正十一（一九二二）年のことである。

オペラ芸術研究生

柳田は後年、ピエル・ブリヤントでエノケンの協力者の側に廻るが、エノケンのオペラの最初の師としては理想的な歌手であったと言えよう。因みに菊谷はこの前年に上京している。

決心した以上二人の相談は慎重を極めた、即ち僕は田谷さんのやうな派手な二枚目にはどう自惚れたつて無理だ、といつて清水金太郎先生のやうな堂々たる主役型、敵役型《かたき》にも不向きだ、柄からいつて顔からいつて遺憾乍ら三枚目である、三枚目のオペラ役者たらんとするには当時若手で最大の人気三枚目たる柳田貞一氏こそ、最も僕の師として相応しいかたである——と。

松之助先生を憧れた時は空想的であつたが、今や斯くの如く考へ方が科学的になつたのだ。

空想より科学へ！呵呵。

「空想より科学へ！」、エンゲルスの書名から取られたこの一句は、菊谷のようにいくらかでも左翼にかぶれた人士の手がこの文章に入っていることを示している。

エノケンの役どころの選び方は、当然の成り行きとはいえ全く正しかった。こうしてエノケンは、便りを出して柳田の元に出入りし始める。柳田は本郷に住んでいたから、エノケンと菊谷の距離も一段と近くなったというわけである。

そこで早速俳優志願の熱血を絞つた手紙を出したところ、二、三日して返事が来た、葉書で—だが、それには赤いピエロの絵が描いてある。

柳田先生は片時も自分の役処を忘れちやいけない——と能く仰有つてゐましたが、斯うして一枚の葉書にも、自分が三枚目である、ピエロであるという自覚をサイン代りに描いてゐたのでせう。

これこそは先生の教訓第一課でした。

先生は当時本郷の椿館といふ下宿にゐました、今うちの文芸部にゐる波島貞さん事当時波島章次郎《ママ》さんと一緒にゐたのです。

ピエロを使ってメッセージを送ったり、読みとったりしているのが時代の相とでもいうべきものであろうし、エノケンにもそうしたコード（信号系）は極めて親しいものであったらしい。

斯くして——仕事はお茶くみ、著替《きせか》への手伝ひに過ぎないが、新興オペラ芸術研究生としての誇りを無限に悦びつゝ毎日浅草金竜館の楽屋へ通つたのです。

当時浅草にあった金竜館は、大正二（一九一三）年来日以来ローシーが手しおにかけて育て来たオペラまたはオペレッタ歌手の大半を吸収していたからであった。

ローシーの指導下の帝劇は、のちにエノケンのレパートリーにもなる次のような作品を上演していた。

大正二年九月にはオードラン曲の喜歌劇『マスコット』を上演した。内山惣十郎は『浅草オペラの生活』(雄山閣、昭和四十二年四月)で、科白あり、踊りあり、音楽も軽快で、明るく面白く、観た目も賑やかで楽しいこの喜歌劇が、後の浅草オペラの基調を作ったと述べている。

大正三年十月にはオッフェンバッハの『天国と地獄』、大正四年三月にはプランケット作曲『古城の鐘』、五月には再びオッフェンバッハの『戦争と平和』(のちに『ブン大将』と改題)を上演した。エノケンの「我輩はブン大将である」はこの曲の上演から学んだものらしい。この年の九月には「恋はやさし野辺の花よ」や「ベアトリねえちゃん、まだねんねかい……」の「トチチリチンの唄」で人口に膾炙したスッペ作曲の『ボッカチオ』が上演された。

これらの作品の中で『天国と地獄』(大正五年十月)、『ブン大将』(大正六年五月)は、帝劇と別れて独立したローシーのロイヤル館で再演もされている。

大正九年の秋ごろまでに金竜館を経営する根岸興行部は当時の有力歌手のほとんどを網羅して「根岸歌劇団」を組織していた。演技陣は清水金太郎ら帝劇オペラ出身組、田谷力三、柳田貞一らロイヤル館出身組、その他二村《ふたむら》定一、高井ルビーなどがいた。エノケンは次のように回顧している。

この時の見習ひや下ッ端役者の中に、二村定一君がゐた、中村是好《ぜこう》君がゐた、いまうちの文芸部にゐる和田五雄君がゐた、その他現在レヴユウや映画界の第一線で活躍してゐる人々が大勢ゐた。宝塚の宇津秀男、日活の杉狂児、高田プロの御大高田稔、監督の小沢得二、笑ひ《ママ》の王国支配人東久雄、以前僕達の振付をしてゐた荒尾精一今では宝塚で吉富一郎がゐました。

皆若かつた、身は貧しくとも心は王侯の如く豊かだつた。

事実、スターである田谷力三や柳田貞一は、二十歳の青年であったが月五百円の収入があったのに対し、エノケンの月給は二十三円である。しかしエノケンは祖母、母、叔父から巧みに小遣いをせしめていたので「見習生仲間では大蔵大臣の如く颯爽としてハバを利かして」いた。

花屋敷の猿に学ぶ

エノケンはこの見習い生の時代に花屋敷が気に入って、暇さえあれば花屋敷で時間をつぶしていた。ここでエノケンは途方もなく大きいきっかけを掴んだ。

ライオンの可愛い顔や、象の大陸的な動作がたまらなく好きでした、花屋敷にゐると悩みは消えて朗かだつたからです。

こゝで僕は猿芝居を見ました、エテ公劇の傑作『安珍清姫』などはすばらしいもので、ラ

◉エノケンが訪れた頃の浅草花屋敷

ヴシインのくどきには安珍が清姫の虱をとつてやる、かと思ふと子供が抛り投げたキヤラメルのことで食慾の争闘を開始する、実に面白い、その度に猿使ひの小父さんにコツンとやられる、キヤツといふ、再びラヴシインが続けられる。

しかしこれを見て悦ぶのは大人ぢやなく子供達である、芝居は何といつても大人が来なくつちや駄目だ、大人の後援なしに立派になつた芝居はない——と考えた僕は、それでは猿が小さく、舞台が小さいからいけないのだ、大きい猿で大舞台なら大人が面白がるだらう。

ゴリラ芝居——いや、猩々歌劇、これなら少女歌劇に負けないだらう。——と。

（中略）

よし、その時こそ、僕は猩々使ひではなく、一緒に出よう、主役をやるのだ。……

これこそインスピレーシヨンだつたのです。

早速ゴリラのアクション研究に没頭したのです。花屋敷を研究室として――。

ゴリラは足を左右に大きく開いて膝を曲げる、背は丸くして頸をちゞめる、肩一ぱいに張つて、手はだらりとさげる、口吻は前へ出る、左前へ一歩、右前へ一歩と歩く、左右を向く時も頸を曲げないで身体全体を向ける――こゝまで出来たが、さて、あの声――啼き声、いや猿のいふ言葉はなか〳〵その発声が至難です。表情は喜怒哀楽のうち怒りだけがはつきりだけであとはあまり変らない……ゴリラ芝居の座長となることだつて容易なことではないのです。

この集中力と観察力は、まさに今日の犬山の日本モンキーセンターで猿を観察する霊長類研究者のそれとほとんど変わらないと言えるだろう。こうした観察は後のエノケンの芸の肥《こや》しになるものであったし、エノケンらのレヴューを、華やかなグランド・レヴューと異なるものに仕立てていくきっかけにもなっているのである。それは別として、エノケンがこの観察を生かす日は意外と早くやって来た。

波島章二郎氏の作で柳田先生が作曲した歌劇『猿蟹合戦』が出た時、僕は日頃のゴリラ研究を発表すべき時が来ました。

（中略）猿は三尺をしめ、弁慶格子の著付《ママ》けといふ、やくざ姿、蟹は純情な母娘、といふやうな当時としては最も思ひ切つて新しい自由な形のものでしたが、僕の師柳田先生はこのやくざな猿太郎を得意にしてゐました関係上、弟子たる僕は猿太郎の子分として出ることになつたのです。

（中略）

さらばよし！僕もこゝでひとつ猿《ゑん》劇においてすばらしい芸術を見せてやらうと悲壮なる決心をしたのです。

場面は蟹娘の復讐軍が猿太郎の住家へ攻めて来る、蜂の爆撃隊が飛んで来る、臼重砲が進軍して来るといふ緊張したシイン、僕は見張りの猿、即ち猿の歩哨ですが、大将猿太郎のところへ敵襲報告に駈けつける役です。

『キツ！キツ！敵の軍勢が攻めて参りました』

このキツキツ――こそは僕が猿研究中最も苦心した猿のなき声ですが、このキツキツ――で先づ先生を驚かし、観客大衆の拍手と喝采を完全に摑んでしまつたのです、そこへもつて来て（中略）猿の動作についての深刻なる研究を誇らかにも御覧にいれたのです。

先の菊谷の文章にもあったように、波島章二郎は後の波島貞、映画『エノケンのどんぐり頓兵衛』の原作者である。

いずれにしても、エノケンは猿の動作における機械的反覆の部分を学びとって、それを人間の身体の動きに重ね合わせて、それまでになかったキマイラ（混成動物）的身振りの演技を開発したのである。この新鮮な演技は客の心を奪わないわけはなかった。このあたりがエノケンのチャップリンにも比すべき物真似身振りの天才としての素質が開花した時期であったと言えるだろう。

事実エノケンが自伝『喜劇こそわが命』（栄光出版社、昭和四十二年二月）で伝えるところでは、子分が逃げる場面で、飯櫃を抱えて、舞台の隅でつまずいて倒れ、飯櫃をひっくり返して、こぼれた御飯を一粒一粒拾って喰べる演技をしたというおかしさが馬鹿受けに受けたらしい。

この役でエノケンは、次第に注目を浴び出す。

これからは少しづつ役がつくやうになり、或ひはコソ泥棒に、或ひはチヤツプリンの真似にまたまた珍妙なる芸術を発見したので段々と楽屋内でも大きい顔が出来るやうになりました。

が、それもほんの少しの間で、九月一日の大地震は一切の文化をしばしストツプさせた如く僕の芸術発展もストツプさせられてしまひました。

この時エノケンは麻布十番の自宅にいた。少し前に根岸歌劇団の地方公演に参加して、いったん帰京してから、京都で新らしく組織されたオペラ劇団に参加したが、浅草とまるで違った京都の雰囲気に嫌気がさして、帰京したものの、すぐには金竜館には帰れず自宅でぶらぶらしていた時に大地震が起ったのであった。菊谷も本郷で復興に協力していたが、エノケンも町内で跡片付けに大活躍して町の人をしてセンベイ屋の道楽息子を見直させたと自ら述べている（『喜劇こそわが命』）。

震災後は転々としてあちらの座、こちらの劇場と歩きました。又ある時は楽しく、ある時は苦しい旅もしました。

事実、友人に誘われて京都の三友劇場に行き、そこで根岸歌劇団に復帰して、再びコーラス部に加わった。

大正十三年、東京へ帰つて来て伊庭孝先生が牛込会館で歌劇をなさつたのへ出演しました。この時オウケストラはジヤズの編成でした、これが僕の知つてゐる限りではジヤズを使つた芝居――まあレヴユウのはじまりであると思ひます。

エノケンは『喜劇こそわが命』の方では、この公演については触れていない。たぶんジャズ好きの菊谷相手の談話だったので、この話が出たのであろう。

伊庭孝のジャズ・ミュージカル

伊庭孝について、瀬川昌久の『ジャズで踊って――舶来音楽芸能史』（サイマル出版会、昭和五十八年八月）は次のように記述している。

ローシーが帝劇から別れて独立して、「ローヤル館」を創設したころ、伊庭孝は、アメリカ帰りの日本初のトゥ・ダンサーと言われた高木徳子、岸田辰弥、天野喜久代らと共にミュージカル・コメディの一座「歌舞劇協会」を作った。伊庭は高木徳子を押し立てて、アメリカ風の歌とダンス及びドラマの和製ミュージカルを作ろうとした。伊庭自身、当時としてはモダンな感覚に溢れるミュージカル・コメディをいくつか書いた。浅草に進出したのは大正六年二月のことであり、浅草公園の常盤座で、浅草向けに伊庭が書いた『女軍出征』で大当りを取った。この中で伊庭が使った「チッペラリーの唄」は街に拡がり、ここにローシーの本格オペラ・コミック、オペラ、佐々《さっさ》紅華の創作オペラと並ぶジャズ風ミュージカルの伝統が築かれることになった。しかし歌舞劇協会の方は一カ月の興行ののち分裂してしまった。（六四頁）

この頃、日本の同時代作曲家にジャズの音楽的イディオムが取り入れられたという形跡は余りなかった。しかし、アメリカは言うに及ばず、ヨーロッパの所謂二〇年代におけるジャズの現代音楽への浸透の勢いにはすさまじいものがあった。

特に一九一七（大正六）年にはエリック・サティの『パラード』、フランシス・プーランクの『黒人の狂詩曲』が作曲され、一九一九年にはイーゴリ・ストラヴィンスキーがラグタイムのシンコペーション的なリズムを使って『ピアノ・ラグ・ミュージック』を作曲し、一九二〇年、つまり大正九年にはダリウス・ミヨーが、ブラジルのサンバのリズムを生かした『屋根の上の牡牛』を作曲している。またミヨー、プーランクをはじめとする、コクトーが「六人組」と名付けた作曲家達が協力してミュージカル・コメディ『エッフェル塔の花嫁花婿』を作曲（但し、六人組のうち、ルイ・デュレを除く五人による）したのもその翌年のことであった。

この時期、つまり二〇年代もたけなわのこと、ストラヴィンスキーをはじめとするパリで活躍していた作曲家たちは、セルゲイ・ディアギレフ及びジャン・コクトーの廻りにあって、一方では民俗的な音楽、他方では十八世紀のコンメーディア・デッラルテ、または縁日の音楽に、祝祭的に世界を捉えるという新しい語法を発見しつつあった。

伊庭の努力は、或る意味では二〇年代のパリの祝祭芸術家のそれに見合うものであったことは否定出来ないであろう。伊庭孝の努力は、本格派芸術の中では継承されなかったが、エノケンによって生かされて行くことになるのである。伊庭は常盤座興行の失敗後も、脚本と演出を担当し、高木徳子を伴って地方巡業を行った。しかし興行上のいざこざの末に、高木徳子はヤクザとくっつき、大正八年に二十八歳の若さで死んでしまった。

徳子によって退けられていた伊庭孝は、徳子の死後再起して、高田せい子を中心に「新星歌舞劇団」を組織し、大正八年に松竹専属となる。その後「新星歌舞劇団」は、松竹から離れて金竜館に立てこもって浅草オペラの全盛期を現出することになる。伊庭孝は作演出で佐々紅華、内山惣十郎と共に加わった。エノケンが柳田貞一の内弟子として参加したのが、この歌舞劇団であったということになる。

大正十年の八月に、大阪と奈良の中間の生駒山頂に大オペラ劇場を持つ「生駒歌劇団」設立に際して佐々紅華、伊庭が内山惣十郎らを伴って参加する。初演は伊庭自身が作曲したオペラ『入鹿物語』『新浦島物語』などが上演されたが、この劇団は赤字の埋め合わせがつかず、三カ月後の十月には解散の憂き目に遭うことになる。瀬川昌久は、伊庭孝はこのオペラ団のあまりの短命に落胆し、この後大衆を啓蒙するための音楽の著述に専念することになったとしている（瀬川前掲書、六六―六七頁）。

その後の伊庭の動きを瀬川の記述によって追ってみると、昭和二年に彼の唱導でJOAKで放送オペラが始まっている。また昭和初年に愛唱され、その後今日まで歌い続けられたジャズ・ソングの訳詞を多く手がけている。「アディオス」（二村定一歌）、「私の天使」「ナポリの夜」「赤い唇」「ジュディ」「マリー」「紅の踊」「都はなれて」（天野喜久代歌）などの訳詞をはじめ「月光価千金」「ラモナ」（ともに天野歌）などの詞をポリドールやコロムビアのために書いた。言うまでもなく「月光価千金」は二村定一やエノケンが浅草で歌って、今日に至るまで市井の大衆の愛唱歌として歌い継がれている。

いずれにしても、エノケンそして、いまだにエノケンとは出会っていない菊谷もこうした伊庭の作り出したジャズ・ミュージカルの形式に深くひたっていたことは疑いのない事実であろう。

オペラの凋落

ところで、震災後のオペラの凋落についてエノケンは「三分の一代記」で次のように語る。

このごろからオペラは段々凋落して来ました。その理由はいろ〳〵あるでせうが僕は考へるに――オペラはファンが出来たのをいいことにして同じものばかりを繰返した、そのイージイ・ゴオイングな演出態度は観客の範囲を狭くしたことが第一の理由である――。だからこそ僕は今でも絶対に新作第一主義をとつてゐるのです。完成されてゐない芸術において繰返しこそは最もおそろしい――と今でも考へてゐます。オペラの凋落と反対にのして来たのは当時、映画でした。滅びて行くであらう自分達のオペラに涙ながらに別れを告げて僕も若い同志と共に映画へ行くことにしました。

このあたりのオペラの凋落に対するエノケンの指摘は的確である。「エノケン三分の一代記」においても『喜劇こそわが命』においても、それらが代作者の筆を経ているとはいえ、情報量は多く、正確で、そして判断は的確だという点で、おそらく、他の追随を許さないものがあるのではないかと思われる。

エノケンは浅草におけるオペラの衰退を興行資本の交替について冷静な視線で見つめている。震災後のペラ・ゴロの消滅、観客の変質に加えて、根岸興行部の経営の失敗から、震災で残った金竜館、常盤座、東京倶楽部など、根岸興行部の持ち小屋のすべてが、関西系の松竹の手に渡っていた。この間エノケンは五彩会というオペラ団結成に努力したが失敗に終った。

小屋の消滅、観客の雲散夢消に加えて、映画の進出が浅草におけるオペラの地盤を根こそぎにした。エノケンは『喜劇こそわが命』の中で、商売上手な松竹が、金のかかるオペラ興行は避けて、はるかに安上りで観客の動員力のある活動写真に力を入れたことを力説している。

牛島秀彦『浅草の灯　エノケン』（毎日新聞社、昭和五十四年五月）によれば、大正十四年、浅草を去ったエノケンは兵庫県の六甲山地の外れの甲陽公園につくられた東亜キネマに研究生として移り、すぐに抜擢されて主演俳優として二本の映画を撮った。その後、甲陽撮影所は京都撮影所に合併吸収されて京都に移ったが、ここは時代劇が専門だったため、チョンまげに我慢の出来ないエノケンは蒸発、その間少しの間名古屋の第一映画に出演したものの、すぐに東京へと逃げ帰った（七九−八一頁）。

このあたりのいきさつをエノケンは、「三分の一代記」で次のように表現している。

「東亜」はじめあちらこちらの撮影所を歩くこと約三年間でした。

その間、またしても身は貧しくとも心は王侯の如く豊かになりました、といふのは僕はこの間、いゝ友達に恵まれたからです。

菊谷栄との出会い

昭和四（一九二九）年は、エノケンをはじめ菊谷栄や多くの人に大いなる転換の年になった。この転回点をエノケンは次のように語る。

時は昭和四年――外国トオキイにはレヴユウものが出、オペレッタが出、我国でも宝塚少女歌劇が『モン・パリ』『イタリヤナ』等のレヴユウに成功し、大阪松竹少女歌劇が『春の踊り』『秋の踊り』で、すでに有名になつた頃です。

不景気はますます〳〵深刻になり、マルクス主義が物凄い勢力をのして来た頃です。

僕は映画を捨て、恋人に別れて東京へ帰つて来ました。

こうして帰って来た東京は本郷で、エノケンは菊谷栄らと出会うことになる。

当時本郷一丁目でおでん屋をしてゐた斎藤さん夫妻――新生オペラの頃から能く僕達オペラの下端を可愛いがつてくれたんでしたから、徒然なるまゝに、僕はよくこのおでん屋へ遊びに行きました。

僕はこゝでもまた友人を得ました。その中に今うちの文芸部にゐる大町竜夫、菊谷栄、佐藤文雄（マネエジヤア）がゐたのです。

とうとうエノケンと菊谷の出会いの場まで漕ぎ着けた。斎藤夫妻の経営するおでん屋ニコニコをめぐる記述の正確さからも、この「三分の一代記」が菊谷の手を経ているということが決定的に確かめられるであろう。そうでなければ、この記述が残ったかどうかも疑われる。菊谷を知らない人間にとっては二次的な証言だからである。はたして自伝『喜劇こそわが命』の方にはこうした記述はない。

いよいよエノケンと出会った菊谷栄は、戦争によって命を奪われる一年前の昭和十一（一九三六）年に、すでに引用した『東京日日新聞（城北版）』の記事の他に『西北新報』元旦号から十日置きに八回にわたって「エノケンと僕」という連載記事を寄稿している（菊谷切り抜き帖にあったもの、紙名、日付は菊谷の手書きによる）。この間には、エノケンとの出会い、発足時のカジノフォーリーに寄せた菊谷たちの熱い眼差しが、時代相を背景に生き生きと描かれている。

まず序を兼ねて、菊谷はエノケンについて次のように紹介する。

> エノケンは近代演劇の寵児たるレヴユウに於てタアキイ（水の江滝子）と共に、最も大きい光を放射してゐるスタア榎本健一のことであることはいふまでもない。彼に関してはジヤアナリズムは余りにも多く語り続けて来たから、まだ彼の舞台に接しない人々でも彼に就いては相当に知るところ多いだらう。
>
> □
>
> 浅草のエノケン、東京のエノケン、レヴユウのエノケンだつた彼は一昨年来「青春酔虎伝」「魔術師」「近藤勇」等のトオキイに依つて、その存在は全国的になつた。読者諸君のうちにも彼のトオキイを見て、その類ひ稀れなる個性に爆笑された人が可成り多いことゝ思ふ。故に彼が浅草公園の片隅に廃屋の如く捨てられてゐた水族館の余興場にカジノ・フオリイといふいとも哀れな小レヴユウ劇団を組織し、現はれて僅か三年、浅草に於て観音様の次ぎはエノケンだといふ人気者になるまで、彼の苦心に悩み、彼の悦びに感激して彼の舞台に働いて来た僕が、これから本紙に彼を語ることを必条、微笑みを持つて読んでくれるだらうと信

じて「エノケンと僕」といふ編輯者の命令に敢て筆を執つたのである。

次に菊谷は、昭和四年の「マルクス主義やうやく我が国青春に華やかならんとする頃」、ブルジョア美術に疑いを抱きながら、プロレタリア美術に走ることも出来ない中途半端な青年が足を向けたおでん屋について語る。主人斎藤某は余程気っ風がよかったに違いない。同時におでん屋が舞台芸術史上これ程重要な溜まり場になったことは、ほとんどないのではなかろうかと思われる。

（前略）小遣銭尠《すく》なくして酒をたしなむ者にはおでん屋は楽園であつた。僕が毎夜の如く行つた楽園は本郷一丁目のニコ〳〵といふおでん屋であつた。そのニコ〳〵の主人斎藤某は江戸前の好男子、震災前後の浅草でオペラ役者達に相当金を費つた後援者で妻君はソレ者《しゃ》上り、これまた下ツ端役者の淋しい財布にギザ玉を入れてやつた彼等の頼母しいファンであつたのだ。小遣銭どころか衣食住の世話になつた者も十人や二十人ではなかつたさうだ。

ここでエノケンと出会った瞬間を菊谷は次のように描き出す。

エノケンも亦この兄さん姉さんに可愛いがられたオペラ下ツ端役者の一人で、当時オペラの衰運に見切りをつけ、新興の勢ひ熾《さか》んな関西の撮影所で得意の三枚目ぶりと冒険演技を示さうとしたが、撮影所にはこの千里の仔駿馬を見る伯楽はゐなかつた為め、健ちゃん大いにくさつて故郷東京へ帰つて来たが、麻布の母なる家にゐるよりも、このニコ〳〵でノンビリしてゐる時の方が多かつた。彼は物凄い程酒が強い――僕も当時は可成り飲む方であつた。

同じ店で酒を飲む、世間話をする。Y談をする、芝居を語る、映画を語る――こゝにエノケンと僕の友誼が自然に発生した。

菊谷の文章は、簡潔で、程々の距離感に裏うちされたユーモアが基調になっていて、極めて知的なものである。

ところで、このニコニコには二村定一も姿を現わしていた。二村定一は、斎藤夫妻のことを「兄さん、姉さん」と呼んでいた。これは当時のレヴュー小屋の役者の贔屓に対する呼び方であった筈である。この夫婦は舞台におけるエノケンが映画におけるより遥かに精彩を放っていることを知っていたらしい。

> 「健坊！お前は映画へなんか行くなよ、お前は舞台の人だよ」兄さんも姉さんも二村も能く言つていた。猿の真似とチヤツプリンの真似とナンセンスな泥棒をやらしたら実に名人だ――といつた兄さん姉さんの言葉は、未だに僕の記憶の中にハツキリ残つてゐる。

どうも、菊谷は金竜館のオペラは見ていたらしいが、ニコニコで出会うまでエノケンの舞台を意識して見てはいなかったらしい。菊谷は正直に告白しながら、俳優としてのエノケンの特性について次のように語っている。

> オペラ華やかなりし頃、僕は柳田貞一の熱烈なるフアンで柳田のものは能く見た、健ちやんは柳田の弟子であるから先生の芝居へは始終出てゐたさうだから僕は見たに違ひない、けれども柳田貞一の存在は余りに大きい光りで、健ちやんの閃めきも僕の視覚を透して印象に

残り得なかつたのであらう。この、健ちゃんが舞台へ出たつて何が出来るだらう――と僕は思つてゐただけであつた。といふのは――成程彼の顔は舞台的だ、目も口も耳も大きい。鼻筋が通つて坐りが大きい。けれども身体だ、五尺に足りない小男の彼だ、その上が二股だ、更に更にしわがれた悪声……併し肉体的条件はまだ許容するとして、彼は二十六歳の青年俳優であり乍ら、近代劇も知らなければ、シエキスピアも読んでゐない、まして希臘《ギリシア》古典劇などはお経に等しい、プロレタリア演劇も表現派も同じだ位にしか思つてゐない、彼は少数のオペラに合唱隊として出た経験と映画でつまらない端役をやつたゞけだ……いかに猿とチヤツプリンと泥棒に至芸ありときかされたとて、僕は、健ちゃんをたゞ亡びゆくオペラの哀れな落葉の一つに過ぎないと思つてゐたからだ。

　エノケンについてこれ程正確に、彼の欠点が数え上げられた文章に接することは極めてまれであろうと思われる。ここに挙げられた欠点がそのまま、エノケンの長所に転じたことを意識した上で菊谷はこの部分を書いていたに違いないと思われる。

　エノケンのこうした欠点、特に身体的な欠点は、エントロピーがネゲントロピーに転化することによって他の追随を許さない舞台が築きあげられたことを菊谷は百も二百も承知していた。サッチモのしゃがれ声同様にエノケンのしゃがれ声は、類い稀なリズム感を通して歌われる時に、歌の世界は新しい財産を加えたと言えるのである。「月光価千金」などはその最もよい例の一つである。

第三章　カジノフォーリーの興亡

レヴュウをやるのだ

エノケンと菊谷栄は酒を酌み交わす仲よしではあったが、特にお互いに相手を評価し合っていたわけではなかった。ふつう回想録では、このあたり、自分の天才ぶりを印象づけるために、「一目見た時、僕には彼の才能が手に取るように見えたのである……」と書かれるところに、菊谷はお互いの友情の質を「エノケンと僕」の中で次のようにクールに描いている。菊谷のこのあっさりとした記述は、飾るところのまるでなかった彼の人となりがそのまま現れていると見てよかろう。

夜毎酌み交はす酒盃の数は決して少くなかつたが、その間、僕は彼を有望なる青年俳優だと思つた一瞬間もなかつた。健ちゃんも僕を見込のない洋画家として眺めてゐたゞけで、僕が友人間で誰にも負けない熱心な演劇研究家と自惚れてゐた事も知らなかつたらしい。されば当時やうやく諸方の映画館に上演されるレヴユウまたはボウドヴイルに就いても、二人で語り合つた事など一遍もなかつた。それは丁度若人の月五月、六月、東京にも緑の照る頃であつた。

この頃までに菊谷が得ていた演劇に対する蘊蓄は相当のものであったが、エノケンが何時も素手で立ち向かって、それが演劇的、道楽的なものなら短期間で物にしてしまう力の持ち主であることは、エノケンの舞台を意識的に見たことのない菊谷には理解を越えるものであったらしい。

菊谷は続ける。

六月の末になると、健ちやんは浅草でレヴユウをやるといつて、ニコ〳〵来る日が尠《すくな》くなつた。木馬館の隣りの水族館の余興場で、カジノ・フオリイズといふレヴユウ団が出来ることになつたが、健ちやんはそれに参加するといふのだ。僕は浅草に水族館なんてものが存在してゐることをこの時知つた。何をやつても駄目な小屋だと斎藤夫婦が僕に説明して呉れた。

このカジノフォーリーの旗揚げのいきさつについて、エノケン自身は「三分の一代記」で次のように語っている。

七月といふ月は僕達舞台で働く者には誠にありがたい月で、どんなアブれた人でも七月になれば仕事にありつける――といふのはお盆興行があるからです。はたして七月から浅草でレヴユウをやるといふ話が来た、はじめ僕も余り気乗りがしなかつたが斎藤夫妻はじめ当時パリパリの人気歌手になつてゐたベエちやんこと二村《ふたむら》定一君などが

『君は舞台へ出るべき人だ、映画なんかでくさつてゐちや駄目だ！』

といつてくれるので、遂に七月に浅草へ出ることにしました。

エノケンをカジノフォーリーに出演することを決意させたのが、ニコニコというおでん屋に集

まる仲間だったというわけである。

レヴユウをやるのだ！　全部新人ばかりで座長なし、最も進歩的なレヴユウをやる！

これがスロオガンでした。ところが劇場の名を聞いていさゝか不安になつた。

水族館の余興場！

安来節全盛の当時でさへ思ふやうな成績を挙げられなかつたといふ地の利の極めて悪い小屋であるからでした。

明治時代の遺物たる感深き建物、教育上参考になりさうもない金魚、すつぽん、鰻、縞鯛等のほかには南部の鼻曲り鮭が二匹、海豹が一匹、これが輝けるスタアとしての魅力を持つてゐるといふ心細い水族館の二階にある余興場です。

恐らく世界一の淋しい恵まれざる水族館でせう。このお魚のアトラクシヨンとしてレヴユウをやらうといふのです。

劇団名が決定しました。――カジノ・フオリイズ！

負の空間としての浅草

『喜劇こそわが命』でエノケンの語るところでは、水族館は、浅草の奥山の一画に明治三十二（一八九九）年に開場したもので、六区と観音様に通じる細い路に、今では大衆劇団座長芝居で知られる木馬館の隣りにあった。はじめ、東京市が援助して、海水を運んで魚を見せていたが、そのうち海水に金がかかるのでやめてしまって金魚にしてしまったので、見る人はほとんどいなくなってしまったということである。

水族館については、旗一兵『喜劇人回り舞台―笑うスタア五十年史―』（学風書院、昭和三十三年七月）に、もう少し精しい記述が試みられている。それによれば、水族館は明治三十二年十月八日に開館し、その後開館した隣りの昆虫館と共に、教育参考館として東京市から土地を無償で提供された。この一帯は、正しくは浅草公園四区二号地と呼ばれた浅草寺つづきの奥山で、客足が

◉大正期の水族館・昆虫館

悪いので昆虫館は陳列場を二階に上げて、階下を木馬館にしたところ、やっと子供づれの客で息がつけるようになった（五〇頁）。

このあたりで、浅草、特に奥山の占めていた位置について、考えておいた方がよさそうである。浅草は、言うまでもなく、上野、吉原とともに東京という都市空間の中でも特異な位置を占めている。つまりこれらの地域が丸の内のような公的な近代ビジネスの建築空間で埋められたところとは対極をなす地域であることは、誰の目にも明らかであり、それは混雑と猥雑と反秩序の負のエネルギーに満ち満ちた空間であった。丸の内及び山の手が、記号論的には正の記号で満たされているとすれば、この浅草、上野、吉原は、負荷を帯びた記号で埋めつくされていたと言っても差し支えなかった。

時間的にも、丸の内は、近代の指標で満たされ、近代の理想的な価値の頂点をなす効率、合理性、富裕、西欧化といった理念が建物、街路にも記号化されているとしたら、浅草、上野は過ぎ去った不要物、享楽、娯楽、貧窮、浮浪者という、秩序＝進歩の視点から見るとエントロピーに満ちた負の空間であった。

谷崎潤一郎は『鮫人』（大正九年）という未完の作品の中で山の手、丸の内に軽蔑の眼を向けながら浅草については、次のように書いている。

（前略）だが、どうせ此の東京では何処にも「美」を求めることは出来ないのだから、醜悪が醜悪そのまゝの姿で現れて居る浅草が、一番住み心地のいゝ場所だとも云へないことはないであらう。其処には下町の中心地や山の手にあるやうな虚偽や不調和がなく、醜悪がや、ともすると「美」に近い光を放つて輝いて居る。（『谷崎潤一郎全集 第七巻』中央公論社、昭和五十六年十一月、七七頁）

谷崎は浅草の持つ反秩序性の中に、見せかけのものにしか過ぎない山の手の秩序を相対化するきっかけを見、さらに醜悪（＝グロテスク）の挑発性の中に、浅草の持つ健康さを見出したのである。それは同じ『鮫人』の次の部分の引用によっても示され得るであろう。

（前略）今の日本は何であるか？　今の東京市は何であるか？　今の日本の社会、今の東京市全体は一箇の不良老年ではないか。此等の不良老年の中で浅草公園だけが不良少年なのである。不良でも少年には愛嬌があり活気があり進歩がある。（一二五―一二六頁）

不良老年という言葉で谷崎は、山の手を中心とする東京に記号的ダイナミズムが欠け、浅草の不良少年性の側にそれがあることを示そうとしたものらしい。海野弘は「川端康成『浅草紅団』――都市と文学」（『モダン都市東京――日本の一九二〇年代』中央公論社、昭和五十八年十月）で『鮫人』が未完に終わった理由について言及して、次のように述べている。

谷崎はここで、都市全体をとらえようとする新しい小説空間を切り開こうとしていたのだが、それを可能とする表現がまだ見出せなかったために、収拾がつかなくなり、なげだしたとも考えられる。（三四頁）

この谷崎の浅草観は、昭和五（一九三〇）年、つまりカジノフォーリーの発足の年に刊行された添田啞蟬坊の『浅草底流記』（近代生活社、昭和五年十月、引用は『添田啞蟬坊・知道著作集Ⅱ』刀水書房、昭和五十七年八月）に、宣言のように記された次のような言葉とほとんど視点が同じである。

浅草には、あらゆる物が生のまま投《ほう》り出されてゐる。人間のいろいろな欲望が、裸のままで躍つてゐる。

浅草は、東京の心臓——

浅草は、人間の市場——

（中略）

大衆は刻々に歩む、その大衆の浅草は、常にいっさいのものの古い型を溶かしては、新しい型に変化させる鋳物場だ。

（中略）

浅草のあらゆる物の現はれは、粗野であるかも知れない、洗練を欠いてもゐやう。しかし大胆に大衆の歩みを歩み、生々躍動する。

（中略）

あらゆる階級、人種をゴッタ混ぜにした大きな流れ。その流れの底にある一種の不思議なリズム。

（中略）

音と光り。もつれ合ひ、渦巻く、一大交響楽。——そこには乱調の美がある。（三-四頁）

この不思議なリズムこそ、都市文化の詩的言語とも言うべきものであり、谷崎が醜悪の美と言い、不良少年性と言い現したものである。

浅草のこうした乱調の美は、江戸時代以降の浅草の歴史をふり返ることによって跡づけることが出来る。松島栄一「浅草の歴史——そのなりたちと発展」（高見順編『浅草』英宝社、昭和三十年十二月）によれば、浅草は本来江戸とは別の町であった。平安時代の末に、浅草は上野と共に下総、奥州へ抜ける宿駅として形をなしていたらしく、『伊勢物語』や『更級日記』に、浅草あるいは隅田川に事寄せて記述されている。

浅草の観音様の由来は、歌舞伎の『三社祭』にあるように檜前浜成・竹成の兄弟神及び土師直《はじのあたい》中知《なかとも》の三神（社）が隅田川の河口で網を引いていた時、観音像を引きあげたと説かれている。その後もこの観音堂の門前町と宿駅として発達して来たらしい。江戸時代に入って、江戸の町の都市化に伴い、浅草は江戸と地つづきになり、次第に江戸の町の影の部分を形成するようになった。江戸発達の縁の下の力持ちとも言うべき人足を集める「人入れ」稼業に携わったのが町奴で、町奴の拠点の一つは浅草の花川戸であった。花川戸は正式には藪之内と呼ばれ浅草寺裏の北馬道町から浅草山之宿へ抜ける横町の俗称で「馬道」とも呼ばれた。ここには関東各地の村や町で喰いつめた連中や、足軽の落ちこぼれが集まって住みついていた。幡随院長兵衛はこの花川戸の町奴の頭であった。

明暦の大火を境として吉原が日本橋の人形町界隈から新吉原に移り、清島町あたりを中心に寺町が出現し、門前町は目ざましい発展を遂げた。花川戸には皮や下駄を商う下層民が住みついた。さて、問題の奥山は、そうでなくてもいかがわしい浅草の中でも際立って挑発的な場所であった。奥山は江戸時代の中期、特に文化・文政（十八世紀）の頃に急速な発展を遂げた。ここには、諸国の食いつめ者、芸人が流れ込んで流民の巣の様相を呈していた。鶴屋南北の『四谷怪談』の序の幕はこの奥山を舞台として展開される。蓋し、江戸という町の抱えていた闇の部分を民谷伊右衛門による惨劇を通して描いた『四谷怪談』が、その発端を浅草奥山に持って来たのは、都市の深層の中にドラマの根源的な部分が秘められているという今日の都市記号論の立場から言えば、全く当を得た選択であった。

松島栄一は、こうした奥山の活気力に溢れた雰囲気を次のように描いている。

浅草の奥山は、ちょうど観音様の裏手にあたる一帯である（今の花屋敷のあたりまでがそうであるといわれていた）。ここには大道芸としての、砂絵や蹴鞠や、松井源水のこま廻し・居合抜き、白刃のみや手づまつかい、小さな小屋掛けのなかでやっている鼠つかい、蛇つかい、から八人芸（一人で八種類の芸当をしてみせる）や、講談・落語、さらにはちよぼくれ・祭文語り（ともに浪花節の起源）、また、ろくろ首と、ありとあらゆる見世物・出し物が、安易な街頭の芸、小屋掛けの芸として、いつでも、簡単に見ることができるようになっていた。それだけではない。簡単な喰べ物小屋もあるし、大道占いもあるし、アメやも出る。越後の角兵衛獅子も、磯節や大漁節の娘踊りまで、ここにやってきた。吉原にゆくほどの銭をもたない江戸ッ子でも、ここではけっこう、ひまをつぶすことができた。楊弓場もあるし、一杯ひっかけるにさえ、ことをかかないだけの設備もあった。宮地芝居というような、わずかな空地を利用した、小屋掛けの芝居まで出現していたのである。（一九三―一九四頁）

水族館にレヴュー小屋カジノフォーリーが発足したという事実は、この奥山の小屋掛けの伝統に照らし合わせてみれば納得のゆくものであり、カジノフォーリーは、奥山の最も豊饒な見世物空間の伝統を継承したということになるのである。

前田愛は「劇場としての浅草」（『都市空間のなかの文学』筑摩書房、昭和五十七年十二月）の中で記号空間としての浅草の分節化を二つの面において捉えている。まず、江戸時代における浅草を浅草寺と奥山というオモテとウラの対立、つまり聖と俗の対立として捉え、次のように奥山について述べる。

（前略）鬱蒼とした木立につつまれた奥山一帯は、瓢箪池とあわせて、浅草寺からも六区からも、ウラにあたる曖昧な場所になった。あるいは聖が遊に、遊が聖に移行するまがまがしい境界地帯になった。私の手もとにある昭和十四年作製の「浅草絵図」を見ると、たかり・ポンビキ・引ぱり・浮浪者など、犯罪関係者が出没する記号が、公園地のなかでもっとも集中しているのは、この奥山から瓢箪池にかけての第四区なのだ。（四〇五頁）

奥山辺りのいかがわしさは、『浅草底流記』のポン引きについての次の記述からも察することが出来る。

ポン引き、といってもあながち、樺太北海道送りばかりではない。市中の土方部屋から多くの人夫釣りが公園をその仕事場にしてやってくる。

藤棚、奥山あたりのベンチには、青い顔のお客さんで一ぱいだ。腹が空いてゐなければ誰が青い顔をするものぞ。（中略）

下谷山伏町の小さな土方部屋に、ポン引きの名人がゐた。彼は左腕がない。仕事に取られてしまったのだ。それから、ポン引きになった。いつも公園の水族館の裏の藤棚から、一日二人づつはかならず釣りあげた。（六三頁）

不況下の農村から、あえぐように都会に流入した者たちの流れつく溜まり場の一つが水族館裏であるということは、水族館がどういう立地条件のもとにあったかを示して余りある。瓢箪池は唐十郎の『下谷万年町物語』の中で、戦後の日本の闇を吸収し、活力を放出する象徴として巧みに描き出されたが、『浅草底流記』に書かれた昭和五年においても、次の引用に見られるような南北劇にも似た情景が観察される空間であった。

池のフチの暗がりを遊歩する「悲しい女」たちのうちで、もっとも古い、かつ有名なのは、「浪さん」である。五十三か四の、「土手のお金」時代の、今戸の三角公園の頃からの、古顔なのである。

（中略）いささか眼の利いた男が、その猟奇趣味から、一夜へうたん池のうす闇に探見《たんけん》にきた。東京館の前から、藤棚のある橋の中にくぐり込んでゆくと、混凝土《コンクリート》の欄干にゐる女があるのだ。

橋を渡り切ると、そこに、観相者が、百目蠟燭を握って、客の顔を、左から右から下から、覗き込んでゐる。垂れる柳。夕暗のしめった匂ひ。彼は、百目蠟燭が集めた小さな人の群の後に立って、欄干の女をそれとなく見てゐたのだ。

と、女はやをら動き出すと、明るい露店の川の方へ歩き出した。彼は慌ててそれを追はうとしたが、ふと自分の脇に、ソレラシキ影を認めたので、追ふことを止めて、その方に注意し出した。

（中略）

ソレは、彼の服とすれすれに、今度は池を花屋敷の方へいき出した。徐行である。（中略）と、ソレは向ふからきた五十ほどの禿げた頭と何か話しをしはじめた。（中略）消防署の方から、巡査がやってきた。ソレは、つと「山」の中へ入っていった。（中略）池の向ふのふちには露店がこびりついてその背を見せてゐた。（中略）池一つ隔てたここでは、げッそりと陰《いん》が沈んでゐるのだ。

（中略）

彼は、もちろん誘はれてみるつもりだったのである。どこまでゆくか、底までゆきついてみたいと念願してゐたのだ。しかしソレが何度か彼の前を動いてゐるうちに、ソレの白い顔の夥しい皺を感じて、寒くなってしまったのである。

と、ソレの方でも、彼の前をいったりきたりしながら、彼の方を観察することを怠たってはゐなかったのだ、到頭彼の方へやってきた。彼の腰の鎖をつなぐ石柵にきて、細い手を出してつかまった時、彼は戦慄を覚えて、立ち上ると、振り返りもせずに、橋を渡り切って、人の流れの中にまぎれ込んでしまったのである。

翌日彼がその話を私にしたのである。そのソレが「浪さん」なのである。浪さんは常習のソレで、保安でも最早手を焼き切ってしまったといふのであった。彼女は昭和座の裏手に住んで、白暮の頃から、池のふちを歩きはじめるのである。（添田前掲書、一四三―一四六頁）

添田が愛惜の念をこめて活写する「浪さん」という街娼の動きの背景としての瓢箪池の暗さが浮かび上って来る。その光景はそのままカジノフォーリーの舞台の明るさと対称的に観客の脳裏に点滅したに違いない。「げッそりと陰《いん》が沈んでゐるのだ」という表現には、浅草が抱えた深い暗闇が巧みな暗喩眼で捉えられていると言ってよいだろう。先にも触れたように浅草が東京の記号的分節化の負の極を担っているとしたら、浅草はさらに浅草寺を介して奥山という裏を分節化し、その奥山の水族館はポン引きのたむろする裏そのものを分節化しているのである。

さきに前田愛が浅草の分節化を二つの局面で捉えたとして、その一つである浅草寺／奥山の対立構造について考えてみた。ところがもう一つの対立の極に六区が登場する。前田によれば、明治の初めに浅草公園が整地されたときに、奥山に密集していた見世物小屋は、浅草田圃を埋めたてた第六区に移され、やがてパノラマ館とし十二階を南北のランドマークとする六区興行街が作りあげられたのである。従って浅草寺と奥山というオモテウラの対立の一方の担い手は六区となる。同時に、六区（新）対奥山（旧）という分節が引き起されたことも確かである。前田はカジノフォーリーの立地条件について次のように分析的に記述している。

奥山の第四区と花屋敷の第五区が、浅草の「世界」のなかで、ゆるやかに秩序づけられた「自然」の界域をかたちづくっていたとするならば、カジノ・フォーリーが旗挙げした水族館の界隈は、そのなかでもとりわけいかがわしい周縁、陽のあたらない隅っこだったといえるだろう。（前田前掲書、四〇六頁）

水族館界隈はこのようにウラのまたウラであり、浅草の中でもたっぷりと闇の成分を吸い込んだ札つきの陽の当らない場所だったのである。前田も指摘しているように、六区を着々と買収していた松竹をはじめとする興行資本の投資の対象とならず、素人が自分たちの発想で、今日の言葉で言えば、手造りのレヴュー小屋を作るのに適していたのである。

カジノフォーリー以前

カジノフォーリーが水族館に旗揚げするに到ったいきさつには、内海兄弟をはじめとして様々の人のかかわりあいがあって、これまでこの時期のエノケンまたは浅草について書かれた諸著作に比較的精しく論じられているので、ここで繰り返すこともないだろう。実を言うと、この部分について特に目新しいことをつけ加えるだけの材料は持ち合わせていないのと、菊谷栄が、第一回のカジノにはほとんど関心を示さず、事実一度も足を運んだことはないので省略してしまってもよいのだが、この時の浅草レヴューへの移行の過程を知るためにも、一応の記述は試みて置かなければならない。

日本の演劇の伝統に喜劇の要素は希薄で笑劇しか存在しなかったという主張をもとに、大正期までの旧来の喜劇を旧喜劇と呼び、昭和の喜劇を新喜劇と呼ぼうという運動が昭和十一（一九三六）年頃進められ、菊谷栄もそのメンバーに加わっていた。旧喜劇の代表と目されたのは曾我廼家劇であった。旗一兵の『喜劇人回り舞台』によると曾我廼家は明治三十七（一九〇四）年二月十三日、日露戦争の開戦後三日に大阪浪花座で旗揚げされた。曾我廼家五郎・十郎はもともと歌舞伎の下廻り役者であった。この前年の明治三十六年、伊丹で興行中の嵐橘香一座の幕間の繋ぎに、この二人が「にわか」を演じた。これに目をつけたある興行師が二人に小さな一座を組ませて四国を巡業させたが、あまりうまくいかなかった。明治三十七年の正月、二人は中村福円の一座に加入して『にわかの勧進帳』を演じて大当たりを取った。これは、当時隆盛を極めていた鶴家団十郎の「大阪俄」の刺戟によるものだった（一四－一五頁）。

旗は、「俄」は室町期以前の神楽を源流としたもので、その亜流がプロ化して「狂言」となり歌舞伎へ入り込むと同時に、氏子連のノン・プロ芸が九州博多を本場とする「俄」となったものらしい」(一五頁)と述べている。室町期以前に今日我々が言うような意味での神楽的なものが存在していたかは明らかではないので、この説明は明快ではあるが、にわかに信じ難いところがある。むしろ、神楽を田楽と置き換えた方が史実に一歩近づくかもしれない。この俄は、さらに諸芸と接触して分化し、丸一小仙や鏡味小鉄の「大神楽」や「俄芝居」のプロ化へ発展したと旗は述べている。

俄(仁輪加)は徳川時代、江戸に「茶番」や「見立て」として入っていたらしい。「見立て」はカツラや衣裳をつけて、滑稽寸劇を演じるもので一名「茶番」と言った。江戸俄には口上茶番と立茶番の二種があって前者は坐ったまま種々の物品を取り出し、それに材を取って洒落まじりに滑稽を弁じて落をつけるというから、アメリカのメディスン・ショーに似たものであったらしい。アメリカの薬品販売ショーは、薬品を並べ、これらにちなんだ笑い物語を仕立てて街路で演じてみせた旅芸人の芸であった。アメリカのサイレント喜劇映画の名優バスター・キートンは、こうした旅芸人の夫婦の子として生まれ、幼い頃からこのメディスン・ショーの舞台に立っていた。

いずれにせよ曾我廼家劇は、素人芸に基づく演劇で、旗もこの劇団の成功を新派や旧派の影響の外にあったという点で、浅草のレヴュー・ボーイの擡頭に対応するものを見ている。

旗は、大阪中心に活躍した五郎劇に対し、五郎一座から出た曾我廼家五九郎一派は浅草喜劇ばかりでなく、東京の喜劇の草分け的存在ではなかったかと説く。

とはいえ、五九郎一座以前において笑いに通じる見世物芸がなかったわけではない。浅草には江川と青木の玉乗り、加藤鬼月の剣舞、ルナパークの「珍世界」、明治館（電気館と千代田館の間にあった）の小林辰三郎、禿亀、岩てこ、鏡味小鉄などの曲芸と茶番、花屋敷の梅坊主などがあったことが旗によって書きとめられている。

旗は五九郎とエノケンを比較して次のように記している。

五九郎にはエノケンに一脈通じる独特のおかし味があつた。あるいは彗星的な登場からいつても、曾我廼家におけるエノケンといえないこともない。しかし、あれほどのエネルギーとオリジンはなく、決してエノケンのように俳優としての魅力だけで、喜劇王になつたわけではない。むしろ彼は俳優以前の、頭脳的立ちまわりとジャーナリスチックなセンスで成功したのだ。機を見るに敏なること、人心をつかむことの巧みなこと、自分を売り出すことにドンランであつたことでは無類の傑物であつた。（二三―二四頁）

五九郎劇は、外国にテーマを得た『サロメ』『コックさん』『メリー・カンパニー』など「五九郎ミュージカル」と言われるような演し物をも揃えていた。また、アメリカ帰りの高木徳子の夫高木陳平がサイレント映画の模擬撮影から思いついたとされる「表情劇」つまりパントマイムも吸収していた。さらに下座音楽を廃して洋楽を使い、女形の代りに女優を使った。五九郎は帝国館から根岸興行部経営の吾妻倶楽部（金竜館の裏手にあった色物席）へ移って、ここを根拠地として金竜館で大一座となった。

震災後の五九郎一座には、顧問としてのちにプロの劇作家として知られた金子洋文や『ノンキナトウサン』の漫画家麻生豊らがいて、かなり学生やインテリ層には受けていたという。麻生豊が顧問に加わっていたというのは、のちにピエル・ブリヤントに浅草生まれで『団子串助』の作者たる漫画家宮尾しげをが顧問として参加した形式の先鞭をつけたものと言えよう。

向井爽也が『日本の大衆演劇』（東峰出版、昭和三十七年十二月）の中で引用している水木久美雄の「曾我廼家五九郎論」（『演劇研究』大正十五年四月号）には、五九郎と五郎について興味深い比較が試みられている。

> 五九郎は浅草において生長した。民衆とともに、民衆の生活を端的に表現する内容を養成する結果となった。五郎の観客はブルジョア的であり、築地辺を中心として山の手へとひろがっている。これに反し五九郎のそれは浅草中心である。五郎は脚本を書くほどの才人であり、知識階級であり、故にその喜劇は伝統的なキザな教訓に満ちている。五九郎のファースは低級であり、フレッシュである。そして彼は動き一方の役者であった。（四九頁）

つまり五九郎の方は若い頃に自由民権運動に飛び込んだだけあって、『浅草底流記』のダダイスト添田啞蟬坊の如くであったと言える。この二人の対比は、そのまま浅草を一つの軸とし、築地から山の手というもう一つの極を軸とした東京という都市の記号論的構造をも反映していると見ることが出来るかもしれない。浅草の軸は、出来るだけ新しい時代の雑音を吸収して芸をダイナミックな方向に展開し、築地の軸は雑音を道徳的教訓でふるいにかけて純化することによって、平板な市民的生活のスタイルに自らを同化する方向へ向かって展開していった。同じような対立構造は、のちに触れるように、エノケン対ロッパにおいても存在したし、或る意味では菊谷栄と菊田一夫の間についても言い得ることである。

この曾我廼家五九郎の他に、和洋折衷の喜劇としてエノケンらの先駆をなした一人に益田太郎冠者がいたことも忘れてはならない。

益田太郎冠者は、本名益田太郎と言い、三井物産社長益田孝の長男として生まれた。慶応普通部を経て、ケンブリッジのリース中学に学び、その後ベルギーのアントワープ商科大学に進んだ。帰国後は財界の大立者として活躍したが、経営面から加わった帝国劇場の文芸担当重役に就任、ヨーロッパの先々で観たレヴューや喜劇の経験を生かし、明治四十四年から昭和四年まで数多くの喜劇を書いた。益田は落語作者としても活躍したから、その作風も茶番狂言と非難されることが多かったが、西洋風のギャグや洋風の劇中音楽の導入によって、後の浅草レヴューに多大の影響を与えた。佐々紅華《さつさ》と共に巧みな舞台画を描く能力があり、後の菊谷の先鞭をつけた例であると考えられる。「今日もコロッケ、明日もコロッケ」というサラリーマンに愛唱された「コロッケの唄」はジャズ風流行歌のはしりであった。

南天堂の二階で

そこで再びカジノフォーリー、あの水族館であるが、建物の環境についてはすでに述べたところである。大正二（一九一三）年に、この水族館に演芸場が出来て、野村少女歌劇団や片岡次郎一座、娘手踊のようなアトラクションをかけていた。しかし、場所が場所、水族館裏の共同便所の臭いが流れ込み、どうにも辛気くさく、客足は伸びなかった。雑喉《ざこう》潤『浅草六区《エンコ》はいつもモダンだった』（朝日新聞社、昭和五十九年十二月）によれば、大正に入ってから根岸興行部の所有に帰していたが、管理は桜井源一郎なる人物に任されていたという。

この桜井の義弟に内海正性《まさなり》なるフランス帰りの画家がいた。内海正性は桜井にパリで見たフォリー・ベルジェールやムーラン・ルージュまたはカジノ・ド・パリといったショー、欧米各国のボードヴィルやバラエティの面白さを語って聞かせ、それにマック・セネットの率いるキーストン社の「どたばた喜劇《スラップスティツク・コメディ》」のナンセンス振りを加えたレヴューを舞台にかけることを提案した。

カジノフォーリーの名称は、いかにもこの内海正性がつけたらしく、カジノ・ド・パリとフォリー・ベルジェールから合成されたものであると言われる。もっとも、大笹吉雄『日本現代演劇史——大正・昭和初期篇』（白水社、昭和六十一年七月）によれば、大正十五年、二村定一らが興した「赤坂フォーリー」が「フォーリー」の名の嚆矢を成すものであり、昭和六年前後「オリンピア・フォーリー舞踊団とか松竹座楽劇部のフォーリーズとか、「フォーリー」を名乗る集団が映画館のアトラクションとして出演していた」（二〇三頁）と述べている。

カジノフォーリーは昭和四（一九二九）年に誕生した。その発足にあたっては、発案者の内海正性の他、実弟で法政大学出の音楽青年内海行貴《ゆきたか》、正性と同業でアナキストの溝口稠《しげる》、同じアナキスト仲間でイタリア語の楽譜の翻訳をやっていたという徳永政太郎が参加した。彼らはダダイズムの影響を受けていたらしい。これに溝口の旧知の仲だった東《あずま》五郎と石田守衛が加わった。東五郎は元電気館の幕内主任、石田も元電気館にいたが、それ以前はロシア・バレエのプリマ、アンナ・パブロヴァに魅せられてバレエダンサーを目指して京都から上京し、一時は生駒歌劇団に加わって喜歌劇を唱っていたこともあったという（旗一兵『喜劇人回り舞台』五二―五三頁、及び雑喉前掲書、一三四―一三五頁）。さらに東の伝手で中村是好《ぜこう》、間野玉三郎、島田博、横山公一（当時幸夫）、東綾子が参加した他、堀井英一、林葉三、沢田淳、上野一枝（中村是好夫人）、青木晴子、元宝塚の久方静子、筑波峰子らが加わった（内山惣十郎『浅草オペラの生活』一四六頁）。エノケンは、座長格の石田に誘われてカジノフォーリーに参加するに至っている。

このカジノフォーリーの旗揚げ組の溜まり場は、浅草ではなくて、本郷、それも総州館のあった森川町ではなく、さらに北上したところにある白山上の南天堂だった。南天堂は階下は書店、階上はレストランという洒落たインテリの溜まり場であったらしい。松岡虎王麿《とらおうまろ》という名の店主が大杉栄一派と知り合いだったので、ダダイストやアナキストが自然に集まることになった。二階には辻潤や萩原恭次郎、小野十三郎、壺井繁治らが出入りしていた。書店の方は雑誌『ダムダム』というダダの詩雑誌の発売元になっており、南天堂の建物は、当時のラディカル文化人のたまり場であった（玉川信明『ダダイスト辻潤』論創社、昭和五十九年五月、一六〇―一六一頁）。

この南天堂の常連の一人であった壺井繁治は、『激流の魚―壺井繁治自伝―』（光和堂、昭和四十一年十一月）のなかで、「南天堂時代」という一章を割いて、南天堂を舞台としたこの時代の雰囲気を次のように回想している。

「赤と黒」が中心となり、伊福部隆輝らの「感覚革命」、松本淳三らの「無産詩人」との共催による日本最初の詩の展覧会が、本郷肴町の南天堂で開かれたのもこのころだった。ところがその展覧会はたちまち禁止され、作品はことごとく警視庁に押収されてしまった。（中略）この展覧会をきっかけに方々の喫茶店で詩の展覧会が催され、それはその後詩人の間で一つの流行とさえなった。

「赤と黒」の廃刊後、その同人が中心となって「ダム・ダム《ママ》」が創刊されたのは大正十三年（一九二四）十月〔奥付は十一月〕である。同人は萩原恭次郎、（中略）溝口稠（北海道出身の画家）、（中略）岡本潤、小野十三郎、高橋新吉、壺井繁治の十二名であった。

（中略）

「赤と黒」の時代に詩の展覧会の開かれた南天堂は、階下が相当大きな本屋で、二階はレストランになっていた。（中略）夕方になるとよくそこへ出かけていった。そして酒を飲んでよく喧嘩をした。

（中略）

この南天堂では、たったの十銭あれば酒が飲めた。それはどういうわけか。まず十銭でコーヒーを（中略）飲んでしまっても、まだ知り合いが見えないとすれば、今度は水でももらって時間をつなぐ。そのうち誰か知り合いが二人や三人あらわれて酒を飲みはじめるのが常であった。こうなれば占めたもので、彼らがほどよく酔ってくる頃合いを見計って、彼らのテーブルに割り込んでゆく。こちらから割り込んでゆかなくとも、彼らの方からまず一杯とすすめる場合の方が多い。十銭で酒が飲めた手品の種を明かせばこうなのだ。この酒場はいわば「ダム・ダム《ママ》」連中の溜まり場になっていたが、宮島資夫、辻潤（中略）らのアナキスト（中略）国家社会主義者として有名だった高畠素之とその取巻き連中もここの常連だった。

また「ダム・ダム《ママ》」創刊以前のある夜のことである。「赤と黒」の同人やその他の仲間十名ぐらいで、滝野川の萩原の家でビールを三ダースほどあけ、まだ物足らずどっかへ飲みにゆこうと彼の家を出た。そして駒込橋から市電に乗ったのだが、肴町で下車の際、前と後の出入口から最後に降りる者だけが一枚ずつ〔だけ？〕切符を用意していて、先の者が「切符は？」と車掌にきかれると「後から」といってゾロゾロと下車した。そして最後の者が切符を渡す際、車掌に問い詰められると、知らぬと答えて、みんなそのまま南天堂の二階へ駆け上がった。後から車掌が追っかけてきたが、うまくまいた。こんな悪戯も何かに対する一つの反抗だった。ほんとうは国家権力に直接的に反抗しようとしても、その壁があまりに部厚くて歯が立たず、その口惜しさがそういう歪んだ形としてあらわれたのかも知れぬ。

さて、息せき切って、南天堂の二階へ上がって見ると、高畠一派が松岡に向かって、険しい権幕で喰ってかかっているところだった。何か事あらばと待ち構えていたわたしたちの一団がやってきたのだから、ただでその場がおさまるはずはなかった。逆に風向きが変わって、わたしたちと高畠一派との喧嘩になった。辻潤もその場に居合わせたが、仲裁にはいってかえって両方からポカポカ殴られた。食器のナイフが飛ぶ。フォークが投げられる。瓶や皿が砕け散る。酒場の中を荒らせるだけ荒して、高畠一派はやがて引き揚げた。酒場のマスターと高畠一派とのイザコザの原因は、勘定の滞りのことからであったが、わたしたちが松岡の肩を持ったため、その乱痴気騒ぎの後で彼から酒の振舞いを受けた。

（中略）

この時代にやはり南天堂に顔を出していた林芙美子と友谷静栄の二人が、「二人」という詩の雑誌を創刊したのもこの年の七月である。林芙美子とはじめて知り合ったのは、彼女が新劇俳優の田辺若男と田端で同棲していたころだった。

（中略）

友谷静栄はその後小野と同棲するようになり、また林芙美子は「ダム・ダム《ママ》」同人野村吉哉との結婚を機会に本郷の下宿を引き払って、野村のいる玉川瀬田へ移った。（一八五―一九四頁）

因みに壺井繁治が挙げる『ダムダム』創刊号に溝口稠は「みたされざる哄笑」（詩）、「築地小劇場『瓦斯』合評」「二科会を見ての感想」の三編を寄せている。つまり、溝口は築地小劇場と

「カジノフォーリー」を繋いでいた糸の一つであったのである。
　この溜まり場の中で内海正性は自費留学するほど恵まれた家庭の出だったから、毎日五円の金を持って南天堂で仲間に振る舞っていたという。同じ本郷でもおでん屋「ニコニコ」に集まっていた菊谷栄らとは溜まり場がまるで違っていた。菊谷が第一次カジノフォーリー発足を知りながら特に関心を示さなかった事情は、この溜まり場の違いから、特に親近感を覚えなかったといういきさつがあったのかもしれない。菊谷自身は「エノケンと僕」に次のように書き遺している。

　さて……再び時代は懐しき昭和四年——七月に浅草水族館の余興場へ集つた若い健ちゃんはじめオペラの落武者、映画に志を得ない人々が「カジノ・フォリィズ」という劇団名で、わびしくも心に響く隣りの木馬館のジンタを聴きながらレヴュウそれは小さいながらレヴュウであつた。

　座長はなく、元気な若い役者達は我こそ新スタアと自己を舞台に誇示したことであらうが、悲しい哉観客《けんぶつ》はとんと来ない。研究劇団であるならばいざ知らず、商業劇団は観客の少いことは致命〔的?〕である。お盆が過ぎてこのレヴュウは消えてしまつた。けれどもこの短い公演、僅かの観客、そして出演者達、興行主から、大きい興味の目を持つて見られたのは、健ちゃんのパアソナリテイであつた。健ちゃんだけだよ、面白いのは……おでん屋ニコ〳〵の主人斎藤さんはいつてゐた。二村定一もさうだと同意した。

　僕はこの公演は見なかつた。

エノケンはカジノフォーリー旗揚げ前には南天堂グループとは勿論交渉があったように思われない。専ら麻布の自宅の近くに住んでいた石田守衛との関係から参加したに過ぎないようである。

第一次カジノフォーリー

カジノフォーリーは七月十日に開場した。新聞広告には「日本最初のレヴュー劇場、専属男女数十名、管弦楽団二十数名による大レヴュー団出現！」と宣伝された。もっとも劇場としてはそれ以前に電気館レヴューがあったわけであるけれども。

第一回公演の出し物はレヴュー『青年行進曲』、バラエティ『水族館』十二種の二本であった。旗一兵『喜劇人回り舞台』にはコック姿のエノケンの写真が載っているが、これは『水族館』の中で「コック姿で魚を捕らえようとするエノケンの水泳踊り」(五四頁)の際の衣裳である。

第二公演でエノケンは抜擢されて、レヴュー『大進軍』で出征する楽長を演じ、モーリス・シュバリエ主演の映画『陽気な中尉さん』のラブ・ソングを行進曲にアレンジしたメロディに乗って自動車を描いた絵を移動させて行進の感じを出した。しかし、観客の多くは水族館の以前からの演芸ファンであったために、「猫に小判の感があった」(五五頁)と旗一兵は述べている。しかし青山圭男《よしお》が振付を手伝ったり、高橋邦太郎がペンネームで脚本を書いていたというから結構贅沢な構成であったと言えるだろう。しかし、演《だ》し物は、全体としては、たぶんエノケンの出

◉『喜劇人回り舞台』掲載の
コック姿のエノケン

る場面を除き、余りぱっとしたものではなかったらしい。特に女優陣が見劣りしたらしく、サトウ・ハチローも「カジノ・フォーリー裸史」（『浅草』成光館書店、昭和七年三月）の中で次のようにずばりと書いている。

　見物は安来節のいくらか進化した位のものだ位にしか思つてゐなかつた。（中略）どの女の子もみんな、薹《とう》が立つてゐて、古いがんもどきみたいで、ちつとも心のアルコールをゆするやうなのは一人もゐなかつた。果せるかなカジノ・フォリーはつぶれかかつた。（八三頁）

九月十日に水族館演芸場は閉鎖した。映画とアトラクションの二本立て劇場として再出発すべく、映写室まで作りにかかったが、消防署の許可が得られず、やむをえずレヴュー劇場として再出発することになった。

この間にエノケンは、花島喜世子と結婚した。菊谷は次のように伝えている。

秋になって酒が美味しくなった。（中略）

健ちやんはその後来ないがどうしたらう？安来節と剣戟映画が嵐のやうに吹きまくつてゐる浅草で、オペラくづれの人々とレヴユウをやるなんて無暴な彼だよ……。

健坊はね、水族館公演の際、女をこしらへたんですす、健坊はこの方は早いんですよ。――斎藤夫妻が語つた。

踊子だつたんです、松木みどりの弟子でね、スラツとしたいゝ女です。

――その愛の巣籠り？

健坊はすぐ結婚しました。あいつはあれでも祝言なしの同棲は嫌ひなんです。健ちやんがこの時結婚したひとは現在の妻、舞台名を花嶋喜世子と呼んで無口なをとなしいひと。

（中略）

観音様の銀杏も黄白くなつて散りはじめ、浅草公園にも粛条たる転地の秋を思はせる頃――十月の末、健ちやん、中村是好、間野玉三郎、堀井英一、城山敏夫等が再び水族館に「カジノ・フオリイズ」を結成してレヴユウを公演した。

第二次カジノフォーリー

菊谷が述べているように、同じ年の末に第二カジノフォーリーが再び興行を開始した。この時の陣容は徳永政太郎、東五郎、座長格であったダンサーの石田守衛は身を引き、内海正性の弟の行貴が経営にタッチすることになり、溝口稠が演芸場の支配人兼美術担当となった。この再出発に際して、既述の本郷白山上の南天堂グループの文学青年達が、内海兄弟の関係で入座した。東洋大学出身で、『白山文学』の同人だった黒田儀三郎（のちの島村竜三）、白山を東に下る動坂のアナキズム系酒場に下宿していた速水純（のちに平凡社に勤務した五十里《いそり》幸太郎）、『詩世紀』同人の北日出夫（田山宗信）、山崎醇之輔（のち戦後人形劇運動に参加）、それに早大出身で、カジノフォーリーの知的パトロンの一人だった武田麟太郎門下の水守三郎（水盛源一郎）、岡田嘉子一座の山田寿夫なども加わった。男優陣には第一次のエノケン、中村是好、間野玉三郎、堀井英一に加え、新派や剣劇の一座にいた佐藤久雄、帝劇オペラにいた木村時子の書生だった城山敏夫、女優陣では花島喜世子、花井淳子、梅園龍子、山原邦子らが参加した（旗前掲書、五六頁）。

第二次カジノの脚本は主として山田寿夫、水守三郎らが書いていたらしい。見逃し難いのは音楽を担当した内海行貴の鋭い感覚であった。行貴は、義兄の桜井から経営を一任されていたから、魚類陳列場から地下食堂まで一通り目を配った上で、カジノフォーリーの音楽の仕事に携わっていたのである。

当時の水族館の雰囲気は、前田愛が引用している堀辰雄の「水族館」を孫引きすれば、次のようなみすぼらしいものであった。

埃つぽい木の階段を、下駄の音を気にしながら上つて行くと、いきなり、人々の頭ごしに

（彼等はうしろの方の椅子がたくさん空いてゐるのに、それに腰かけずに、立つたまま、舞台を見てゐるのである）、音楽が聞え、踊り子たちの踊つてゐるのが見えるのだ。初めてそこに這入つた人は、よくそのうしろの方の空席に腰を下さうとしたが、すぐその椅子がぐらぐらしてゐて危険だつたり、或ひはその覆ひに大きな孔があいてゐて、そこから藁屑がはみ出してゐて、それがすぐ着物にくつつくのに気がついて、再びそこから腰を持上げてしまふのだつた。そして全体の見物席はといへば、二百人位しかはいれないその二階と、それから百人位しかはいれない上の三階と、それだけだつた。（前田前掲書、四〇七頁）

堀辰雄の描写は、さすが作家だけあって微に入り細を穿って、入念に書き込まれている。水族館の食堂のひどさも文章に残されている。それは度々引いてきた『浅草底流記』の中の次の部分においてである。

「腐れ小屋をあれだけにしたんですからね、そこを認めて下さい」

カジノ経営者、桜井源一郎君はいふ。私が彼と逢ったのは、みやこの卓《テーブル》であった。私の隣りで大法螺を吹いてゐたのが彼なのであった。

腐れ小屋を生かした者には、かつての観音劇場における、五九郎がある。ケチのついた小屋で立ち上がるといふことは一つの偉業に属する。この点、彼の請求通り讃へてもいい。

「カジノはかならず御期待に反かないやうにやりますよ。もっともっと、ヘンテコなものにしてやらうと思ふんです」

よからう。大いに羽目をはづすことだ。

「しかし階上《うえ》じゃ儲けたが、階下《した》（カジノ食堂）じゃア大損で、弱ってゐますよ。階下《した》も一つ贔屓《ひいき》にして下さい、今に、女優を食堂の方へ出さうと思うんですがね、どうなるか。何しろビールでも食ひ物でも勉強しますよ。……いや、ここの家（みやこ）へきて、こんな宣伝しちゃア、ヘンだなア」

私は彼が荒畑寒村そっくりの顔をしてゐるのが面白かった。


彼の宣伝にノッかって、カジノ食堂へ入ってみようと、でかけたが、食品見本陳列のガラス箱を覗いてガッカリしたのだ。

飯は仏さまの御飯の如く、カレーは乾きはじめた路傍の何かを連想させ、どれもこれも、ハジからちぢれて、色が変ってゐるのだ。一体、いつから晒してる見本だね。

見本は、生色潑剌たるものを飾りたまへ。

フン然と、私はキビスをかへしたのである。（五〇-五一頁）

桜井源一郎や五九郎について触れた珍らしい、この無頼派的なリズム溢れる文章に描かれた食堂のショー・ケースの責任者は、どうも内海行貴ということになりそうである。

しかし、舞台音楽において行貴は、生色撥剌たるメニューを提供していた。行貴は、兄の正性の手づるでパリから新譜を取り寄せて、カジノの音楽劇やショーの音楽に採用し舞台を華かなものにした。ちょうど時は無声映画からトーキーへ突入した頃で、欧米の映画が数多く上映されていた。だが、内海のレコードを取り寄せるのが早すぎて、こうした映画の封切り前に音楽を使ったので、客がなじまなかった傾向があるといわれている。「出船」の作曲家杉山長谷夫にも師事していた行貴は、キーストン・コップス（キーストン・ギャグ集団）にも通じるギャグに才能を持っていたらしく、エノケンと協力して、様々な音楽を使ったギャグやパロディの趣向を編み出した（旗前掲書、六五頁）。エノケンのジャズとギャグにおける協力者としては、のちの菊谷栄に先駆ける存在だったようである。

さて、カジノフォーリーから第二次カジノフォーリーに至る時期については「三分の一代記」には次のように記されている。

お盆限りで消えてしまつたカジノ・フオリイズの公演を見た人々に、僕は他の人々と違つた印象を与へた、大そう新鮮でスピイデイな動作と、何となく明るい僕のパアソナリテイが注目された――とベエちやんがほめてくれた。

中村是好君、間野玉三郎君、堀井英一君なども僕を認めてくれた。

『健ちやん！　秋になつたら一緒にやらうねえ』

この約束が十月になつて再生カジノ・フオリイズを結成して小さいながらも楽しい舞台を作ることになつたのです。

七月の時とは違つて人も少なく、経費もかけず、派手ではないが、仲の良い同志で好きなこと、思ひ切つたことをやらうといふのでした。

僕が主になつてギヤグを考へる、ジヤズの譜面を探す、中村是好君が化粧前（鏡台前のこと）で脚本を書く、間野、堀井両君が衣裳の絵を描き、振付をする、城山敏夫君が稽古ピアノを弾く、そして僕が演出者を兼ねる、毎晩遅くまでかうして頑張つた。

若い同志を自分達の手で一座を持つて公演する、これほどの喜びはない筈です。

（中略）

第一回の公演は、諸新聞に好ましい批評が出た。

すべてが気がきいてゐる、スピイドがあり、思ひきつたギヤグがある。榎本はうまい、踊り子が可愛い――が共通した批評で第二回が期待された。

皆嬉しかつた、口では無駄口をきいてはゐるが五臓六腑を擽《くすぐ》られるやうに嬉しく、心の中で泣いた。

この回想から推測するに、インテリ・グループの参画するところ意外に少なく、舞台経験のある連中がそれを生かしつつ、奮闘したというのが実情らしい。

このカジノフォーリーは、向井爽也によると、「舞台は狭いのと、また金も余りかけられないので、苦しまぎれに割りドン前や書き割りの背景を多く用いたが、その背景に描かれた帽子掛けに帽子を掛けようとすると落ちてしまうとか、公園のこれまた背景画のベンチに腰を掛けて弁当を食い、胸につかえた仕科をして、今度は噴水の絵から水を飲むといったようなギャグ」（『日本

◉カジノフォーリーの舞台、中央の左がエノケン、右は中村是好

の大衆演劇』一一七頁）が使われた。

同じ第二次カジノフォーリーについて、『浅草底流記』には次のように描かれている。

　新青年の六号活字のやうな、ナンセンスの連続。ダンス。これはちょっぴり寒い。踊り子の黄色い素足。何んと細い足。乳当てをしてはゐるが、乳当てをするやうな乳があるかしらん、ペッシャンコではないか。いかにも子供々々してゐて、色気がなくっていい。観客に足を向けて寝転ぶと、今度はその足を空に突き出す。人間の下半部を、後から覗くのだ。だがかうしたサマを色気抜きで眺め得られるところに、カジノのいいところがあるのだらう。私はどうしても、この痩せた女の子たちから、芳艶な肉体の香ひを嗅ぐことはできない。人によっては結構これで間に合ってゐるらしいが。――人形のやうな貧しさの中に、さっぱりしたところを私はとる。（四九頁）

井崎博之の作製した「榎本健一年譜」（『エノケンと呼ばれた

男』講談社、昭和六十年八月）によれば、この昭和四（一九二九）年十月のカジノフォーリー再スタートから翌年七月までの間に上演したもので、今日判明しているのは次の諸作品である。

山田寿夫作『嫁取り合戦』『コンピラフネフネ』『久米仙おちる』

サトウ・ハチロー作『センチメンタル・キッス』『月光価千金』『失恋大福帳』

水守三郎作『世界珍探険』（カミ原作）

中村是好作『のんきな大将』『ドンキー一座』

佐藤久志作『テレヴィジョン』

島村竜三作『五月のイデオロギー』

北日出夫脚本『三銃士』

このほか判明しているもの

『ムッシユ・フヂハラの冒険』『三脚の上の馬鹿』『陽気な理髪師』『モダァン浦島』

昭和五年七月から

川端康成原作『浅草紅団』

この中で『世界珍探険』の舞台について井崎博之は次のような小沢不二夫の一文を引用している。

カジノでもっとも印象に残っているのは、カミ原作の『世界珍探険』である。カミのタンゲイすべからざるナンセンスを、まじめに、まともから演じているのが笑えないおかしさで、あとから思い出しては笑いこけた記憶がある。『世界珍探険』のなかで、エノケンさん扮する飛行家が、ある小さな島に不時着する、忽ち酋長以下大ぜいにしばりあげられて火あぶりにされるところへ酋長はいつまでたっても出てこない。舞台でエノケンさんが間をつないでいるのが私らにもわかってきた。ついに縄をほどいて舞台の横に入るや「酋長はどうした」と、怒鳴った。小さな小屋だから客席につつ抜けで、「手前なんかクビだ、この大馬鹿やろう」といってから、ショボンとした酋長を連れて出てきたエノケンさんは、客席に向ってニヤリとした。客席は大笑いだった。（小沢不二夫・劇作家・昭和二十三年九月有楽座プログラムより）

――（井崎前掲書、四六―四七頁）

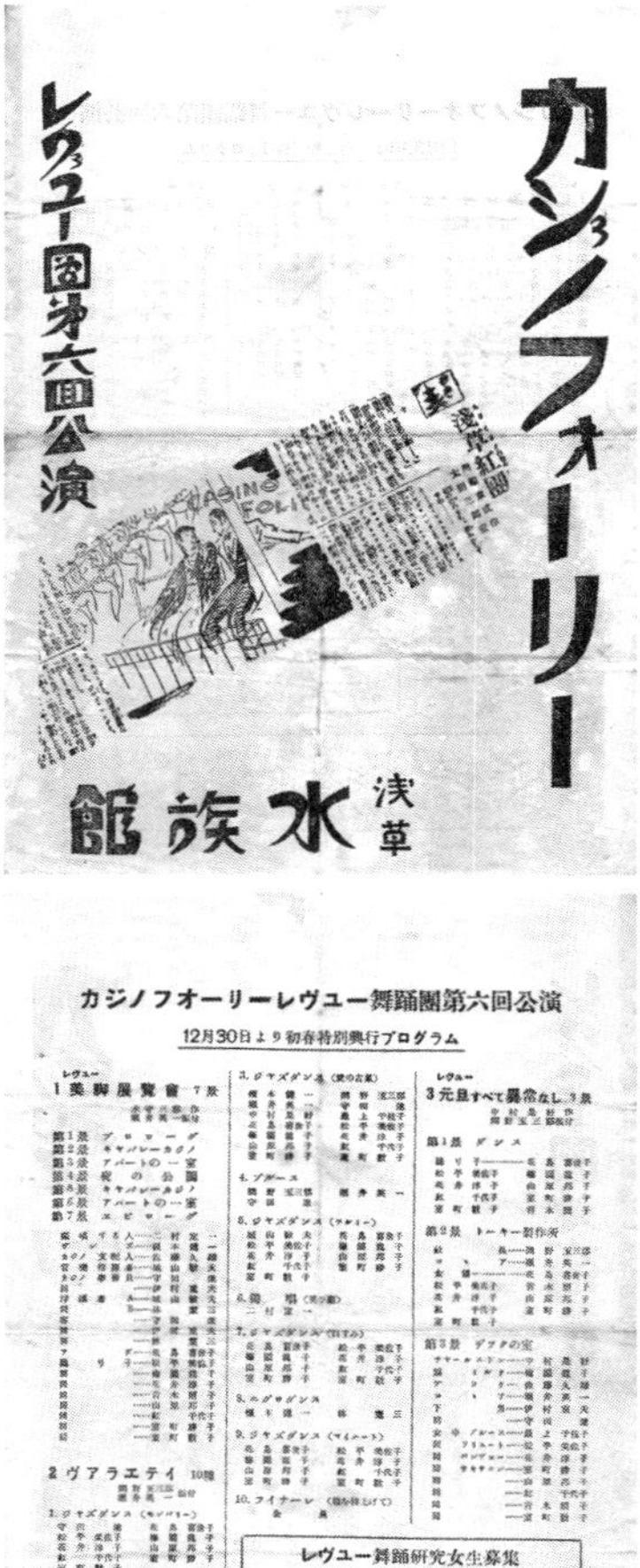

◉カジノフォーリーのちらし（表・裏）

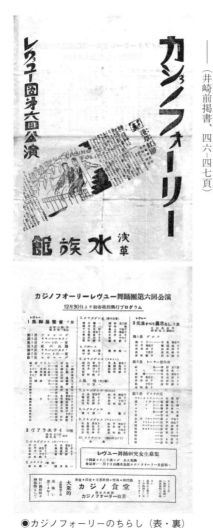

◉『世界珍探検』の舞台、客車の窓の一番左がエノケン扮する旅行家

ピエール・アンリ・カミは『エッフェル塔の潜水夫』（吉村正一郎訳、筑摩書房、昭和三十六年九月）で知られる二〇年代フランスのユーモア作家で、日本でも雑誌『新青年』に度々翻訳が掲載されて不思議な人気を保っていた。この『世界珍探険』を『新青年』からとって上演したのは水守三郎である（水守三郎「レヴューからバーレスクへ」高見順編前掲書所収）。

酋長役の出トチリは偶然の産物であったが、これを今日の言葉で言うところの舞台の異化作用に使ったのは、エノケンの天才的即興性のなせるわざであった。つまりエノケンは、天性のブレヒティアンであったのである。ふつう芝居は舞台で進行する枠組の中に世界を閉じ込めて観客にこの世界に同化《アイデンティファイ》することを求める。これに対して、ベルトルト・ブレヒトは叙事的演劇という考え方を提唱した。語り手が枠組の外にいて、枠組の内と外の境界を常に取り払う役をするのである。従って観客は、物語を娯しみつつも、常に舞台が、より深い匿された真実を表現するための作り事であることを半ば意識し、同時に演技を「かたち」そのものとして娯しめることを舞台の理想とした。ブレヒトは、こうした舞台の二重性をブルジョア社会の虚偽を暴くための手段として使う方向を強調するのだが、ブレヒトの「異化」の概念の先駆をなしたフセヴォロド・メイエルホリドの方法においては、それは演技の「かたち」のモザイク性を愉しむための手段であった。メイエルホリドたちは、リアリズム演劇の意味論的重圧から観客を解放するために、見世物の演劇的な側面を大いに強調した。言い換えるなら、演劇の見世物的側面を強調したのである。

今日、イタリアのピッコロ・テアトロ・ディ・ミラノで上演されるジョルジョ・ストレーレル演出によるカルロ・ゴルドーニの『二人の主人を一度に持つと』の舞台を観た人なら記憶している筈である。舞台の中にコンメーディア・デッラルテのための街路の上の仮設舞台が設《しつら》えられている。舞台を降りて次の出番を待つ役者たちは、ダベったり、巫山戯《ふざけ》たり、イチャついたりしている。つまり、舞台の枠組の外を示す仕掛けで、同時にそれは舞台の虚構性を浮き立たせ、感情移入より、鋭い視線の投入の方がより重要な参加の方法であることを知らせるようになっている。

エノケンの即興性は、ほとんどエノケン自身が意識しないうちに、こうした現実の虚構性の理論にエノケンを導いていたのである。後述するようにこの二年後、千田是也の演出でエノケンが『乞食芝居』の中の神父役を演じて松竹の大谷竹次郎に引き抜かれるのだが、その地盤はエノケンの演技そのもののうちにすでに内在していたことを示している。だが、これはエノケンの人柄から来る下町的な観客とのコミュニケーションのスタイルであったと言えば、それまでのことでもある。

大笹吉雄によれば、カジノフォーリーの脚本は開幕劇を堀井英一、バラエティを間野玉三郎と堀井英一、ミュージカル・コメディを山田寿夫、水守三郎、北日出夫、中村是好らが書き、やがて先駆座や左翼劇場を経て仲沢清太郎（新劇時代は仲島淇三《きぞう》と名乗っていた）が加わった。外部からはサトウ・ハチローや佐伯孝夫が応援していた（大笹前掲書、二一五頁）。のちの流行歌の作詞家としての佐伯の成功を知る者には興味深い一齣である。

この第二次カジノフォーリーの第一回公演を菊谷は観に行っていない。しかし第一回公演について「エノケンと僕」で次のように書いている。

> 第一回の公演は、小さいけれど諸新聞に好ましい批判が出た。気がきいてゐる。スピイドがある、榎本はうまい、踊子が可愛い――が共通した評で第二回目が期待された。
> 僕は見なかつた。斎藤は面白いといつて僕に是非とも第二回は見に行かうと言つた。

この文章の前半は少し前に何処かで読んだなと思うに違いない。それもその筈で、「エノケン三分の一代記」とほぼ同じなのである。菊谷が、この本の中で私が、第一次資料を持たない部分についてやむを得ず行っていると同じような、少し修正した写しをやっているとも思えないから、これは二つの文章が同一人物の手になるものであることを裏づける証拠として考えることが出来るだろう。

菊谷栄、エノケンの舞台を観る

第二回目の公演についての菊谷の記述は、貴重な同時代の証言である。多少長くなるが、これがエノケンの舞台と菊谷の正式な出会いであるという意味において、本書の中でも最も劇的な部分になるテキストなので、そのまま再録させて貰おう。

第二回公演――

絵を描《か》くことは昼間の仕事で夜は閑な僕、おでん屋ニコ〳〵の主人斎藤さんに連れられて彼等の楽屋へ行つて見た。健ちやんと中村是好、間野玉三郎、堀井英一等の部屋、その隣りが踊子部屋である。

行く二三日前に、当時ビクタア専属としてジヤズ唄の流行児二村定一がおでん屋へ来て言つてゐた。

「カジノの踊子の中に可愛い子がゐる、歌舞伎の中村正太郎そつくりな……」

正太郎とは当時一代の名子役中村又五郎の弟で、歌右衛門の息児太郎と共に可憐な名子役たる中村正太郎のことである。

花嶋喜世子は健ちやんの新妻としてこの時僕は紹介された、その隣りの化粧台前（俗に粧前）に明眸《めいぼう》で鼻の高い、ひき締つてはゐるが少し口の大きい、十四位の少女、いまだ乙女としての肉体を有してゐない美少年型の少女がゐた。

――正太郎はこれだな――と思つた。これが梅園龍子であつたのだ。

◇

僕と斎藤さんは便所のところから客席へ出た。百人位の観客はゐたであらう、が十月末の夜の冷たさはこの客席に沁み込んでゐた。

開幕のベルが鳴る。

オウケストラボツクスへ楽士が五六人現はれる――が舞台の奈落から来たのではない、しまつてゐる幕の上手のはゞ《ママ》から一人々々小さい梯子段によつてボツクスへ降りて行くのである。

暗くなつて脚光《ふつとらいと》が点ぜられる、うす汚い幕の下の方がパツと赤くなる。ジヤズがはじまる、そして開幕。

舞台には西洋の爺さん婆さんがゐる。お粗末な背景や家具ではあるが、それは金持の居間を現はしている、お爺さんは健ちやんである、お婆さんは誰だか知らない、お爺さんは何となく焦《じれ》れつたさうにしてゐる、召使を呼ぶのであらう。呼鈴をリリツと鳴らした。と現はれた女中は十人、皆可愛い少女ばかり。十人とも女中の風はしてゐるが一人もストツキングを穿いてゐない、健康な脚まろ《ママ》だしである……僕は嘗つて舞台でかゝる光景を見たことがない、女中だつて十人一度に出たのははじめて見る。

◇

と健ちやんの爺さんはしはがれた声で怒鳴る。

「何んだつて皆来るんぢや、みんなに用はないんぢやよ」

すると入つて来た十人が小腰をかゞめて一礼し、皆また退場して了《しま》ふ。

「みんな行つて了つたら用がたらんではないか」と怒鳴るとまた皆が来る。

「あれあ？　一人でいゝんぢやよ……」

と、女中十人のうち一人だけが一礼して出てゆく、

「あれあれあ？こゝに一人だけ残れといふんぢやよ」

これでやつと女中が一人残るのである。このギャグ（笑ひの勘どころとでも訳すか？）の新らしさ、そしてこの間の健ちやんのイキの良さ、動作の西洋人らしく巧《うま》いこと……僕は感心してしまつた。

一つの景が、さげか落ちがあつて客がどつと笑ふ。暗転とジヤズがはじまる、とたんに明るくなつて更紗模様のお粗末な引き割り幕が今まで舞台を包み、次ぎの景となつてゐる——このスピイド……

「面白いでせう」

斎藤はいつた、僕は面白いなんて批評する気持はない、たゞ心陶然として楽しく、全く魅了されてゐたのである。

菊谷はエノケンの舞台に出会頭、擲られたようなショックを受けた。ここで彼は最初の舞台で完全にエノケンの虜になるのである。菊谷は何よりも、舞台の進行と転換の速さに驚かされたらしい。菊谷は続けて述べる。

第一の出し物が済み、第二はヴアラエテイで、これはジヤズダンスの群舞、独唱や合唱、スケツチ劇などが並べられてゐるのである。

我が健ちやんはこのスケツチへ出た。それは停車場の待合所で、真中にベンチがあり、それに健ちやんが一人腰をおろし、わきにはトランクが二つばかり置いてある、すると旅客らしい人が二三人来て腰をかける席を探し、健ちやんとトランクを訝《いぶ》かしくじろ〳〵と見て

「君!このトランク、どかして下さい」

といふが健ちやんは知らん顔をしてゐる、旅客達は彼に烈しくトランクをベンチから下してくれ——といふが、健ちやんは

「どけられないんだよ……」

の一点張りなので彼等は憤《おこ》つて駅員を呼んで来る、駅員は公衆道徳云々と言つて健ちやんにいふが……

「どけられないから、どけられないんだよ」

と頑張るので遂に駅員も憤《おこ》つていふ。

「それぢや貴方が退場して貰ふ!」

すると健ちやんは
「例令《たとへ》、さういはれたつて俺はどけられない。何故なら、このトランクは俺のものではないんだ！」

それで一同ダアーとなる。暗転……このスケツチも巧いものだつた。駅員は彼に次いで腕のいゝ中村是好が扮してゐたやうに記憶する。

そのほか健ちやんは黒坊《くろんぼう》に扮してジヤズを踊つた——当時ジヤズダンスの断然おさへてゐた流行はチヤアルストンダンスのステツプである。健ちやんはそのステツプよりも身体《からだ》そのもの、ユウモラスな形、動きが巧い、しかもすばらしい熱がある。

ヴアラエテイの大詰《ふいなあれ》には彼が中心となつて全員——といつても三十人足らずだが——拍手とステツプを交互にしてジヤズのリズムに合はせ、全員の統一された動きがだんだんテンポを速めて幕。

僕はます〳〵驚嘆した。ところが第三の出し物に至つて更に更に驚嘆したのだ。

（中略）

——歌舞伎などでは番組最後の狂言は軽い所作ものなどが多いけれど、レヴユウにあつては最後に必ず大物を据えることは無上の鉄則とされてゐる——

「サアカス一座」といふ題で、中村是好作としてある。中村是好は前にも述べたがカジノ・フオリイズに於いて健ちやんに次ぐ腕と人気を持つてゐる人だ。

（中略）

「サアカス一座」は彼の作としてはあるが健ちやんが考へた趣向《あいであ》やギヤグが大部分を占めてゐたのださうだ。中村是好はこのサアカスの団長で綽名は哲学者のお父《とつ》つさん、健ちやんはピエロ、間野玉三郎は踊手で二枚目、最上千枝子がルイズといふヒロインであつた。

（中略）

先づサアカス一座員の紹介に始まり曲芸その他がはじまる。この中で中村と健ちやんの小奇術。健ちやんがいち〳〵ヘマをやつて笑はせ、次いで健ちやんの綱渡りとなるが、平舞台の上で音楽に合はせ、恰かも綱渡りそつくりの身振りを見せ、最後に綱から辷り落ちるまでの巧みさは、観客を驚嘆！爆笑させたものである。

健ちやんのピエロはルイズと二枚目とが恋し合つてゐるのに嫉妬し、ルイズに中傷する。ルイズはわざと病気となつて倒れ二枚目の心《うち》をためす。こゝへ現はれる医者は城山敏夫で、そのトボけた演技、……一座悲嘆に暮れる中にピエロは常に陽気なれ——といふ団長の哲学を信じて踊り廻る健ちやん——すべて新鮮な演出であつた。

二枚目とルイズの二人ダンス（デユエットといふ）になるが、ルイズが倒れてゐるので健ちやんのピエロが代役で娘役に扮し、バレエ衣裳で間野玉三郎とタンゴを踊ることになる。

このダンスの面白さ、可笑しさはすでに天下一品と称してもよかつたらう。

他愛のないギヤグであるが、名優エノケンが演じたサーカス・クラウンの綱渡り、娘に扮してデュエットを踊るピエロ＝エノケンの演技は、チャップリンのそれに勝るとも劣らなかったのではなかろうかと推し量られる。

この時からエノケンの舞台に魅せられた菊谷は、水族館付近にあった大衆食堂だるま屋で開かれた「カジノを見る会」にも出席するようになる。「菊谷栄年譜」（『ツガル・ロマンティーク 陽炎の唄は遙かなれども』上演パンフレット）ではこの時期を昭和四年七月頃としているが、菊谷自身が「エノケンと僕」の中で、カジノフォーリーを見たのは第二次の第二回公演であったと書いているので、少なくとも再スタートした十月以降ということになろう。

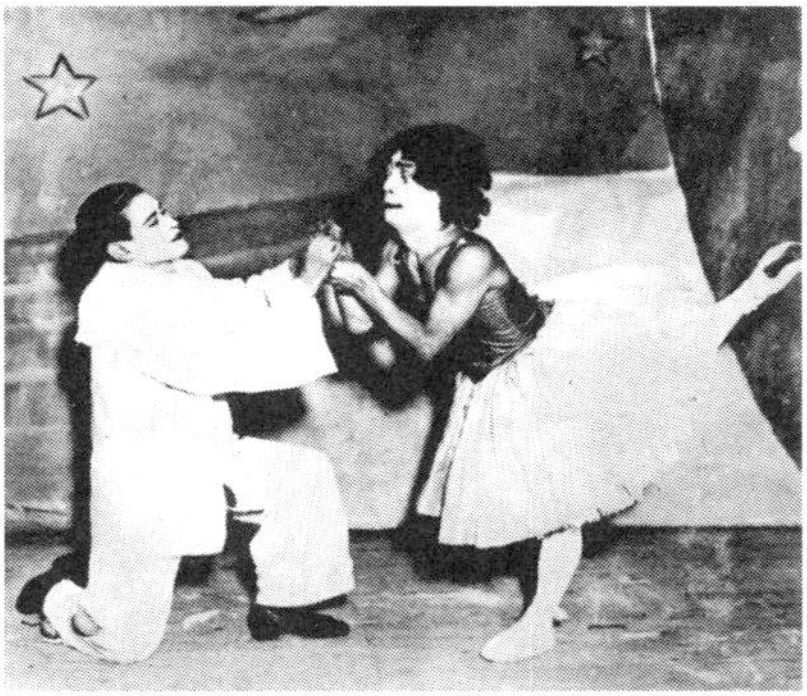

◉『サーカス一座』でプリマに扮するエノケン（右）と二枚目役の間野玉三郎

カジノフォーリーの人気

第二次カジノフォーリーは、ズロース事件とカジノフォーリーが登場する川端康成の小説『浅草紅団』の反響故に、東京中のインテリを呼び寄せることになった。ズロース事件とは、中村是好によれば次のようなものである。

カジノ・フォーリー時代に、踊り子のズロース事件ってのがあった。カジノの踊り子は金曜日になると、ズロースを落とすって評判が立った。この真相は、踊り子が舞台のソデで着替えるような仕草をしているのが、宣伝部のスチール写真にはいっちゃって、世間に公表されちまった——というわけですよ。当時の踊り子は、ズロースを黄色とか赤色とかを何枚もはいてたんです。その一枚をたまたまぬいだわけだ。

おもしろいのは、そのズロース事件で、きどり屋の銀座マンが、浅草の水族館へ押しかけたってことですよ。（牛島秀彦『浅草の灯 エノケン』八四-八五頁）

エノケンも『喜劇こそわが命』の中で、やや内容は異なるもののズロース事件は全くの嘘っぱちと悔しがっているが、この噂のおかげで一層客が入るようになったのは確かなようだ。

水守三郎はこのカジノフォーリーの盛況を次のように回想している。

（前略）何といつても浅草の大衆の支持がなかったならば、かほどの大入は続け得なかったであろう。この点、（中略）浅草に集まる大衆の鑑識眼は侮りがたいと思うのである。（水守三郎「レヴューからバーレスクへ」高見順編前掲書、一九頁）

井崎博之は『エノケンと呼ばれた男』で、カジノフォーリーでの第十八回公演（昭和五年四月三十日から五月九日まで）のプログラムを紹介している。それによると第一番目の演目はレヴュー『テレヴィジョン』七景（佐藤久志作、北日出夫補、堀井英一振付）となっている。

第一景「山の実験室」、第二景「街路」、第三景「カフェー・カナリア」、第四景「街路」、第五景「山の実験室」、第六景「とある駅の待合室」、終景「祝賀会場」という各景で構成されている。どのようなものであるかはよくわからないが、「テレヴィジョン」という二十年後に実験される未来のメディアを舞台化するアイディアは、いかにも昭和初期のモダニズムを想わせて微笑ましい。井崎によれば「これに出演していた中村是好すらまるで記憶にないといっている」（四七頁）という。

第二の演目はヴァラエティ（間野玉三郎作、堀井英一振付）の中に、独唱二村定一が「夕月」と「大阪行進曲」を唱ったことになっている。

第三番目の演目は、レヴュー『ドンキー一座』十景（中村是好、間野玉三郎振付）となっている。井崎は「中村是好が脚本を書いているから超モダーン曾我廼家劇であったろうと思う」（四八頁）と述べている。この舞台にも二村定一は出演している。

中村是好は、元々「曾我廼家十吾の弟子で、十吾が曾我廼家十郎から独立して、曾我廼家文福を名乗っていた頃、その文福茶釜一座に入り曾我廼家七福と名乗っていたこと」（井崎同書、四九頁）があり、上京しても劇団を転々と移り、一時は五九郎劇団に加わっていたこともある。中村自身の語るところでは、金竜館オペラでは大部屋の役者だったが、カジノフォーリーが発足した時には、エノケンの先輩格であった。ヴァイオリン、歌唱、歌舞伎、義太夫、浪曲に通じた才人で、五九郎劇団でもヴァイオリンを弾いていたこともあり、カジノフォーリー発足の頃は楽師で、役者は副業だと思われたこともあるという。台本も全部で五十本ほど書いたらしい。エノケンの女房役として昭和二十一年まで舞台に映画に介添役を務めた名脇役であった。ついでながら、中村たちは、英米仏伊露独の言語でそれぞれの国家を唱うことが出来、各国の大使館員が子ども連れで観にきた時は、敬意を表して楽隊に即興で伴奏して貰って、それぞれの国家を奏して喜ばれたともいう。（中村是好談）

エノケンの脱退

昭和五（一九三〇）年、エノケンは一年半ほどでカジノフォーリーを抜けた。このあたりのいきさつは諸説入り乱れよくわからないところがある。エノケンが後日与えた説明は、賃上げのわずらわしさによるものということになっている。カジノフォーリーの人気上昇に伴って幹部連中は、賃上げをエノケンに要望した。幹部の再度の賃上げ要求に接したエノケンは、劇場側に折衝するわずらわしさよりも、水族館を出て、六区に進出する方を選び、幹部に相談したところ、幹部は全員賛成したので移籍を決めたということになっている（榎本健一『喜劇こそわが命』）。

水守三郎は「カジノフォーリーの成功を、浅草興行界が見逃すはずがなかつた。まずエノケンがカジノから引き抜かれて六区の観音劇場（今の大勝館の左隣りにあつた）で新カジノの一座を旗挙げした」（高見編前掲書、一九頁）としてエノケンは受け身だったように書いている。

一方、サトウ・ハチローは『浅草』（素人社、昭和六年三月）で次のように述べている。


ことの起りは、〔文芸部の〕黒田哲也から起こつてゐる。黒田哲也もマルクスか何か一冊位よんだのであらう。この夏前に、

『館主はこんなに、儲けてゐるのに我々の待遇を一向よくしてくれない。僕はフンゼンとしてたつよ』

と、不平をもらした。実際誰の目からみたつて、カジノ・フオリーが、もうかつてゐるのは解つてゐるのだ、哲也ならずとも安いサラリーで働いてゐるものとしては当然の要求なのだ。

『朝十一時から晩の十時まで、それに一ケ月の中《うち》の二十日否それ以上は稽古々々で毎晩二時三時、サラリーでもあげてもらわなければたまらない』

まことに無理のない話である。その昔ヨタ者をやつたことのあるエノケンはすぐさま、

『さうだとも』

と賛成した。さうして自分達の要求を提出して。《ママ》容れられなかつた。いいですか、カジノ・フォリーの館主もやはり資本家ですぞ。

そこで健坊は、フンゼンとして脱退した。

『健坊がやれば俺達も』

と言つてゐた連中はどうしたか。フラフラと資本家にロウラクされて、健坊を裏切つた。その先鋒は黒田哲也なのである。自分でコトを起こして置いて裏切るなんてなんたるやつであらう。と力んでみたところでしやうがないが、健坊は涙をのんで次の策にとりかかつた。さうして観音劇場へ新カジノ・フォリーをたてた。健坊、間野、是好、堀井、花島、花井。僕はこのときから黒哲を嫌ひになつた。（九一－九二頁）

ここで黒田哲也とあるのは島村竜三のことで、島村は理屈っぽい社会派で、書く脚本も退屈なものだった。どういうわけか島村は、昭和六年十二月三十一日、玉木座の支配人だった佐々木千里が新宿にムーラン・ルージュを作った時、文芸部長として加わっている。しかし被害者の一人中村是好は、島村竜三は給料を取っていなかったというから事の真相は必ずしも明らかではない。エノケンと共に新カジノフォーリーに加わったのは中村、間野、堀井の他に、如月寛多（太）、土屋伍一、依田光、藤原釜足、花島喜世子、エノケンの実妹花園敏子らで、文芸部員は寝返って一人も参加しなかった。エノケンが菊谷栄らを必要とする条件は次第に熟して来るのである。

エノケン脱退のいきさつについては、もう一つ、牛島秀彦の『浅草の灯 エノケン』に次のようにある。

木内興行部の給与条件は、座長格のエノケンが五百円、幹部が三百円。前金を一人宛二百円ずつもらって、いざ観音劇場へ移転しようとなったとき、水族館側の必死の引き止め工作で、エノケンを除く幹部三名が、前金二百円を返上して、残留する―と言い出した。

エノケンにしてみれば、再三賃上げの要求を自分に依頼し、それじゃいっそのこと六区へ進出しようか―と言うと双手をあげて賛成し、前金までもらっていた幹部が、そろいもそろってやめた……と言うなんて絶対に許せない―というところである。

いっぽう寸前で、二の足を踏んだ幹部側にすれば、エノケンが五百円、自分たちは二百円も差がついた三百円―というのが、何よりもカチンときたらしい。（一〇四―一〇五頁）

事実、カジノフォーリーではエノケンの給料は百二十円、中村、間野、堀井のは百円、二十円の差しかなかったのである。これでは、確かに中村らでなくても頭に来る筈である。中村がカジノフォーリーに加わったときの条件は、中村が百五十円、エノケンは六十円ということだった。そこで中村は、エノケンを含めた幹部が一律九十円ではどうかということで給料を決めたといういきさつがある（中村是好談）。それが人気の逆転で仕方がないとはいえ、給料の上で逆転したことにすでに、かすかな不満を覚えないわけではなかったろう。

確かに、エノケンは苦労人の中村と違って、そういうことには全く無頓着であったし、気配りなどというのは薬にしたくともなかったと思われる。浅草松竹座で再び合流して、戦後まで菊谷という右腕を失ったエノケンの女房役を務めた中村も、昭和二十一年にエノケンが放った「オメエさん達の給料のことなんかオレあ知らねえよ」の一言に、見切りをつけてエノケンの許を去ることにしたと述べている。当時八十円の給料で、息子の十円の学費を出せず、息子が学校へ行きたくないと言っていた折のことであった。エノケンにしてみれば、自分が蓄財しているわけでなし、金は天下の廻りものだという意識があるから、給金の差など問題にする気もなかったと言えなくもないだろう。

いずれにしても幹部にそむかれた「ヨタモノあがり」の短気なエノケンは、逆上して「連中を片輪にして、二度と舞台に上がれんようにしてやる！」といきまき、エノケンの書生格だった依田光は、〝親分〟の意を介して、「まかしておくんなさい。俺が奴等を刺してやる！」と叫んで、刃物を持ち出したりした。そんな権幕に恐れをなした幹部達は、しぶしぶ「新カジノ・フォーリー」に参加した（牛島前掲書、一〇五頁）。木内興行部としては、落ち目の五九郎や諸口一座などの新喜劇と合同させるための強化劇団として考えていたらしい。しかしエノケンはあくまで単独公演を主張した（旗前掲書、七一頁）。

カジノフォーリーの終焉

佐藤文雄が語るところによれば、菊谷もこの頃には、「カジノを見る会」から一座に移行して、舞台装置係として新カジノフォーリーに参加していた。小道具を担当したのはこの二人に鴨下という青年を加えた三人であった。小道具というのでは面白くないと美術部と改称した。美術部の仕事は、次の芝居にいるものを書き出して、ステッキとか帽子とか、いろいろなものを佐藤がそこらじゅうを歩き廻って、古道具屋などで買い集めて来た。菊谷は、自動車をはじめとする絵を描く。鴨下は、木を打ちつけてボール紙に貼りつけたりして、菊谷が絵を描く下ごしらえをしたという。

　第一回の公演では中村、堀井、間野の三人も参加したが、結局エノケンの下じゃ嫌だと言って、それぞれ三人くらいの手下を引き連れて辞めてしまった。そんなわけで座員は半減してしまった。木内興行部から金は前金で一カ月分は貰っているので、幕を開けないわけにはいかない。この時マネージャーの役を買って出たのが、本郷のおでん屋「ニコニコ」の主人斎藤であった。斎藤は菊谷の回想にもあったように、菊谷をカジノフォーリーに連れ出し、エノケンに引き合わせた人物である。この人も好人物であったが、金には締まりのない人だったらしく、ひと月分として受け取ったうちの半分は給料などに払っていたが、あとの半分は使い込んでしまっていたらしい。佐藤はこのいきさつを次のように説明する。

　　役者は金をもらわなくても出ますけれども、衣裳、小道具、靴、かつらというのは金をくれなきゃボテという箱〔衣裳ケース〕をあけられないのです。これ、金とって芝居しなかったら詐欺ですからね。あたしが金を借りてきて、とにかく初日を開けなきゃしょうがないんだ

から、開けてくれといって、裏方に少しずつ金を渡してとにかく開けたわけです。（佐藤文雄談）

新カジノフォーリーの文芸部長には、サトウ・ハチローの推薦により詩人の井上康文が就任したが、文芸部の弱体化は否定しうべくもなかった。エノケンはサトウ・ハチローを顧問に迎えた。しかしサトウは何もせず、実働要員として送り込まれたのが菊田一夫だった。このとき文芸部には他に武岡葉、山下三郎らがいた。菊田はサトウ・ハチローの代筆をして『早慶戦雰囲気』を書いたが名が表に出ることはなかった。（牛島前掲書、一〇五−一〇六頁）

分裂後のカジノフォーリーと新カジノフォーリーを比較してサトウ・ハチローは次のように書いている。

（前略）〔新カジノフォーリーには〕健坊、間野、是好、堀井、花島、花井。（中略）片や水族館〔カジノフォーリー〕の方には城山を頭《かしら》に梅園と最上、これでは勝負にならないにきまつてゐる。だがどつこい、水族館は長く売りこんだ地盤がある。金があるからイシヨウや道具がいい。其に実際のことを言つて脚本がいい。黒哲はだめだけれど山田、水守などなかなかすばらしい。それに劇場が手頃だ。幕間には金魚をみてゐればいい。コーラスの女の子がそろつてゐる。これが強味だ。

新カジノ・フオリーでいいのは何と言つても三人の役者と健坊が車輪にやつてゐることだ。それからどんな小道具でもこしらへものでやつてのける鴨下君といふ人がゐることだ。構造社の杉田忠治氏の弟で、こんなところで働かなくてもいい人なのが、エノケンと十年来の親友で健坊のためにやつてくれてゐるのだ。脚本はなつちやゐない。うんざりする。だが四人の人が仲間割れをしないで、やれば軍配はこつちへ上ること確実である。しかし最大欠点は、劇場主経営者の木内末吉氏が数年来の損失でお給金が満足に払へないことだ。（中略）

水族館の方からカジノ・フオリーといふ名をとり消せなんて、けちくさい抗議を申しこんでゐるが、こいつは解せない。僕に言はせれば、カジノ・フオリーは劇場についてゐる名でなく健坊や何かの身体《からだ》についてゐるものぢやないかと思う。（サトウ・ハチロー前掲書、九二—九三頁）

このサトウ・ハチローの見方は比較的フェアなものであると思われる。当事者がその渦中で書いたものであるから、両者の関係、相違を生き生きと捉えた文章である。木内はこの頃鉱山の経営に手を伸ばして営業不振に陥っていた。それにしてもサトウ・ハチローの、四人の役者間の気まずい雰囲気に一向気づかぬふりは、ちょっと解せないところがある。

結局、客足の鈍さや、給料の払いの悪さなどの原因も重なって、新カジノフォーリーは三カ月足らずの公演の後、十月に解散した。陣容に対して劇場が大き過ぎたことも原因の一つに挙げられている。

ところで、エノケンらが脱退した後のカジノフォーリーについては、大笹吉雄が『日本現代演劇史——大正・昭和初期篇』の中で比較的丹念に追跡している。それによれば、エノケンたちの脱退後、カジノフォーリーは徐々にアジ劇的、新劇、築地小劇場的方向を前面に出し始めた。菊田一夫は『流れる水のごとく〈芝居つくり四十年〉』（オリオン出版社、昭和四十二年八月）のなかで次のように述べている。

（前略）脱退組はメンバーはひとりひとりが、そのころのカジノ言葉によれば「街頭派」である。残留組は島村竜三以下の文芸部を主力とするだけあって「サロン派」である。もっと端的な言葉でいえば、脱退は「商業演劇愛好派」であり、残留派は「新劇的芝居を愛好する派」なのだ。その両者の心の中にはふだんからなにか鬱積するものがあったのではあるまいか。そこで待遇改善のストライキを機会として残留派は裏切って水族館にとどまり、脱退組は、ていよくしめだしを食ったということなのではあるまいか。（一二一頁）

こうした事実に立てば、島村は実は給料を取っていなかったという中村是好の証言も生きてくると言えよう。

島村の代表作『ルンペン社会学』は、カジノ・フオーリー文芸部編『カジノフオーリー脚本集』（内外社、昭和六年九月）に収録されている。エノケンらが出た後の残留派によって作られたものである。

昭和四年の夏、大森から上野桜木町へ引越して以後、浅草へはしばしば姿を現していた川端康成は、この本の巻頭に寄せた「序に代へる手紙」で次のように書いている。

諸君はいづれも、いはゆる文壇的な仕事に、また演劇の仕事に、野心を持つてゐられるやうであります。浅草の見物と文学的良心との板ばさみになることも、時にはあるやうでありま す。けれども、諸君が今後どのやうな文学上の仕事をするにしても、諸君は新しい文学を浅草に生かしたことを誇らしく思ひ出すでせう。今後どのやうな演劇上の仕事をするにしても、二度とはあるまい諸君と踊子達との美しさを、なつかしく思ひ出すでせう。（三頁）

だがこの本は、それまでカジノフォーリーの看板であった、今日の言葉でいうところの〝祝祭性〟のまるで見られない、つまらないアンソロジーである。それは、折角エノケンという逸材を抱えながら、これを吸収することの出来なかった日本の左翼の文化政策の貧困さのはしりのような出来事を物語っている。この欠陥は今日に至るも少しも埋められていないと言えるだろう。本書に掲載されている島村の『ルンペン社会学』の梗概は、次の如くである。

「入門篇」主人公ペン吉は会社員の職を失う。

◉『カジノフオーリー脚本集』の表紙、「カジノフオーリー」の文字しかないが、背と奥付には「カジノフオーリー脚本集」、大扉には「カジノフオーリーレヴュー脚本集」と記されており、タイトルが統一されていない

「第二篇『太陽のない街』」ペン吉は銀座や上野公園で社会の真の姿に接する。

「第三篇『五月のイデオロギー』」ペン吉は浅草界隈のルンペン・プロレタリアートの撥剌たる姿に触れて目覚める。

今日で言えば、さしずめ杉浦幸雄のマンガ『面影の女《ひと》』(実業之日本社、昭和五十九年九月)のような素材であるが、杉浦のようなアナーキーなエロチズムも見られない、つまらない公式的な左翼道徳劇である。大笹は「カジノ・フォーリーが持っていたモダニズムは、ダダ的な色彩を濃厚に保持しつづけたエノケンと、マルクス主義の波に洗われた島村たちのグループとに二分すべく二分した」(大笹前掲書、二二四頁)と述べている。おでん屋「ニコニコ」グループも、南天堂のダダ・グループも、教条左翼の汚い策略によって押し退けられたと言うべきであろうか。つまり、同じ「サロン派」でも南天堂に集まったようなネアカ・ダダ+アナーキストのそれではなく、ネクラの左翼によって乗っ取られたのである。

酒井俊は『大衆芸能資料集成 第九巻』「月報」(三一書房、昭和五十六年三月)でカジノフォーリーのたれ死にの経過を次のように述べている。

(前略)どんどんとレヴュー団ができたし、水族館が六区からはずれたところにあったからだんだん客が来なくなって、電気代が払えなくて小屋を閉めたりしてたんですよ。昭和七年の六月には〝解散した〟なんて新聞に書かれたりして。それでも、次の年の正月には電気代を納めてなんとか開いたんだけど、それが最後の公演でしたね。(六一七頁)

元の木阿弥とはこのことである。水族館演芸場はもともと八木節専門館だったのだから、公式イデオロギー派の尽力によって元の鞘に収まったというわけである。

カジノフォーリーの演技の質について、サトウ・ハチローは次の如き評言を残している。


　カジノ・フオリーはなぜ盛んになつたか。といへば皆が役者でないからである。芝居がまづいからである。セリフが満足に言へないからである。ここのお客はセリフでは絶対に笑はない（。）インチキなしぐさ一つで（笑うので）ある。

『すすりなくのはウドンと僕』

『ふくらむ思ひはあたしとカルメヤキ』

などといふより、健坊や千枝子や是好が、妙な顔を一つすればいいのである。先日、新派の柳永二郎が見物に来てゐた。僕がゐるのをみつけて、

『面白いね』

と柳が言つた。（中略）

『どんなところが』

と訊くと。

『舞台を持てあましてゐて、よちよちしてゐて、そこに何となく面白味があつて』

と、ほめるんだか、けなすんだか砂糖のこげる匂ひみたいなほめかたをしたが、実際さうである（。）みんながうまくなつたら、お客様はなくなるだらう。（サトウ・ハチロー前掲書、九

四―九五頁）

サトウ・ハチローは逆説的に言っているのである。確かに、エノケンたちは並のうまさを拒否して、ずっこけた身体で舞台にエントロピーを撒き散らそうと努力した。それが何よりも彼らを優れた道化に仕立てたのである。彼らの舞台のやけくそのアナクロニズムと無知の意図的な（匿さないという意味での）露呈について、サトウ・ハチローは次のようにも述べている。

アメリカの兵隊の服を着てサロメの兵隊をつとめたり、十八世紀の上着を着て、デビスカツプに出場したり、ひどいのになるとハイデルベルヒのハインリツヒが、カイゼルの帽子をかぶつてゐたり、クラシツクな二百年前位の服装でフオツクストロツトを踊つたり、歌ふ歌の詞《ことば》は文語と口語とごちやまぜのカクテル。例へば、

君にささげんこの花
綺麗でせう、嗅いでごらん
めぐしの君よわが胸にやさしき言葉をかけてちやうだいね。
たのむわよあらいやだいとしの人よ
なんて、とんでもない歌だつたり。女優は女優で
「今度はなアに?」
「セレゴのドロナーデよ」
おお、何とこれはドリゴのセレナーデである。（同書、九七―九八頁）

真偽のほどはともかく、彼らが意図しないで、拵え事の舞台の上で真実の虚偽性を暴く異化作用を図らずも行っていたことをこの一文は示している。

この頃のカジノフォーリーと新カジノフォーリーの役者について、サトウ・ハチローは次のような要領を得た寸言も記している。

さてカジノ・フオリーのスターの身もとしらべを少しやつてみよう。

榎本健一——麻布の玄米せんべいの御曹子オペラ役者柳田貞一の高弟にして、かつては映画女優上村節子の恋人たりしことあり、東亜キネマに籍を置きしことありしかど、チヨンマゲのかつらをかぶると、首がつぶれるんで、映画俳優を断念せり、目下観音劇場新カジノ・フオリーの座長なり。スター花島喜世子は健坊の貞淑なる女房なり。

中村是好——前身坊主なり。長ずるに及び其思想オシヤカ様とあひいれず遂に発念カジノ・フオリーの俳優となる。些か臭き気味あれど、カジノ的名優なり。副業として向島芸妓《げいしや》組合のダンスの先生なり。ベツドルームのスローモーシヨンのダンス最も得意なり。

間野玉三郎——不幸にしてこの人の前身を知らず。

堀井英一——旧姓を人見といふ。高田雅夫時代の踊り子にして、小柄なれどもその男ぶりは公園の子守娘をうならすに十分なり。その女房は松山浪子の妹なりしかど、先月死去せり。目下独身、候補者物色中、お申し込みの方はサトウハチローまで。

城山敏夫——旧姓川城青海波、木村時子の書生にして赤ん坊をあやすに妙を得たり、淋病をわづらひて木村家を追はれ、流浪転々いつの間にかピアノを覚え、唄を唄ふ。パートのよめること前四人に優ること数段。女房は髪結にして年上なり。（同書、八九–九〇頁）

サトウ・ハチローの戯作者的面目躍如たる戯文で、寸鉄人を刺すところがあるが、しかしエノケンと彼を取り巻くカジノフォーリー、新カジノフォーリーを通じての幹部たちを活写して余りあるものである。

詩人菅原克己の証言

当時さまざまな種類の観客がカジノフォーリーに押しかけていた。しかしながら証言は思ったより少ない。カジノフォーリーの舞台についてのどのような記録も貴重である。以下に引用する瑞々しい筆致で書かれた一文の筆者、詩人菅原克己もプロレタリア文学とカジノフォーリー的なものを両立させることを願った少年であった。

少年期から青年期に入る年ごろというのは世の中の未知なものを探して走りまわって、疲れを知らない動物のようなもので、何事も区別せず、新しいもの、変ったものがあれば目をまるくして飛びついてゆく。そのころのぼくもまさしくそうで、左翼的なものにひかれていったとはいえ、ふところに小林多喜二の『蟹工船』と横光利一の『春は馬車に乗って』が一緒に入っていても、何ら矛盾は感ぜず、現実社会の不合理に腹をたてるかと思うと、スイートピイを撒きちらしながら春がやってきた、といった文章にも目がさめるような気がしていたのである。

（中略）

だから、その頃ぼくが、片方で〈読書会〉をやりながら、片方で浅草に出かけたり、「カジノ・フォーリー」を観たりするといったことも、別にふしぎでなく、理屈っぽく考えることもなかったのである。

当時は、物価でいえば、ぼくら学生や労働者などは食堂で、朝八銭、昼十五銭、夜十五銭の定食で暮せるころであった。市電は片道七銭、ゴールデンバットがやはり七銭で、一円玉を持てば、交通費から食事、映画もみられるという時代だったのである。そして、そういう庶民が、一日中気安く遊んでこられるというところといえば、第一に必ず浅草の名があげられたものである。（菅原克己『遠い城――ある時代と人の思い出のために』創樹社、昭和五十二年六月、二二〇-二二二頁）

浅草が学生、労働者そしてフツーの人といった大金に余り縁のない人々にとってどのようなイメージを結ぶ場所であったのかが的確に描かれている。

これに続く部分で菅原は水族館に至る道のりを次のように再現する。

浅草に行くと、ぼくは雷門から仲見世を通って、観音様にちょっと挨拶し、それからすぐ六区の方に足を向けたように思う。仲見世の裏に江川の玉乗りがあったように思うが、それはいつ頃だったろうか。花屋敷には入口に大きな象がいて、鎖に足をこすりつけていつもキイキイ音をたて、ジンタの音とともに回転木馬がまわり、びっくりぜんざい、すし屋横丁、安来節の常盤座、万才の金竜館、それから両側にぎっしり並んだ映画館とその客引きの声、そして学生、小憎さん、商店員、職人、親子連れといったような気楽な人びとにまじって、ぶらぶら歩きながら、やがてぼくは水族館の「カジノ・フォーリー」に入るのである。

（中略）

今はない瓢簞池のそばに、鯉とか金魚とかの、しごく当り前の魚しか泳いでいない、世にもかわいそうな水族館があって、そこの二階が「カジノ・フォーリー」であった。ところどころ綿がはみ出た粗末な長椅子に、お客さんがまばらに腰かけていたが、中には肩肘ついて、ながながと寝そべっている人もいた。そして舞台を眺めながら、ときどき「ケ、ケ、ケーンちゃん」などと楽しそうに声をかけているのである。こんなに貧しく閑散とした劇場は、ほかには決してなかったが、かえってそのために、舞台と客の呼吸がとけあうような気さくな雰囲気があって、それもまたよそではみられないものだったのである。

出し物は、ナンセンス・コメディ、寸劇、歌や踊りも入るバライエティ・ショウなどで、盛りだくさんだったが、時局を風刺したものも多かった。当時はやったマルクス・ボーイ、ステッキ・ガールの名前もよくとび出し、「新興芸術派か。あれは所詮、曳かれ者の小唄だ」などと言って見栄を切ったりするのも、ふしぎにここの観客と通じ合っていたのである。

（中略）

万事こんな調子ではこばれていて、若い日のエノケンは粋な背広を着て、舞台いっぱい飛びはね、くしゃっと大きな目をむき、舌をペロペロ出すようにして例の特徴あるしゃがれ声で歌をうたっていたが、ぼくはこれらのドタバタ喜劇の中にペーソスや、親しみやすい庶民の芸術といったものを感じていたのである。

エノケンの他には、ヒョロ長い身体を蛇のようにくねくねさせるふしぎな俳優、林葉三とか（この人はその芸のほかはまったくぶきっちょであった）、とぼけた役割でたえずエノケンを引きたてていた中村是好とか、それから黄色い声をはねあげる田舎くさい踊り子たちの中で、ひときわ踊りがうまかった梅園竜子や花島喜世子などが、のびやかで間の抜けた初期のジャズ音楽とともに記憶の中に残っている。（同書、二二一－二二三頁）

ノスタルジーの故に、理想化することなく、醒めたタッチで萱原は舞台の雰囲気を描いている。川端康成の『浅草紅団』の舞台描写に加えて、文学者の貴重な証言である。舞台の趣向についても萱原は次のように書き遺す。

（前略）まじめくさった船長が、ボール紙の船を持って舞台をエッチラ、オッチラ横切っただけで太平洋横断になったり、「十万億土の道中」などといって、幕の前を何度も出たり入ったりしながら、だんだんくたびれた格好になって、しまいには這ってゆくようなギャグが面白くてたまらなかったのである。（同書、二二三－二二四頁）

こういうギャグについての具体的な記述はなかなか思い出す人がいないので嬉しい証言である。ついでに菅原は劇場の内外で観察したエノケンの姿についても記している。

ぼくはよく休憩時間を屋上でブラブラしながら、浅草を眺めたりして時をすごしたが、ひょいと下をのぞくと、野天風呂の中で裸のエノケンが、弟子と何やら愉快そうに喋舌っているところまで、(失礼ながら) 見てしまったこともある。

(中略)

芝居がはねると、暗い瓢簞池のそばを、尻をからげてステテコを出したエノケンとその一座の者が、疲れた様子でとぼとぼ帰っていった姿を今でも思い出す。エロ・グロ・ナンセンスとはいうものの、何かしら浅草らしい庶民的な哀愁が、あの水族館の、貧相でしかもおかしい小劇団につきまとっていたようである。(同書、二二三―二二四頁)

今日の座長芝居を見る眼でやさしく、水族館の内外を見つめる菅原の筆は昭和の精神史の情景の一齣を鮮やかに写し出している。菅原の描くギャグには新カジノフォーリーの部分も混じっていないとは言えないけれども、水族館の風景はほとんど初頭のあり方であろうと思われる。川端康成、堀辰雄と並べて注意を喚起しておきたいと思う所以である。

第四章　エノケン一座の誕生

浅草のフィクサー

観音劇場の新カジノフォーリーの解散後、エノケンは如月寛多（太）らを引き連れて名古屋方面へ旅興行に出かけてしまった。一月余りもぶらぶらしている時に、浅草六区に改築、新装なった玉木座から出演の依頼が来た。勿論、エノケンは即座に浅草に取って返した。

ところで、井崎博之が『エノケンと呼ばれた男』で述べているところによれば、新カジノフォーリーの解散は、興行師木内末吉を欺くための策略であったという。この頃、新門の辰五郎の後継ぎで浅草興行界のフィクサーとして動いていた新門の浅吉は、安来節で当てた玉木座の持ち主大森玉木から、改築新装開場の折、エノケンを頼むと依頼され、引き抜いたりしてもめ事を起こすのを避けるため、あらかじめ木内と手を切らせておいたというのが真相らしい（同書、五六頁）。このことはエノケンには知らされていなかった。それにしても当時の浅草の興行界は、こうしたせこくて阿漕《あこぎ》な策動が多すぎた。これでは到底、エノケン＝菊谷の才能と力をもってしても、欧米のレヴューに対抗するだけの力を蓄え、ゆとりを持ってサブ・カルチャーを形成するなど、不可能に近いことであった。

正直に言って、このあたりの事実関係を追うのは少々しんどい。興行界の常とはいえ、話がヤクザがらみになるからである。新門の浅吉は辰五郎の息子である。新門の辰五郎といえば、「江戸開城」に際し、勝海舟に協力して、江戸を戦火から救った人物として聞こえのよいイメージが定着しているが、所詮地廻りのヤクザだったのである。政治家勝海舟が一芝居を打つに際して、新門の親分に一言挨拶を入れておいたというのが真相であろう。辰五郎の側にしても、取り仕切っているショバが戦火に荒らされては獲物もなくなるから、勝の計画を支持し、協力したというのが実情ではなかろうか。政治も芝居もパフォーマンスという点では同一線上にあり、ある地点でこれを取り仕切っていたのが辰五郎のような地廻りであったということになる。

田中純一郎『大谷竹次郎』（時事通信社、昭和三十六年十二月）によれば、辰五郎は六区が見世物地帯として開拓された頃、ここを縄張りとしていて、ショバ代（地代）や収入の歩合を興行主から取り上げ、その子分たちがあまりに横行するので、居つく興行者が少なかったと言われている。例えば、六区の興行街を計画的に発展させた明治時代の最大の映画業者であった吉沢商店の店主河浦謙一が、浅草の発展策を講じたときも、新門一家の妨害が激しかったという。六区の興行場には、刺青に鉢巻姿の愚連隊風の兄さんが入口に陣取っているので、良家の子女など近寄るのさえ嫌がった。河浦は、これを洋風の服装をしたサービス・ガールに取り替えようとした。すると新門一家が怒鳴り込んで来て、浅草の興行場は新門の縄張りだから、従業員に新門以外の人間を使うなと申し渡してきた。河浦も仕方なしに、これらヤクザ連の女房や娘たちを使うことで、やっと外形だけは取り繕った。大正元（一九一二）年に日活が創立されたとき、こうした浅草の興行界の悪習に嫌気がさしていた河浦は、その経営する吉沢商店を日活に併合して業界から全く

縁を絶った。（同書、一五〇―一五一頁）

新門の浅吉は、こうした浅草の地廻りの「名門」の御曹司であった。普通の日々にはこうした地廻りは気っ風がいいので、その素質がないでもないエノケンもこうした連中と結構気が合って、酒を呑み交わしていた仲ではなかったかと思われる。こうした世界の中に契約という資本制の原理を持ち込むことは至難の技であった。

ププ・ダンサントへの移籍

玉木座は大正十年の浅草地図によると伝法院に面して御園座と書き込まれている。ここでは小福興行部（小林福三郎）の経営のもとに色物をかけていた。吉本興業に入る前の横山エンタツや江戸家猫八一座の木下華声が少年落語をやっていたこともある。

震災後御園座の跡地を買い取ったのは、石川県七尾出身の大森玉木という一時国会にも出たことのある県会議員で、この時期の浅草は安来節で大いに賑わった。一瀬直行の『随筆浅草』（世界文庫、昭和四十一年一月）には、「安来節は大正七・八年から浅草にあらわれ、帝京座を根城として流行しだしたときく。出雲から浅草の真中へ、しかも長い間全盛をきわめた」（一五六頁）とある。また旗一兵は『喜劇人回り舞台』の中で、安来節を「女芸人の色気と乱痴気騒ぎで、オペラ以後の観衆を熱狂させた当時の民謡ロカビリー」（七四頁）であると説明している。一種のポストモダニズムであったわけである。大和家三姉妹の安来節で大いに稼いだ大森玉木の玉木興業部は、玉木座のほか、帝京座、大東京、公園劇場を傘下に置き、桃山風に改築し、昭和五年十一月一日にレヴューとして出発した。そこでエノケンを擁して専属劇団とすべく新門の浅吉に手配を依頼したのである。劇団名は「プペ・ダンサント（踊る人形）」、命名者は高木徳子の一件以来、活動から退いたが、カジノフォーリーにも顔を出したりしていた伊庭孝であったと雑喉《ざこう》潤は『浅草六区《エンコ》はいつもモダンだった』で述べているが（一五七頁）、このプペ・ダンサントで演出助手を務めた井崎博之はサトウ・ハチローの命名だったという（井崎前掲書、五九頁）。

プペ・ダンサントは次のような、或る種の寄り合い所帯だった。

(1)エノケンや藤原釜足らのカジノの流れを組むもの。藤原は臣から秀臣となり、さらに釜足に三転し、戦争中は鶏太とも名乗った（旗前掲書、七五頁）。昭和六十（一九八五）年没。

(2)浅草オペラの残党で、柳田貞一、清水金太郎、田谷力三、沢モリノ、沢マセロ、二村《ふたむら》定一、木村時子ら。

(3)電気館に拠った声楽、ピアノの一派、淡谷のり子、和田肇、川崎豊。これをきっかけにしたらしく、和田肇は浅草松竹座のエノケン一座にも続いて出演している。

(4)日活の映画監督であり俳優でもあった中山呑海を座長とする奇々怪々一座。筑波正弥、呑海夫人の水町玲子ら。

(5)元岡田嘉子一座。大友壮之介、田川潤吉（ペンネームは斎藤豊吉）。田川夫人の外崎幹子、河村時子、郷宏之ら（主として大笹『日本現代演劇史――大正・昭和初期篇』二二六頁による）。

支配人はのちに新宿にムーラン・ルージュを興した佐々木千里である。佐々木は、前身を戸山千里といってオペラ俳優で、五九郎一座にいたこともあり、広養軒という浅草のカフェーの一人娘に熱をあげられて養子となり、佐々木と改姓した。

佐々木に協力したのがオペラ系のマネージャー石田一郎と東《あずま》五郎、内山惣十郎だった。東五郎がヤクザに顔の利く、一種の地廻りであったことは、正延哲士の『東京タイムズ』連載小説『夢幻氾濫』（のちに『奈落と花道――奥役《プロデューサー》東五郎の半生』三一書房、昭和六十二年八月）が詳細に描いているところである。

プペ・ダンサントの文芸部は一座ごとに独立していて、オペラ関係は内山惣十郎を部長に中村彼路子《ひろし》らの若手を擁し、奇々怪々一座は中山呑海、シーク座は斎藤豊吉、エノケン一派は新カジノそのままにサトウハチローの部長の下に菊田一夫と山下三郎がいた。（大笹前掲書、二二六頁）

しかしながら、所詮寄り合い所帯のこととて各派の問題がしっくりいかず、十二月に入って淡谷のり子らの一派と清水金太郎、静子夫妻、木村時子らのオペラ組が玉木座を去った。清水金太郎がエゴ・セントリックで他派と折り合いがつかなかったことは、正延の描く次の姿でも明らかである。

清水金太郎は、オペラの普及ということでは大きな功績を残しているが、そのオペラの通

俗的な浅草化や、人間的な面では批判もあった。酒好きで、自意識が強く、かなり横暴な性格だった。（正延前掲書、一二三頁）

また、佐藤文雄は清水金太郎の位置を次のように回想する。

一番はじめの柿落《こけらお》としのときに、清水金太郎、昔のオペラの一番偉い人が来て、一生懸命で稽古をするんですよ。

〔ところが〕昔の金竜館みたいに、清水金太郎を怖がるやつが一人もいないんですよ。さんざん怒ってたけれども、とにかく清水金太郎がいろいろ演出してやったわけです。（佐藤文雄談）

というありさまであった。浅草における清水の出番はもうとっくに終っていたのである。

柿落としの演目は、伊藤松雄作『仮名手本忠臣蔵』、オッフェンバッハ（ク）作曲の歌劇『ブン大将』『ヴァラエティ』他一本であった。この当時の演目の多さに改めて驚かされる。エノケンのレコードに「ブン大将の歌」が入っているが、この時覚えたものであろう。柳田、清水金太郎らがいたので、舞台でエノケンが歌ったとは思われない。

十日間にわたる柿落としのあと、エノケンの一党だけは、前からの約束を果たすため名古屋の新守座、開盛座に出演した。前からの約束については、井崎が次のような和田五雄の手紙を引用している。エノケンの人柄を示す恰好のエピソードであると思うので、孫引きさせて貰おう。

観音劇場からしめ出されてすぐ名古屋へ行き、帰京して玉木座のコケラ落しに出て、二の替りを休んで名古屋へ再び出演しに行きます。これはオペラのコーラスの頃、名古屋で解散になり路頭に迷った時、小屋主が楽屋に泊めてくれて三食喰わせてくれて一週間面倒みてくれたのですが（多分仲間は九人）出世払いの名目で帰京の汽車賃も貸してくれました。五年後に浅草カジノ・フォリーという新しい演劇が生れてエノケンという俳優が大人気だから是非名古屋にも、という小屋から声がかかり観音劇場がダメになったのでよろこんで名古屋へ行ったところが、なんと今人気のエノケンは、出世払いのコーラスボーイであったというので両方ともびっくり、小屋主は早速、改めてもう一度出演してくれというのでエノモト氏は恩返しにその場でオーケーしてしまって、それが玉木座の公演とダブッてしまったのですが、彼は強引に無理を通して名古屋へ行きました――。（井崎前掲書、五七頁）

しかし、この話は、佐藤文雄が直接語っているところでは、もう少し起伏がある。以下は、佐藤の談である。

（前略）そこへ今度、これはまた「ニコニコ」の主人とは）別の斎藤というんですけど、地方の興行をしている斎藤という男が来て、名古屋地方でひと月やってくれといって半月分の金を置いていったんですよ。それでちょうどいいというんで、「じゃ、それ、行こう」ということになったわけです。

行くことになって話が決まったら、今度は新しく玉木座という劇場ができたんです。その玉木座で柿落しにぜひエノケンも出てくれといわれたんです。それで「それじゃまだ旅興行

まで日があるから、一回だけ出よう」といって、出たわけです。〔佐藤文雄談〕

新門の浅吉が一枚噛んだのはこのあたりのことであろうと思われるが、このあたりは名古屋へ興行に出ている間に交渉があって急遽東京に戻って来たという、ふつうに流布されている話〔井崎、大笹、雑喉、旗〕とは少し喰い違っている。

佐藤の話は続く。

〔玉木座に〕出たところが面白いんで、エノケンに、「続いて出てくれ」ということになったんですけど、こっちは旅の金を半分受け取っちゃっていますからね。〔名古屋巡業を〕やめるわけにいかないから、「それじゃ旅にひと月行ってきてから出よう」といったら、玉木座のほうで「半月しか金もらってないんだから、半月だけやって帰ってきてくれ」というんですよ。それで、あたしと菊田〔一夫〕君と二人が文芸部で〔付いて〕名古屋に行ったんです。

そしたら名古屋はいい劇場だったわけですね。とにかくもう客が入りきれないほど入ったんです。三日そこでやったんですね。客が入りきれないほど入っているのに、今度その次の一週間は宝生座という映画館――これが小さい汚い映画館なんです――そこでやってくれというんですね。

そこで、あたしが「前が入らなかったのなら仕方がないが、あんなに入っているのに、なんでこんな汚い、小さい小屋で、一週間やらなくちゃいけないんだ」と斎藤さんに文句をいったわけです。

ところが、〔相手は〕「こういうふうに契約してあるんだからしょうがない」というので、前の大きい劇場とは違って、今度の小さい、映画館の舞台に合うように台本を作り直して、「最後に台本を叩きつけて喧嘩しろ、あとはおれが引き受けるから」といって喧嘩さしたわけです。

喧嘩して汽車賃だけもらって、あたしと菊田君と二人で〔先に〕帰ってきちゃったんです。〔エノケンたちは〕そこで一週間やって、どこかまたやって〔契約の〕半月が経ったわけです。「半月しかもらっていないから帰る」といったら、もう少しやってくれなきゃ帰りの汽車賃が払えない」と向こうじゃいうわけです。

そこで〔また〕、どこか田舎に行くんで名古屋の駅に行ったら、〔ちょうど〕玉木座の迎えの人が、切符をちゃんと買って待ってて、みんなに東京行の切符を渡しちゃったんです。そしてサッと東京に帰ってきちゃった。〔佐藤文雄談〕

井崎の書簡にある「出世払い」は、この名古屋巡業の感激の一齣に過ぎないというわけである。当時の興行のどたばた芝居的駆け引きの側面がありありと読み取れる興味深いエピソードである。

菊田一夫の『忠臣蔵』

淡谷のり子一派と清水金太郎らオペラ組が脱退した後の文芸部は、サトウ・ハチロー部長を中心に改編された。それまでサトウの代筆を務めていた菊田一夫に正式に脚本家としてデヴューするチャンスが廻ってきたのはこの時だった。プペ・ダンサント第三回公演、狂言のオペレッタである。当時は検閲があって、警視庁に台本を提出するのは初日十日前、初日は二十一日だった。十二月十日の夜、菊田はサトウ・ハチローとエノケンに呼ばれて、一晩で『忠臣蔵』を書けといわれて講談本『義士銘々伝』を与えられた。仕方なしに菊田は九時間で『阿呆疑士迷々伝』七十三枚を書き上げた。『流れる水のごとく〈芝居つくり四十年〉』で菊田が紹介しているプラン用のノートには次のようなメモが書きつけられていた。

一、浅野内匠頭は安全カミソリで切腹すること。一、城明け渡しの時は城に貸し家札をはること。一、城に別れるとき家来たちは、その時の流行歌「若者よなぜ泣くか」を歌うこと。一、赤垣源蔵徳利の別れ、兄貴のメリヤスの下着に別れを告げているとノミが出てくること。一、上野介は、役人はだれでもワイロをとるのだから、決して自分は悪くないと思っていること。一、勘平が死のうとすると、義理立てて死ぬなんてアホラしいからよしなといわせること。（一三三頁）

アナクロニズムとノンセンス（荒唐無稽）に基づく台本だということが一目でわかる覚え書きである。この舞台のギャグについては二種類の証言がある。その一つは旗一兵のもので、次の如くである。

内匠頭が安全剃刀で切腹したり、山崎街道の定九郎がゴルフ・パンツで現れる、それを勘平が二つ玉ならぬ拳銃で射つ。と思うと、六段目の勘平はカルチモンで自殺し、赤穂の城明け渡しではエノケンの内蔵助が城内にペタリと貸家札をぶらさげて、

「これでわれらは宿なしのルンペンになつた。それもこれも主人が阿呆だつたんだから仕方がねえや」(旗一兵前掲書、七五─七六頁)

この他に、牛島秀彦は『浅草の灯 エノケン』の中で、出所は明らかではないが、「松の廊下で敵役の吉良上野介と、善玉の浅野内匠頭がメンコを争って大立ち回りになり、上野介がエノケンの内匠頭をブン投げる」(二〇八頁)といった場面のあったことをつけ加えている。このパロディ忠臣蔵の精神は大衆演劇に受け継がれ、今日でも梅沢劇団の『忠臣蔵』で梅沢富美男が演ずる定九郎などの役に通じるものがある。『阿呆疑士迷々伝』は大当たりで、菊田は警視庁から大目玉を喰らったが、エノケンの人気は爆発的に高まった。

結婚相談所、玉木座?

当時エノケンの廻りに現れ、時代のエロ・グロ・ナンセンスを体現した、そのような時代の世相を背景としないでは出現しなかったであろう人物に、中山呑海がいる。昭和五(一九三〇)年の暮、中山呑海は『エロ三世相』を、音羽座の安来節と木村時子のレヴュー団合同公演で上演した。牛島秀彦によれば、この劇中に「天の岩戸」の場があり、馬鹿囃子調の歌に合わせて

天鈿女命《あめのうずめのみこと》が踊り、それにつられて天岩戸から出て来た天照大神《あまてらすおおかみ》がツルッ禿で、その禿の反射であたりが明るくなるというズッこけた趣向が盛り込んであった。このシーンに右翼団体が騒ぎ出し、所轄署の象潟《きさかた》の署長は危うく馘首されそうになった（牛島前掲書、一〇九頁）。

この中山呑海なる人物については、旗一兵が『喜劇人回り舞台』の中で幾らか詳しく紹介している。それによると、長身、長髪のこの怪人物中山呑海は、人物自体はまともな人柄であったと旗は言う。そもそも栗島狭衣たちの文士劇出身で、日活で尾上松之助の一千本記念映画『荒木又右衛門』に易者役で出演したり、浅草では、日本館の東京少女歌劇の台本や背景を担当した。松旭斎天勝や新派、剣劇などにも関係し、作劇、作詞、作曲、装置、演出を手がけ、映画監督から尺八演奏までこなすという器用な人物で、河部五郎や鳥人スター隼秀人は呑海のメガホンで世に出た俳優である。一時は歌麿まがいのバレ絵と普化僧行脚で喰うという、添田唖蟬坊と辻潤を一緒にしたような奇矯な人物であった。昭和初年には、エロ・グロ・ナンセンスに眼をつけ、グロテスク・レヴューの宗家を自称したが、一方では、関西で「大地を信ずる村」と銘打ち、武者小路実篤らの「新しき村」まがいの総合芸術のアトリエを開いたりしていた。

『エロ三世相』の不敬事件から少し後、新聞の求人欄に、次のような広告が出て衆目を集めた。「遺産五千万円を抱いて二十三才の未亡人、夫を求む、当方累なし、委細は玉木座へ」（旗前掲書、七八頁）というもので、実はこの広告は中山呑海の『夫を求む』という一幕物を宣伝せんがため、たぶん呑海のアイディアで出したものであった。金と色につられた男たちが、履歴書などを懐にして玉木座へ蝟集した。中には何を誤解したのか。玉木座を結婚相談所と思い「自分には五千万円はないが、四、五万円はある。足りないところは愛情で埋め合せをするから、何とか良縁を世話してもらいたい」（同書、七八-七九頁）と言って、座り込む婦人まで現れた。バスター・キートンの映画『セブン・チャンス』を地で行くような話である。

呑海は玉木座のプペ・ダンサントがエノケンを中心に固まるのを見ると玉木座を離れ、色物や河合澄子のエロ・ダンスと合同して帝京座で奇妙なレヴューを上演したのち、渋谷の百軒店にあった聚落座でピカ・フォーリーズを旗揚げした。その後、妻の水町玲子を水芸人にして、桜川梅寿らの「笑喜劇」の俳優兼監督となって渡米したが、戦後京王電車に乗車しようとしてプラットホームから転落、あっけなく生涯を終えた。呑海の長女は三木のり平夫人である。

エノケンとの好対照・二村定一

プペ・ダンサントの頃のエノケンの演技について旗は「活況時代の浅草は、喜劇、剣劇演芸を問わず、舞台にエネルギーとスピードがないと客をつかめなかつたが、それが、エノケンにも菊田にもあった」とし、「幕を見に来たんじゃやねえぞ」と怒鳴る客のためにエノケンらが演じた幕間サービス「商売往来」について次のように説明している。

（前略）客の注文に応じた身ぶり手ぶりで、いろいろの職業動態を表現するゼスチュァ、アトラクシヨンで、エノケンのうなぎ屋、二村定一の按摩、柳田貞一の粟餅屋が定評となつていた。中でもエノケンは絶妙の珍技で、うなぎをつかまえるまで演じ、それから首を落して引きさき、その首がパクパクするところまで克明に表現して観客を笑わせた。

「エノケン、今度は猿をやつてみろよ」

客は十八番芸を知つている。が、キリがないので、彼は「少しは休ませて下さいよ」と舞台に横になつてみせた。すると「グー・グー・グー」と客席のどこかで、イビキの声を代演したものである。（旗前掲書、七七–七八頁）

今日で言えばさしずめ、タモリの寺山修司、岡本太郎、タタミイワシの物真似芸といったところであろうが、エノケンのこの芸はある意味で幇間の色物芸の延長線上にあり、この芸によってエノケンは舞台と客席のしきりを撤廃し、舞台と客の関係において、舞台に客を一方的に吸収するのではなく、一体となるコミュニケーションのスタイルを開発していたと言えよう。

エノケンと二村定一の掛け合い漫唱もプペ・ダンサントの名物の一つであった。旗は二村について、次のように記している。

二村は下関の芸者屋の息子で、すぐれた耳と声を持つていた。音程が正しかつたことは、子供のときに芸者の三味線の音締めを直してやつたという逸話でもわかる。耳がよいので早くから長唄の地があり、邦楽へすすんでも相当の名手になつていたことだろう。

「水商売は行先が案じられる。お前だけはハヤリスタリのない職業につかせたい」

そこで両親は医師か薬剤師にさせるつもりで、大阪の親戚の家から、その方面の学校へ通わせたが、当人は宝塚歌劇へ日参し、遂にオペラ時代の第一人者高田雅夫へ入門した。これと逆に舞踊の益田隆がオペラ歌手の田谷力三の門下からスタートしているのは面白い。（中略）彼は芸者の中に育つたせいか女形じみた歌手で、ちよつと丸山明宏〔現・美輪明宏〕型のハシリといいたいところがあつた。女性には見向きもせず、松竹映画の子役上り久保田久雄やハンサムな慶応ボーイを愛した幾多のエピソードは、レヴュー俳優の裏面史として興味に富む。（同書、八六─八七頁）

後で詳しく触れるように、エノケンや菊谷たちは宝塚を憧憬しライバル視したが、その大きな原動力が二村定一であったことは、この記述からも窺い知ることが出来る。旗は女形は男性的な役に憧れるとし、エノケンとのコンビでも、エノケンが桂小五郎をやれば二村は近藤勇を演じ、『金色夜叉』（『ラブ双紙』）ではエノケンのお宮を蹴飛ばす貫一の役は二村のものであったと指摘している。

旗は二人の組み合わせについて次のように述べている。

（前略）思えば絶妙な対照面をもつ組合せだつた。エノケンは肉体の全面で表現する活動性をそなえていたが、反面にペーソスをひそめ、調子が外れない歌い方、また豆鉄砲式に噴射するセリフに独自の妙味はあつても、俳優としてもショウマンとしても流動的なフオームはもつていなかつた。これに対し二村は歌詞を明確に聞かせる歌手であり、いや味なくらい芝居ごころを持ったボードビリアンで、舞台が流動的で非常に明るかった。いわばエノケンは「点」を鮮かに生かす才人であり、二村は「線」をくっきりとえがき出す才人だったのだ。（同書、八八頁）

二村はアメリカのボードビリアンで言えば、ビング・クロスビーのタイプであったのではないかと思われる。これに対してエノケンは、キートン、マルクス兄弟、ベン・ターピン、チャップリンを同時に想い起こさせるキャラクターであった。

◉『金色夜叉』のパロディ『ラブ双紙』を演じるお宮（エノケン）と間貫一（二村定一）

◉オペラ館楽屋でのエノケンと二村定一

菊谷栄初期の台本

ペ・ダンサントは盛況を重ねていたが、菊田一夫は、つまらない動機で辞めてしまった。井崎博之はその間のいきさつを次のように紹介している。

　四月も相変らずお客は入る。向島の土手の桜も満開だから座員慰労の花見をしようと、朝十時開演を、その日一日だけ、午後一時開演に支配人が決めた。つまり午前中、向島へ桜を見に行こうというわけで、みんな向島に集った。桜の下へくれば花より団子、サトウ・ハチロー以下柳田貞一、二村定一と酒豪揃いだから冷や酒を飲みすぎ楽屋入りしてから酔いがまわってきた。そのときの演目が、落語種の『長屋の花見』で、エノケンは舞台で本当に眠ってしまった。舞台の花見の紅白だんだら幕の後ろに忍び入って、菊田一夫は靴履きのままでエノケンの背中を蹴飛ばした。困った進行係が緞帳をおろすやいなやエノケンと菊田一夫の喧嘩が始まった。摑み合い、とは言っても、柳田貞一がまんなかで留め男をつとめているので、小男のふたりの拳は互いに相手に届かず、柳田貞一の頭を殴るばかりであった。と菊田一夫は書いているが、この喧嘩をきっかけに、菊田一夫は玉木座をやめて木内興行が経営している金竜館に、藤原釜足とサトウ・ロクローと踊り子十人引きつれて移った。（井崎前掲書、六四頁）

菊田は金竜館でプペ・ダンサントに対抗するために『真夏の夜の夢』をかけたが、客足がつかず十日の公演でつぶれ、「悪夢」に終わってしまった。

ところで、菊谷栄が台本に手を染め始めるのは、このプペ・ダンサント時代からのようである。旗一兵「菊田一夫と菊谷栄の時代」（『演劇界』第三十二巻第十一号、昭和四十九年十月）に、プペ・ダンサント時代の話として、次のようにある。


菊谷は装置と衣裳を担当しながらショート・コメディを佐藤文雄の筆名で書いていた。第一作『ミニチュア・コメディ』はオムニバスの「新青年」調のコント集だったが、第二作以後の『ジャズよルンペンと共にあれ』『飛行機は墜ちたか』（ラジオ放送する）はモダニズムとアイロニイをちらつかせた警抜な短篇であった。（一一三頁）

『新喜劇』第三巻第十二号（昭和十二年十二月）の「菊谷栄・金杉惇郎追悼号」所載の「菊谷栄作品目録」にはより詳しく、昭和六年五月『ミニチュア・コメディ』、同七月『ジャズよ、ルンペンと共にあれ』、九月『スーベニール・ド・パリ』『アンナ・カポーネ』、十月『飛行機は墜ちたか』と記されている。どんな内容か不明だが、このうち『ミニチュア・コメディ』だけは、菊谷直筆の草稿が私の手許にある。

この作品は四つのミニ芝居からなっている。

第一の「生か死」、これには原作者不明とある。

医師が道路で懐中時計を落とす。その後、通りかかった牧師が拾う。医者が戻って来て返還を迫るが、医者の手を離れたものは牧師に来ると決まっていると言って渡さない。医者は、では別れの言葉だけでもいわせてくれと言って、時計に長いつき合いを語り、さようならと言って耳にあてる。「あれ、心臓はまだ動いているから私のものだ」と、ポケットにしまう。

洒脱なコントと言うべきであろう。

第二「披露の衣裳」

結婚を控えた若紳士が許嫁と共にデパートに行って衣裳を選ぶが、その選択で意見が二つに別れて喧嘩になる。売り場主任に判断を任せたところ、主任はいっそのこと二枚とも買われたら？と提案する。

第三「不眠症」サッシャ・ギトリー原作
夫が午前三時に不眠症で苦しんでいる。妻が理由を探ると、隣りの独身者とマージャンをやって三百フラン負けて、矢の催促を受けているという。妻は窓を開けて隣りの独身者を起こし、大声ですぐ返すという。窓を閉めて、これであの若者も眠れなくなるという。

これはどこが面白いのかよくわからない。隣りの若者がいつ持ってくるのかと夜中待って眠れなくなるという意味であろうか？

第四「遺言」ロジェ・マルタン・デュ・ガール原作。

根性の悪い娘が、叔父が遺言を残さずに死んだので、友人のミシェルに頼んで瀕死の叔父役を演じてもらい、叔父が生きていることにして公証人に自分に遺産が来るよう遺言書を作らせようとする。だが、いざ土壇場になると、ミシェルは、遺産は古い友人の伜ミシェルにと言う……。『チボー家の人々』が訳出されたのは戦後のことだから、マルタン・デュ・ガールの名を使った早いケースであろう。しかし素材は、旗も書いているように『新青年』あたりから取ったのであろうか。

エノケン一座＝ピエル・ブリヤント

エノケンがプペ・ダンサントから再び木内興行へ移る間のいきさつを、自伝『喜劇こそわが命』における記憶を中心に話を整理すると次のようになる。先に触れたように、新カジノフォーリーを辞めた中村是好《ぜこう》、間野玉三郎、堀井英一の三人は、その後関西方面を巡業したものの公演は思わしくなく、浅草へ舞い戻って来た。エノケン曰く、

（前略）僕は彼らが浅草を出て関西に行く時には「二度と浅草に入れるものか」と腹を立てていたが、あれから日も経ったことだし、僕としても、いつまでも怒っていられない性分だから、幸いに玉木座経営者である玉木さんが、「公演劇場で玉木座と同じ調子の芝居を出すから、水に流して勘弁してやってくれ」と、間に入ってくれたので、劇場も違うことだし、「ああいいですよ」とあっさり水に流して承知することにした。（九一頁）

エノケンのこだわらないさっぱりとした気性を示すエピソードである。公園劇場に出た中村是

好らは、客の入りが悪いので古巣の水族館に戻ったが、そこも思わしくなく、エノケンのところに、水族館に戻って昔のように一緒にやってもらいたいと頼みに来た。エノケンとしては、随分虫のいい話だと思ったが、水族館側からも正式に助けて欲しいという申し入れがあった。そこで、エノケンは玉木座の支配人佐々木千里に、カジノフォーリーからこういう依頼があったが、折角頼みに来ているのだし、昔のよしみもあることだから、無下に断るわけにはいかない。下駄を預けて決定を一任するから、結論を出して、正式にカジノフォーリーに返事をしてくれないかと依頼した。しかし佐々木は、ほったらかしにしたままいつまでも返事をしない。エノケンもとうとうカジノフォーリーをいつまでも待たせるわけにもいかないというわけで、正式に玉木座から籍を抜いてしまった。

エノケンの振舞いと決定は、その時の心情のみに基づくもので、資本主義社会の契約観念はどこを推しても見当たらないのがご愛嬌である。もっともエノケンが資本制に基づいて行動する人間だったら、あのように魅力ある演技者にはならなかったろうし、浅草にもいなかったろう。浅草のそうした淀みにも似た非合理的な生き方が、エノケンのバイタリティの源泉であったろうから、何をか言わんやである。浅草のエントロピーが、エノケンのアナーキーな活力を保障していたようなものであった。宝塚の小林一三のような、教育者的合理主義に基づく資本制の精神の中から出て来るような役者ではなかったのだ。

佐々木千里との間には、サトウ・ハチローをめぐる一件もあった。エノケンは、サトウ・ハチローを推薦して、月給八百円で文芸部長に就任させていた。ところがサトウは弟子の菊田一夫も言っているように、ずぼらで酒ばかり飲んでいて、一向に仕事をする気配がなかった。台本はすべてサトウの名前で菊田一夫が書いていたのである。それを知った佐々木がしきりに責めるので、エノケンは泣いて馬謖《ばしょく》を斬るの心境で親友のサトウに引導を渡した。

エノケンは正式に玉木座を辞めたあとのことを『喜劇こそわが命』で次のように述べている。

　僕自身も、玉木座では給料が八百円で、家内の花島が二百円の計千円取っていたのを、カジノでは無理だろうと、わざわざ僕と家内で計八百円に自分から値下げして、行ったところ、カジノでは、僕らが玉木座をやめてきてしまった足元を見たのか、それでも高いから、もっと負けなければ駄目だと、大変高姿勢でいいだした。（九三―九四頁）

この間に佐々木が策動したことは、あとに触れる佐藤文雄の証言で明らかであるが、その前に『喜劇こそわが命』の中のエノケンの証言を続けよう。

　そんな勝手なことをいうなら、もうカジノに出るもんか、それなら玉木座に帰える《ママ》と、憤然として玉木座に戻ろうとしたら、玉木座の佐々木支配人に、僕に嫌な思いをさせてサトー《ママ》さんを断らせておきながら、こんどは直接交渉でサトーさんを再び文芸部に入れ、もう僕はいらないと断ってきた。

　しかも、僕と行動を共にしていた師匠の柳田貞一は、

「僕は玉木座に残るよ。」と一方的に宣言して玉木座に残ってしまった。僕だけ孤立無援の

恰好になった。〔九四頁〕

実は、エノケンのこの回想は、役者・芸人の自伝の多くがそうであるように、ゴーストライターが書き下ろしたものであろうから、単純化されている。例えば、この回想が語られた時、世間の記憶に残っていない人物の名前は、回想する本人か、ゴーストライターによって消されてしまう。

この頃、エノケンのまたとなきマネージャー役の佐藤文雄の回想では、交渉のいきさつが少し違った色合いを帯びるのである。佐藤の語る水族館との交渉のいきさつは次のようなものであった。

〔前略〕それで水族館から帰ってきてくれといってきたわけです。

榎本健一は人情家だから、もとの古巣へ帰ってきてくれといわれれば、義理で「じゃ、一遍帰ろうじゃないか」ということになって、川田〔藤一郎〕――こないだ亡くなりましたが、東京衣裳という衣裳屋をこしらえた――という人が仲立ちして、あたしと榎本健一と水族館の人と会ったわけです。

それですっかりギャラも決まって、「いつの何日から水族館に出ましょう」といって、玉木座のほうに抜けるからと断ったのです。

そうしたら、あとでムーラン・ルージュをやった佐々木〔千里〕が、水族館の連中に「そんなに高く引っこ抜かれちゃかなわない」といって、吹き込んだわけです。それから、水族館から「もっと安くしてくれ」といってきたわけです。はじめの約束と違うじゃないかというんで、「それじゃ水族館もやめよう、玉木座も断ったのだから」と、あたしに一任するからどこかで小屋を探してくれと〔榎本は〕いうんですよ。

ところが、その時こっちが探すまでもなく、あっちこっちから〔依頼が〕来ていたわけです。第一番が吉本興業で、池のお終いの〔震災前の〕十二階の下のとこにあった昭和座という大きい劇場でやってくれというんですよ。

それでギャラも決まって、しっかり話がついて、「じゃ、何日からやりましょうか」ということになったら、吉本の〔ほうの〕口のへんな人が、「万世座に〔あぶれた〕漫才がドッサリいるから、遊ばしておいても困るから、幕間に漫才をやらしてくれ」というんです。

榎本と二人で、「漫才と一緒じゃいやだね」といったら、「あんたのほうのお身上に関係ないんだ。こっちで〔漫才に〕金払っているから、ただ幕間に客を退屈させないために出すんだからいいじゃないか」と〔いうのです〕。

「それじゃ、やめようや」といって、これやめちゃったんです。吉本だって、あのときエノケン使っときゃよかったんですが〔ね〕。

二番手が松竹の公園劇場でしたが、公園劇場は松竹が五九郎と契約してあったんです。もう五九郎の終わりの頃です。こっちは五九郎と一緒でもいい、そんなものに負けやしないから構わないといったんですけど、五九郎のほうもエノケンと一緒じゃ嫌だというんで、これもオジャンになっちゃった。
それで、最後に一番警戒していた木内興行の手先の東五郎が、あたしを追いかけ回して、オペラ館というのができたんで、そこでやらせようというんで——ほうぼうみんな壊れちゃってたから——しょうがないんで〔引き受けたのです〕。東は金を持って追っかけてくるんですよ。「じゃ、これ、金渡すから頼むよ」といってね。東とあたしは昔から友達だったもんだから、〔つい〕引き受けちゃったんですけど。

このあたりのいきさつは、浅草界隈の興行界の人情と地廻りがらみの動きを生き生きと伝えて興趣尽きないところがある。

こうして玉木座を離れたエノケンが木内興行のオペラ館で結成した一座は、ピエル・ブリヤントと名付けられた。命名者は、菊谷グループ——つまり本郷で菊谷が下宿していた総州館に集まった青森県出身の青年の一人横内忠作であったという（旗一兵「菊田一夫と菊谷栄の時代」一一五頁）。

なお、エノケンを捨てて残った師匠の柳田貞一には後日譚がある。佐藤文雄の語るところでは、エノケンの去った玉木座では柳田貞一が舞台に立っていたのであるが、客の入りがまるで悪い。柳田は佐藤のところにマネージャーになってくれと言ってきた。佐藤は「そんなことをいうより、エノケン一座に入っては……」と勧めた。「エノケン一座」に入ることは旧師としては忍び難いことかもしれないが、「孫の面倒を見るようなつもりで入って、一緒にやったらいいじゃないか」

と言って、佐藤が柳田を説得してしまった。

『乞食芝居』で牧師役

昭和七年三月二十六～三十日、エノケンが新宿歌舞伎座で千田是也演出のもとに上演された『乞食芝居（三文オペラ）』がきっかけで、この公演を観た大谷竹次郎に誘われて松竹に移籍したというのは有名な話である。エノケンはピエル・ブリヤントごと移籍を望んだが受け容れられず、一人松竹の専属となり、ピエル・ブリヤントは一カ月毎に契約するという形となった。世にこれがエノケン劇団と称するものである。（井崎前掲書、七六―七七頁）。そもそもこの話を持ち込んで来たのは、金竜館オペラ時代にコーラス・ボーイをしていた丸山定夫である。このあたりのいきさつを大笹吉雄『日本現代演劇史――大正・昭和初期篇』の記述に基づいて追ってみよう。

Ｇ・Ｗ・パプストの映画『三文オペラ』が、この年の二月に封切られて大当たりした。この上映成功にあやかろうと、ドイツ帰りの千田是也を中心に結成されていたＴＥＳ（東京演劇集団）という一種の企画・製作センターが『三文オペラ』を舞台にかけようとした。楽譜はすぐ手に入ったが、しかし脚本は、ブレヒトの原作が未公刊のため手に入らず、千田を中心にブレヒトが下敷きにしたジョン・ゲイの『乞食オペラ』をもとに、新築地劇団文芸部の和田勝一、土井逸雄の協力を得て、ＴＥＳ文芸部自由脚色という形で作り上げ、出演者を募った。

丸山定夫に誘われたエノケンと二村定一が、ピエル・ブリヤントから参加した。新劇畑からは千田是也（ドスの目吉＝マックヒース）、丸山定夫（平茶無＝ピーチャム）、滝沢修（牢番と役者上がりの乞食）、細川ちか子（おりえ＝ポリー）、高橋豊子（お仙＝ジェニー）、小沢栄（のちの栄太郎、職工上りの乞食と邏卒長）、田村秋子（おとら＝ピーチャム夫人）、東山千栄子（武羅運夫人＝タイガー・ブラウン警視総監夫人）、金杉惇郎（救世軍上り）、長岡輝子（娼婦タマエ）、森雅之（ポン助と邏卒）など、歌舞伎では前年前進座をスタートさせていた中村翫右衛門（武羅運＝タイガー・ブラウン）、それにエノケン（牧師キンバル）、二村定一（泥棒浅公）、オペラ畑から南部邦彦（教誨師）が加わった。

エノケンを引っ張り出したのは千田是也と西沢隆二（「若者よ　体を鍛えておけ」の詩人ぬやまひろしの本名）であったという説（大笹）もあるが、やはり丸山定夫が仲介したものであろう。

エノケンはこの舞台を回想して井崎博之に次のように語っている。

エノケンが台本を受け取ったのは舞台稽古の朝で「新劇らしくないのに驚いたよ、みっちり稽古をやるものと思っていたから。それよりもびっくりしたのは、初日の幕が開いてさ、舞台でしめ吉《ママ》の千田是也が長い仕込杖で俺のケツを本気で突ッつくんだよ、いくら小道具だって痛いよ、ドイツでどんな勉強してきたか知らないが芝居だからねえ、チョイとやってくれりゃ、こっちが痛いッてウケてやるものを、二日目になっても三日目になっても本気で突ッつくから、怪我するじゃねえか、形だけにしてくれッて言ってやったよ。あのクソ・リアリズムには参った」（井崎前掲書、七五頁）

◉『乞食芝居』で牧師に扮したエノケンと細川ちか子（中央）、千田是也（左）

エノケンが怒鳴ったのは舞台の上でか、舞台裏だったのかは知らないが、舞台の上であったとすると、本気で突っついていた千田よりエノケンの方が、はからずもブレヒトの「異化効果（舞台に距離を取る）」の考え方に近かったのではないかと思われる。こんな些細なエピソードを一般化して申し訳ないが、戦後の或る時期の千田のブレヒトのつまらない使い方の源泉がここにあるような気がする。

この舞台を観た村山知義は、『東京朝日新聞』（昭和七年三月二十九日）に「『乞食芝居』を観て——東京演劇集団の旗揚興行」と題して、次のように評した。

（前略）もう十日もけいい古期間があり、俳優が、下手であつても音程をはずさず、かつ意味が通じるやうに歌へたら、前述の各種の不利な条件にも拘らず、相当の魅力を持ち得たらうと思はれる程度のものであつた。ちやんと歌へたのは専門家の二村定一きり、日本の歌劇界の有する最高度の俳優達が、歌となるとみぢめな状態に急転直下する有様は一つの悲劇であつた。（中略）

演技は中村翫右衛門の市中取締隊長（警視総監タイガー・ブラウン）がズバ抜けて居り、千田是也のドスの目吉は久し振りの日本の舞台のためのいささかの遠慮と、以前の華かな芸風から腹芸への推移のため、パッとはしなかつたが、相変らずユニークなノビノビした好演技を示した。榎本健一の牧師はその演技が無軌道的にならず、又シツコクさへならなければかういふ種類の芝居のバイプレーヤーとして天下一品であることを示した。

いずれにしても、エノケンの演技は、こうした歌唱力のなさによる新劇人総くずれの中で、二村の歌と共に燦然と輝いたことは想像に難くない。

村山知義が認めたエノケンのバイプレーヤーぶりについては、井崎も次のようなエピソードを挙げて強調している。

（前略）舞台演出に才能あるエノケンの端役はすばらしく、面白いのだが滅多に見られない。後年有楽座で、エノケンの出ない芝居に、若い座員の警察官役をエノケンが突如代って舞台へ出たことがある。船着場の待合室を巡回するだけの警察官なのであるが、びっくりしたのはその場に出ていた座員達。いつもの警察官はただ巡回するだけなのに、君、名前は、どこからきたの……どこ行くの……なにしにと突如訊問されたから、された役者はただへどもど、座長エノケンのアドリブに翻弄されているうち客席に爆笑が起った。私は偶然これを見たのだが、牧師キンバルも、きっとすばらしかったのだろう。（井崎前掲書、七五-七六頁）

まさに、コンメーディア・デッラルテの舞台で演技しても、何ら違和感を感じさせないであろうエノケンの道化役者ぶりである。

『サルタンバンク』と『サルタンバンクの娘』

私の手許には昭和七年四月のピエル・ブリヤントのプログラム『SHOCHKU REVUE NEWS』第十四号がある。四月二十一日初日で、劇場名は浅草公園オペラ館とある。表紙には当時流行の構成主義風の絵が描かれている。この時の演目は、波島貞作の『ゆく春の悲哀』、清野鍈一郎原案、佐藤文雄（＝菊谷栄）脚色並演出の『私のラバさん』十景、白井鐵造作（宝塚レヴュー『サルタンバンク』より）、佐藤文雄（＝菊谷栄）改作並演出、間野玉三郎振付『サルタンバンクの娘』十二景であった。

『ゆく春の悲哀』は第一景「営庭」、第二景「大将の官邸」、第三景「路」、第四景「劇場の社長室」、第五景「同」といった全五景から成っている。登場人物にはドン・ボン大将（中村是好）、兵卒ボンボン（如月寛多）、酒保の娘、ママー・フラット劇場のママー、舞台監督ドリゴノ、舞台監督ガム、給仕などである。

『私のラバさん』には「歌、撮影のナンセンス、映画（中略）とがしつくり合つて、近来にない好評を嬉しく思つて居ります」という但し書きが添えられている。十景は、第一景　プロローグ、第二景　あるデパートの屋上、第三景　ある道、第四景　舞台裏、第五景　レビュー劇場の舞台、第六景　撮影所内、第七景　剣劇撮影、第八景　街頭、第九景　映画館のスクリーン、第十景　エピローグから成っている。舞台装置を担当したのは、プログラムによれば、他の演し物同様、菊谷栄であった。特にこの時の装置の次のような原画が菊谷家に保存されている（第二景はない）。

第一景　あるペーブメント
第三景　レヴユウの舞台
第四景　撮影所の外
第五景　撮影所の中
フイナーレ

プログラムの構成と少しずれているが、こういうことは間々あったのだろうと思われる。特に第一景の舞台図は瀟洒に仕上げられている。登場人物には、キネマ俳優　月田一郎（二村定一）、他A〜D、レビュー女優　高井ルビ子（高井ルビー）、デパートのエヤガール　ＡＢＣ、売子　ＡＢ、レヴュー劇場の歌い手、説明者大辻苦郎、俳優大菓子転次郎（志士如月平八郎に扮す・如月寛多）、俳優市河豚右衛門（捕手頭佐野倉辰馬に扮す・田島辰夫）、ライトマン、カメラマン、榎本撮影監督

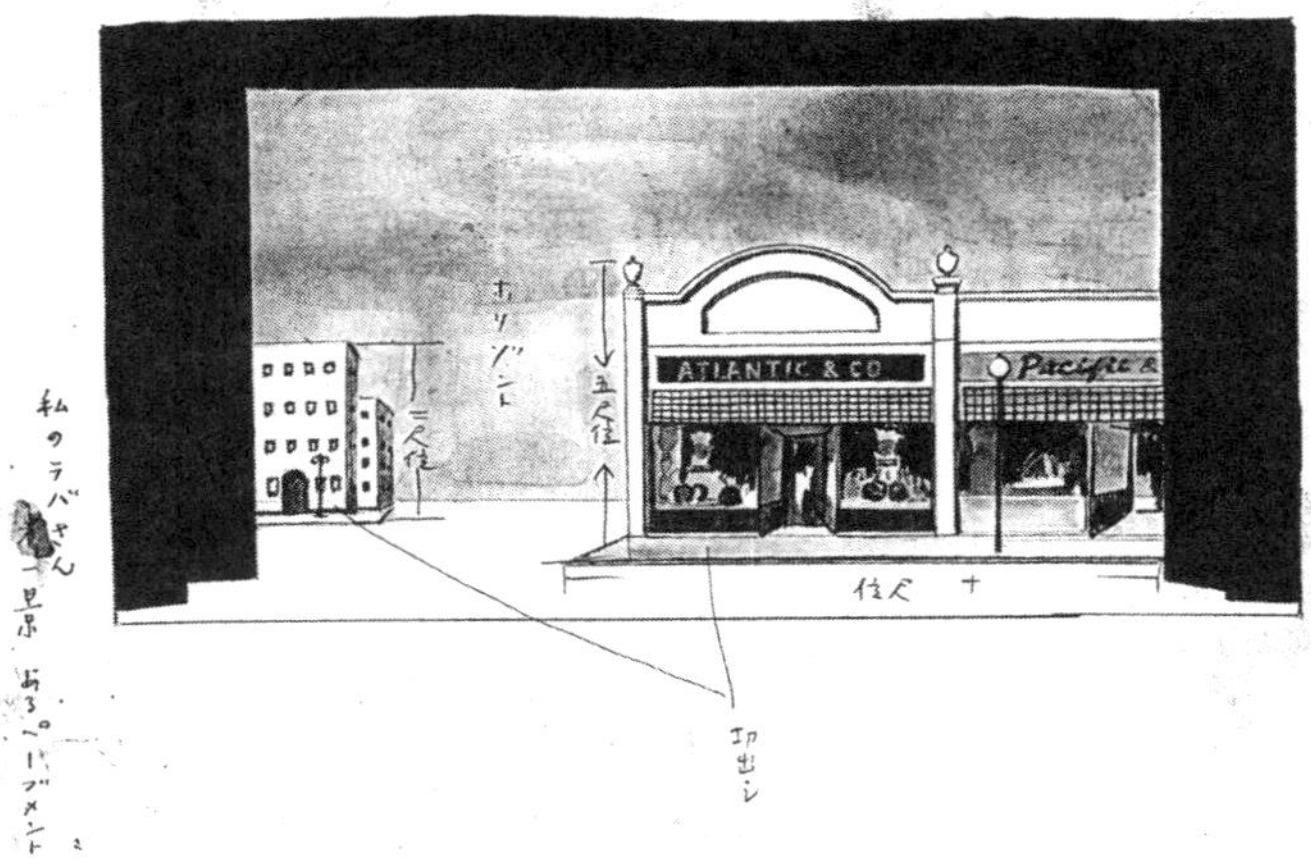

◉『私のラバさん』
菊谷栄の舞台美術用
エスキース（下絵）

第一景	
第四景	第三景
フイナーレ	第五景

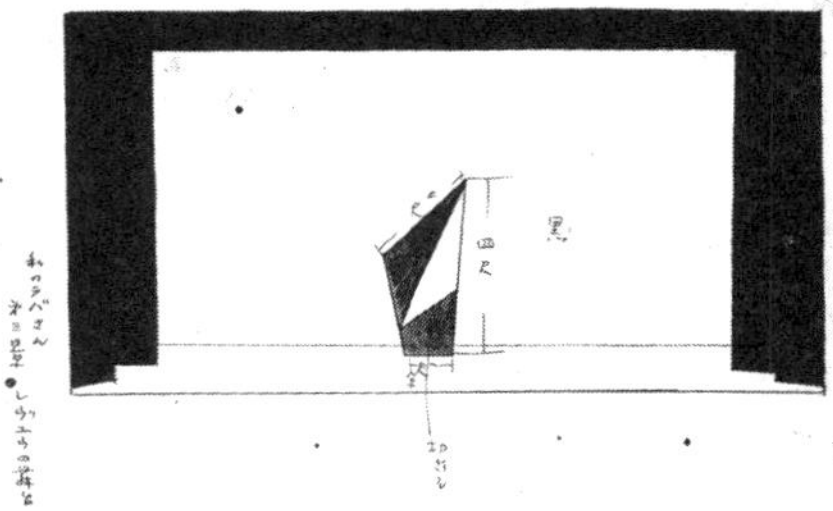

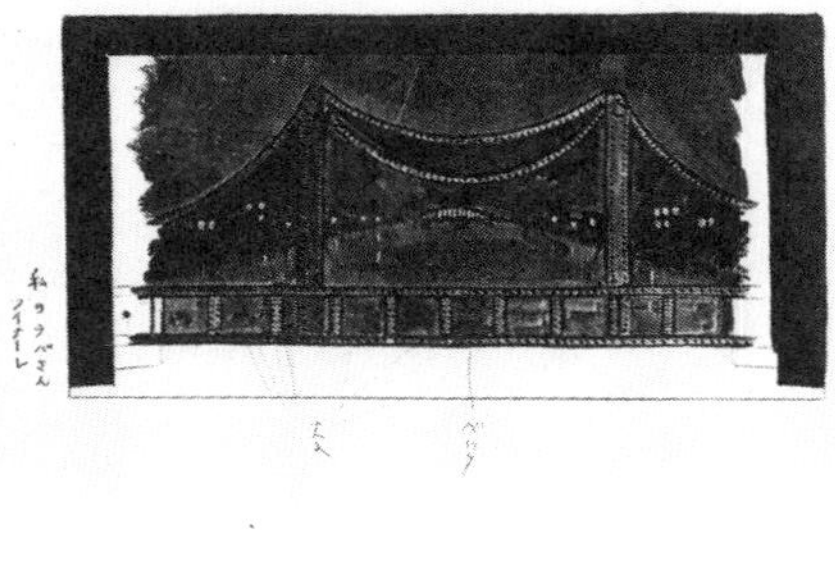

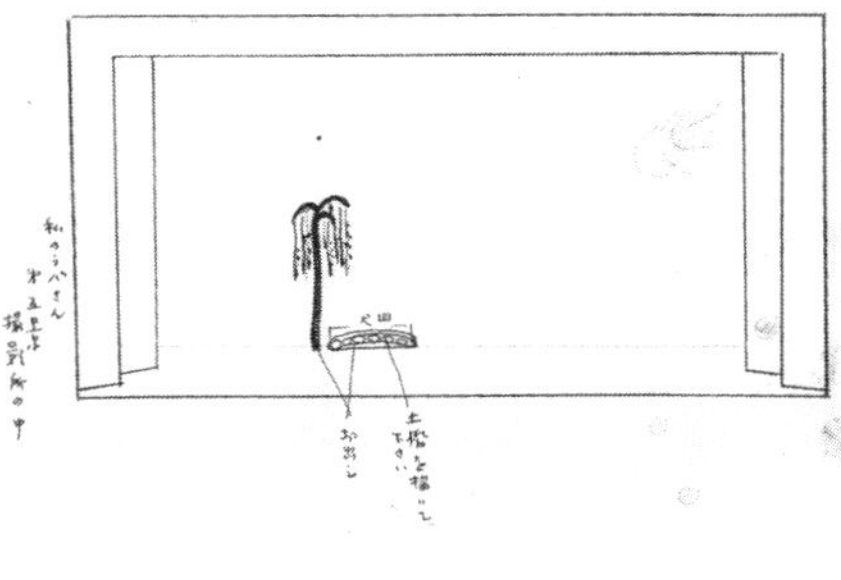

（榎本健一）他デパートの客、踊り子、捕手等。『ゆく春の悲哀』同様、このオペレッタも現実と劇場、映画の撮影場風景をごちゃ混ぜにして観客を笑わせたものであろう。大辻司郎、大河内伝次郎、市川右太衛門の名前のパロディも愉快である。

『サルタンバンクの娘』はプログラムにも断ってあるように、白井鐵造原作の『サルタンバンク』によるレヴューである。白井鐵造が『サルタンバンク』を発表したのは、同じ年の一月のことであった。この作品は「小さな旅廻りの一座の話で、詩情漂う白井情緒たっぷりの作品であった」と高木史朗は『レヴューの王様――白井鐵造と宝塚』（河出書房新社、昭和五十八年七月）の中で述懐している。この作品では葦原邦子が初めて主役に抜擢されて「インディアン・ラブコール」を「山彦の歌」として歌ったということである。この時期の白井の舞台に注がれた熱い眼差しについて、高木は次のように描く。

このころは、東京から夜汽車に乗って宝塚を見にやって来て、見終るとまた夜汽車で帰っていくファンも多かった。そのなかには二村定一やエノケンも含まれていたし、当時浅草のレヴュー界を二分していたレヴュー作家の菊谷栄、菊田一夫などもいた。

（一七九―一八〇頁）

このように宝塚の人気は絶大で影響力も大きく、たとえば宝塚で「サルタンバンク」が上演されると、さっそく浅草では「ネオ・サルタンバンク」が現れるというありさまであった。

菊谷栄改作の『サルタンバンクの娘』は、第一景　プロローグ、第二景　マ・ベル、第三景お、サルタンバンク、第四景　美しきルイズ、第五景　お、マ・ルイズ、第六景　花占ひ、第七景　マスクの舞踏会、第八景　進め兵隊さん、第九景　夜の道、第十景　山彦の歌、第十一景　キヤバレーの廊下、第十二景　エピローグといった十二景の舞台から成っている。

『サルタンバンクの娘』の上演について、愉快なエピソードを佐藤文雄は伝えている。宝塚少女歌劇団が白井の『サルタンバンク』の東京公演を新橋演舞場で上演した時のことである。

演舞場へみんな役者を代わり番こで、切符を買って見にやるんですよ。「おまえ、あの役だから、あの役みんな覚えちゃえ」って、みんな盗んじゃうんですよ。それで文芸部が行って、台詞を全部書いてきちゃって。

それから歌は二村定一が行って、あいつは歌じゃ頭よかったですからね、全部覚えてきちゃうんですよ。それで栗原重一という楽師に「こういう歌」っていって全部譜面をこしらえちゃったんですよ。それでうちの文芸部の波島さんが誰か宝塚に知っている人がいて、「白井鐵造作『サルタンバンク』でやっていいか」っていったら、宝塚は〔ピエル・ブリヤントを〕馬鹿にしてるから、「台本も譜面も貸さないけど、それで出来るんならやっていい」っていってきたんですよ。

それから「ソレッ」というんで、譜面は全部書き、「サルタンバンク」全部やって。そのおまけに、エノケン一座ですからね、つけたし〔ギャグ〕をつけたわけですよ。これがまた大うけでね。もう客はいっぱいになるし、大騒ぎだった。

あとで「台本、どこから手に入れました？」っていわれてね。「台本なんか、だれからも借りやしない。行って全部聴いてきて覚えたんだ」といったら、「へぇっ、そんなことができますか？」って。（佐藤文雄談）

とにかく愉快と言えば愉快、有能な人間がエノケンの廻りには揃っていたことは確かである。それにしても口約束だけで、著作権も関係なく、堂々と、それも合意のもとに舞台をそっくりいただいたというのは、この時代ならではの出来事であろう。

世界初、『リリオム』のオペレッタ化

昭和七年十一月、菊谷の台本によって上演された『リリオム』は、のちに映画『エノケンの天国と地獄』（佐藤武監督）の元になった舞台である。当時のエノケン劇団は、こうしたハンガリーの庶民派の生きざまを生かした翻訳物を取り上げることが出来た。それが昭和十一、十二年頃にはもう出来なくなっていたことは、残念な気がする。モルナール・フェレンツ原作によるこの戯曲は、戦前に何種類かの翻訳が出ており、日本でも比較的読まれていたと推測される。また、一九三四（昭和九）年、フリッツ・ラングによって映画化され、第二次大戦後は、ヘンリー・キングが『回転木馬』のタイトルでミュージカル映画として上映し、世界的規模のヒット作となった。これは同じモルナールの小説『白鳥』がグレース・ケリー主演で映画化し、興行的成功を

◉映画『エノケンの天国と地獄』左より丹下キヨ子、
二人措いてエノケン、益田喜頓（エノケンの後ろ）、三木のり平（手前）

収めた勢いによるものだった。私の知る限り、『リリオム』が戦前にミュージカル化されたことはない。築地小劇場が『リリオム』を上演するなどの先例はあったにせよ、菊谷のオペレッタ化は世界的にも遙かに先駆けていたことになる。この『リリオム』上演について、大町竜夫は「菊谷君の足跡」（『新喜劇』第三巻第十二号、昭和十二年十二月）の中で次のように述べている。

常盤座で上演した「リリオム」は巧みに新劇をオペレット化した傑作であつた。かつて築地小劇場に故人を魅了した、リリオムの友田恭助氏も上海海戦に散つたことは感慨無量である。戦死の数日前北支から寄越した故人の手紙にも「友田氏が舞台で見せた死の場面がいろいろと思ひ出され粛然否暗然たる気持である」と

書いてあつた。（八七頁）

私はエノケンがリリオム役を演じた映画『エノケンの天国と地獄』を見る機会しか得ていないのであるが、愛する妻子のためにヤクザから身を洗おうとして、最後のかっぱらいをするところがある。それが発覚し追われて逃げるエノケンのスピーディな演技に、強い印象を受けた。死の場面はその直後に来るのである。

菊谷と共にＰＢ（ピエル・ブリヤント）文芸部に属していた水守三郎は、蘆原英了や旗一兵ら批評家のように外からの視点で批判するだけではなく、内側からの厳しく、的確な眼で菊谷の直面した問題を捉えている。水守は大町の「菊谷君の足跡」と同じ『新喜劇』の菊谷追悼号に掲載した「伍長の死」の中で菊谷を「レヴユウの作品のうちでも一番繊細な抒情的な、どちらかといへば少女歌劇を思はせるやうな仄かなオペレットの作者としての印象が深い」（九八頁）としている。菊谷の台本を読んで気になるのは、主役を取り囲む登場人物の群がいつも気の良い苦労知らずの若者、娘さん達だということである。さらに水守は菊谷の抒情性、繊細な作風はエノケンの振りまく野卑な部分を中和するのに力があったと述べる。しかしながら、菊谷が終始一貫その宝塚少女歌劇、就中白井鐵造の心酔から抜け出ることがなかったことを惜しみ、この白井鐵造に由来する抒情が「趣味に堕し、マンネリズムに陥り、最近のエノケンの即興性を稀薄にした過誤もないとは言はれない」（同頁）とも述べている。趣味に堕した抒情性がマンネリズムとなってエノケンの足を引っ張ることになったという指摘は怖いほど当っているところがある。見かけはともかく、どの舞台を見ても基本的に同じようなタイプの心優しい若者、娘達が登場したのでは観客に食い足りない思いが残るのは当然であろう。
ともあれ、『リリオム』の成功は、のちの与太者シリーズの原型を作ることになる。

エノケン一座の新宿進出

昭和八年五月、エノケン一座は新宿に進出した。この新宿進出を取り巻く熱気を児玉数夫・吉田智恵男『昭和映画世相史』（社会思想社、昭和五十七年十月）では次のように描写している。

五月晴れの日曜日。新宿一丁目にあった新宿松竹座（のちの新宿大劇場、新宿シネマ劇場。昭和三十年代後期は有料駐車場）――劇場前は、客が幾重にもおれて行列していた。十時の打込み同時に階下席は満員。階下席―五十銭、二階席―一円二十銭。しかも階上もみる間に満席になった。当時、松竹座はＳＰ（松竹＝パラマウント）系の洋画二番館に位置して、大きな収容人員をもてあまし気味であった。それが、この盛況である。エノケンの新宿進出は成功した。（五〇頁）

この時の最初の演し物はコメディ『マダム・ノンシャラン』一幕で、中村是好のボンメエシユ氏が妻（河村時子）の留守を幸い、悪友（田島辰夫）をダシにしてキャバレーの女（清洲すみ子）を引っ張り込む。そこへ妻が帰宅する。慌てて女を悪友の恋人にしてしまう。すると悪友の妻（原初子）もやって来る、というお笑いの一篇。作・演出は瀬川与志である。

第二番目の演し物はナンセンス『近代明朗篇』全六景。如月寛多の扮するバンカラ亭主と石田守衛の学友が恋愛騎士道に血道を上げるが、学友（石田）の妹（浪木たずみ）の恋愛にあまり冷淡だったために、とんだ仕返しをされるという学生ものの喜劇である。作・演出は波島貞。

第三は『天一坊と伊賀亮』（マゲモノ・ナンセンスのベテラン和田五雄脚色）、波島貞演出。エノケンの徳川天一坊、二村定一の伊賀亮が、大岡越前守（福田良介、広島で原爆死した丸山定夫の変名）を相手に、一世一代の大芝居を打つまでの話を要領よくまとめている。この所謂歌舞伎レヴューはすでに定評があり、興行の安全弁であったと児玉・吉田はいう。

皮肉なことに、この空前の大成功といわれる新宿興行に菊谷の名前はない。実は菊谷は、昭和八年四月から六月まで、松竹少女歌劇部（のちのＳＫＤの前身）に移っていた。従ってこの間、菊谷の作品はエノケン一座では上演されていない。菊谷が移ったいきさつについて、佐藤文雄は次のように語っている。

その時分菊谷さんは『第七天国』というレヴューの脚本を書いて、松竹で募集したのに当選したわけです。当選して、菊谷さんは松竹少女歌劇のほうに行きたかったんだけど、松竹少女歌劇には意地の悪いやつばっかりいて、菊谷さんみたいなおとなしい人がいられるところじゃないんですよ。

『第七天国』はやったにはやったんだけれども、松竹に入るのはやめて、遊んでいたんです。

菊谷さんが抜けたんで、榎本健一はあれは少し依怙地ですからね、やめたりすると絶対に使わないんですよ。だからあたしがエノケンを騙かして、「あの人はまだこれから使える人だから、そんなことといわないで使えるだけ使わなきゃ損だよ」って、〔菊谷さんは〕また松竹座に戻ったわけです。（佐藤文雄談）

一方、井崎博之は『エノケンと呼ばれた男』で、菊谷の退座の理由について次のように説明している。

この菊谷栄が一時松竹少女歌劇に移った理由は、松竹歌劇、宝塚少女歌劇、という女性だけのレヴューでなく新らしい男女混合の大レヴューも目指したが、浅草のエノケン・ファンは、そういうオペレッタ・エノケンにあきたりず、強烈な喜劇を要求したので、（中略）マゲモノや、ナンセンスものが多くなり、レヴューは、主流からはずれて、四本立てのうちの一本に押しやられてきた不満による（後略）。（八五頁）

この説明は大綱としては間違っていないかもしれないが、波島貞、和田五雄の二人がむしろ、菊谷のそういった欠落部分をカバーし、大町竜夫は両者に相わたる作風を貫いていたので、全面的には適用出来ないかもしれない。確かに、マゲモノに客が集い始めたのではあるが。

もう少しこの間の関係を立ち入って考えるためには、和田五雄の回想が有効である。和田は明治三十七（一九〇四）年生まれ。浅草オペラで、エノケン、丸山定夫と共にコーラス・ボーイを務め、その後五九郎劇団文芸部に入った。役者もさせられたが、五九郎劇団付の早稲田出のインテリ作者小橋梅夜に師事して作劇法を身につけた。ピエル・ブリヤントの旗揚げと共に作者として入団した。すでに劇団には菊谷、波島、大町らがいた。第一作は宝塚ネタの『こんな恋なら朗らかに』だった。

和田の語るところでは、和田もオペレッタを書きたかったが、菊谷のオペレッタを盛り上げるために、波島、和田がマゲモノ・ファルスを書いた。エノケンも菊谷のオペレッタを中心に舞台を続けて行きたいと考えていた。しかし、オペレッタは高級すぎて俗受けしなかったので、和田、波島ら廻りの作品や幕間ファルスのようなもので客受けするようにしていた。

しかし、菊谷作品は、上品できれいな仕上がりで、（泥臭さに欠けていたため）客入りがよくなかった。松竹は、もっと泥臭い強烈なエノケンを出さなければ、菊谷作品をやらせないと言い出した。（和田五雄談）

それやこれやで嫌気がさした菊谷が、少女歌劇に応募した脚本入選をきっかけに一座を離れたというのがどうも真実に近いらしい。問題は一座の中よりも、松竹の側にあったのである。この点、エノケンに惹かれたために一座に入った菊谷の不幸という他はない。菊谷自身も憧れた白井鐵造のように、彼の才能は、宝塚の方でより大きく開花したかもしれないと思われるのである。

『キネマ旬報』第四百七十三号（昭和八年六月十一日）には、菊谷が歌舞伎座での松竹少女歌劇のために書いた『女学生日記』という舞台について、「「真夏の夜の夢」其の他」という「ヴリエテ」欄の中で、次の如き飯田心美の簡単な文章が掲載されている。

「女学生日記」は楽劇と銘うたれた菊谷栄の脚本、演出は青山杉作、装置は井上引範。筋は男女共学の米国ハイスクールのポールといふ男生徒とアンニイといふ女生徒の恋を中心にして学生生活の一部を喜劇化したもの。要するにメリケン・モダン・ライフを出さうとしたものらしいが余りスマートな出来ばえとは言へない。脚本も少し簡単すぎるし、演出も歯ぎれがわるいし、装置も感心しない。菊谷栄には次の脚本を期待する。こんどから序でに演出も自分でやつた方がいゝと思ふ。（五五頁）

エノケンから離れて、糸の切れた凧の状態にある時の菊谷の作である。それにしても飯田は「要するにメリケン・モダン・ライフを出さうとした」と菊谷の泣きどころを一言でいい当てている。エノケンのズッコケ演技を前提としなければ、菊谷のアメリカものはジャズを取り入れたいという動機のみで書かれているから、歯の浮くような軽薄なものになりがちである。飯田は菊谷に同情的に書いているが、エノケンから離れては菊谷も陸に上がった河童に過ぎないということがよく示されている。

菊谷栄の復帰

エノケン一座に復帰した菊谷は、昭和八年十月後半に大衆文芸レヴューと銘打った『戸並長八郎』（全十景）を書き、演出を担当している。友田純一郎はこの作品について『キネマ旬報』第四百八十七号（昭和八年十月十一日）の「ヴリエテ」欄の「エノケン・二ノ替り」で次のような批評の言葉を残している。

（前略）菊谷栄の演出・脚色は、演出の点から考へたら非常に優れたものを持つてゐるし、事実それ丈でこれは見てい丶ものだ。冒頭の、山野一郎の説明芸を利用しての人物の紹介法、頻繁なるドロップ（背景の描かれた幕）の使用、ドロップと台詞との接続、影絵風の演出、終幕、演劇的場面からフイナーレへの自然な推移、等、変化に富んだ、多彩な演出を示して、演出家菊谷栄の才能は充分に味はる可きである。（六五頁）

友田が菊谷の努力と才能を高く買っていたということは、この一文をもってしても明らかである。出来不出来はあれ、当時の劇評家の菊谷に対する評価はこの一文によって代表され得ると言えよう。

但し、エノケンの力を曳き出すという点でこの作品には題材上の問題があった、ということを指摘するのを友田は忘れていない。友田は述べる。

しかし、戸並長八郎の特異な性格はエノケンの誇張的なるが故におもしろい芸風を以て描破できるものではない。もし、彼がシリアスに戸並長八郎を追ふならば、個性を没却した彼の演技に人は失望するであらう、（六五頁）

このくだりに少し先立って、同じ劇評の中で友田は「エノケンは舞台に立ったら道化師でなくば一民衆の友たり得ない。これはエノケンの宿命である」と述べている。この指摘はエノケンの芸風についての最も的確な助言であった。道化をどの程度のものとして理解するかによって、エノケンの生かし方は大いに変わる筈である。ダイナミックな舞台上の擾乱者たらしめるか、涙もろいピエロに留めてしまうか、その辺の呼吸は菊谷も充分に心得ていた筈であるが。

昭和八年十一月のエノケン一座の公演評を、友田純一郎は「エノケン・菊谷讃賞」という題で『キネマ旬報』第四百八十九号（昭和八年十一月二十一日）に書き、前号の菊谷評を一層前面に押し出している。

歌舞伎レヴュウ「弥次喜多」、東海道篇、十五景は再上演物であるが、エノケンの名を世に知らしめたところの記念的出世作である。そして又「風車娘」と共に、菊谷栄の作品中、最も優れたものであり、歌舞伎レヴュウの頭註が首肯されるものだ。たゞ、公園劇場の舞台設備が、松竹座に較べるとはるかに不便なので、演出上の危惧を見る前に抱かせたが、花道、ドロップを利用して、公園劇場に於けるレヴユウ演出としては空前の出来栄であつた。殊に第八景三島女郎屋の場には、影絵を使つて新奇な工夫を見せ、雰囲気描写に成功してゐた。しかも、五分とかゝらない情景にこれ丈の凝り方は特筆す可きことである。おもしろかつたのは、宿屋の風呂で、エノケンが八木節を唄ひながら、風呂の底を抜くところだつた。エノケンの声はしやがれ声だが、唄ひ方の妙味でよくその短所を蔽ふて、魅力さへ持つてゐる。これからも、せいぜい舞台で歌つて欲しいものである。（中略）第九景、沼洩《ママ》〔津?〕千本松ではエノケンの骨なし夕暮れ 欠字 操りかつぽれの珍妙な舞踊がみものである。菊谷栄はエノケンの多彩な才華をこのなかに充分発揮して、猿之助の「弥次喜多」とは別な新しい興味をこゝに創始してゐるのである。そして猥雑な言葉落、下司な駄洒落などを嫌つてゐる点もいゝことだ。「戸並長八郎」では菊谷栄の熱意に感応したが、「弥次喜多」ではさらに尊敬をさへ覚えたのである。（四九頁）

たぶんにこの評に描かれた時点において、エノケンと菊谷は理想的な協力関係にあったのであると思われる。菊谷は己の持てる力を充分に発揮してエノケンの持つ潜在的な芸の力を曳き出すことに成功していたと言えよう。のちにエノケンが菊谷を失った損失の大きさを感じる時、その理想的な状態の一つにおいて、この舞台を想い出していたのであろう。菊谷も優れたオペレッタをやりたいと前線から手紙に書き記してきた時に、この辺りの舞台を決して忘れてはいなかっただろう。

幕間　菊谷栄の舞台美術

本書一五七頁のものもそうだが、菊谷栄はそれ以外にも舞台美術のためのエスキース（下絵）を数多く残している。ここにはその一部を掲載した。但し、このうち『ヴアラエテー』を除くと、エノケンの舞台演目をチェックしても、これらのタイトルは見当たらなかった。その理由は、エノケンと出会う以前のものか、構想のみで実際には上演に至らなかったものか、あるいは上演にあたってタイトルが変更されたなどが考えられるが、不明である。

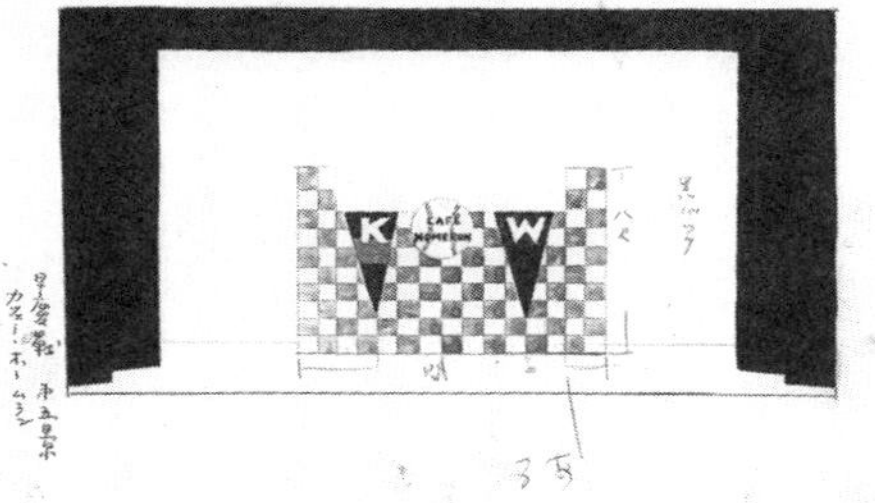

早慶戦　第五景

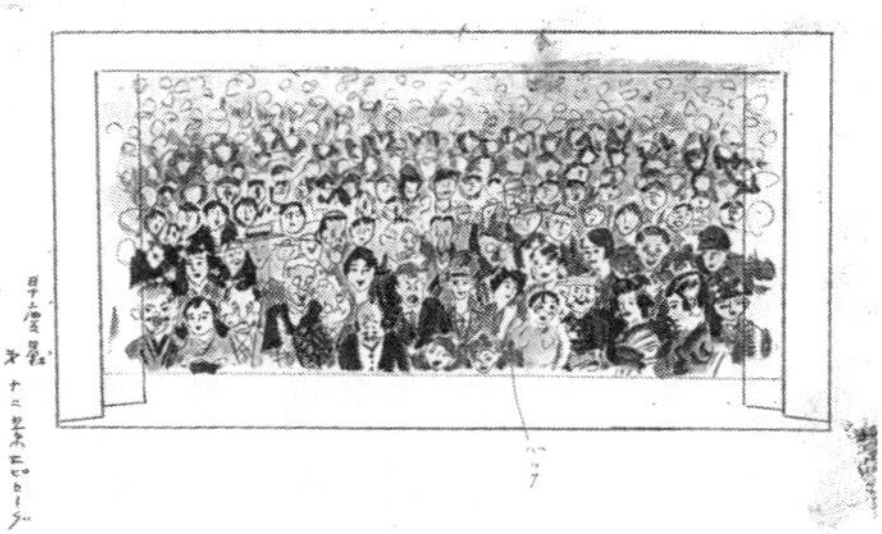

同上　第十二景

同右　第九景

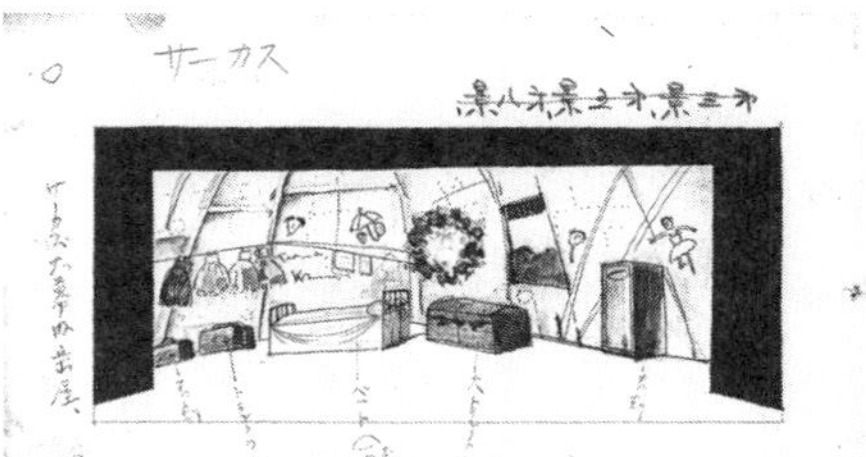

サーカス　第？景

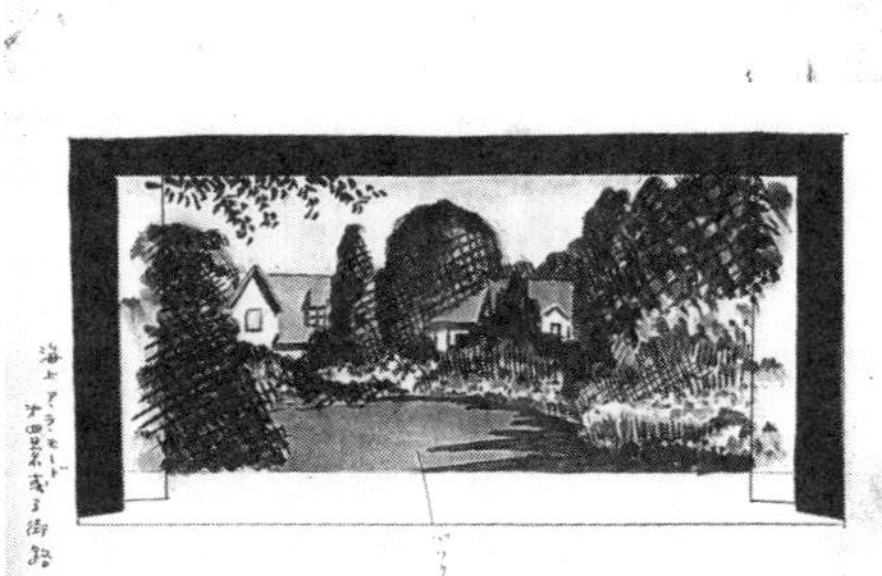

同右　第四景

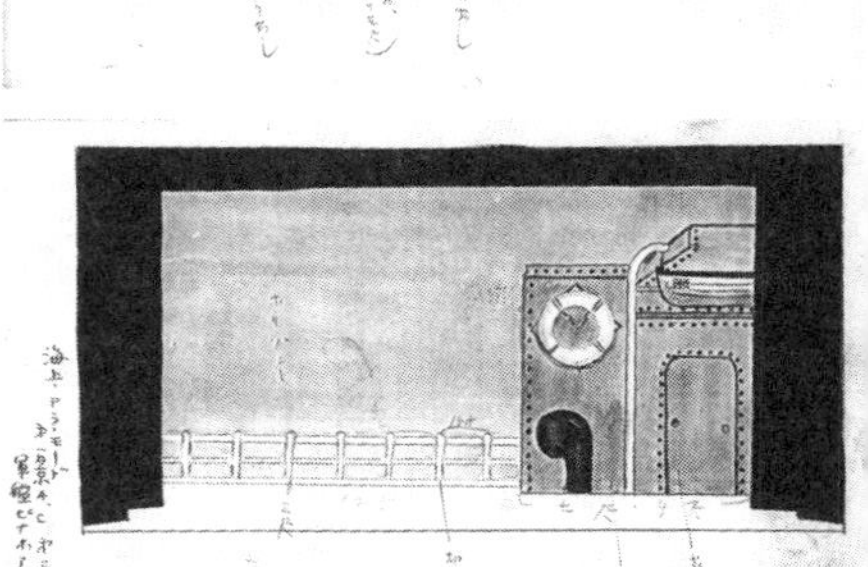

海上ア・ラ・モード　第三景

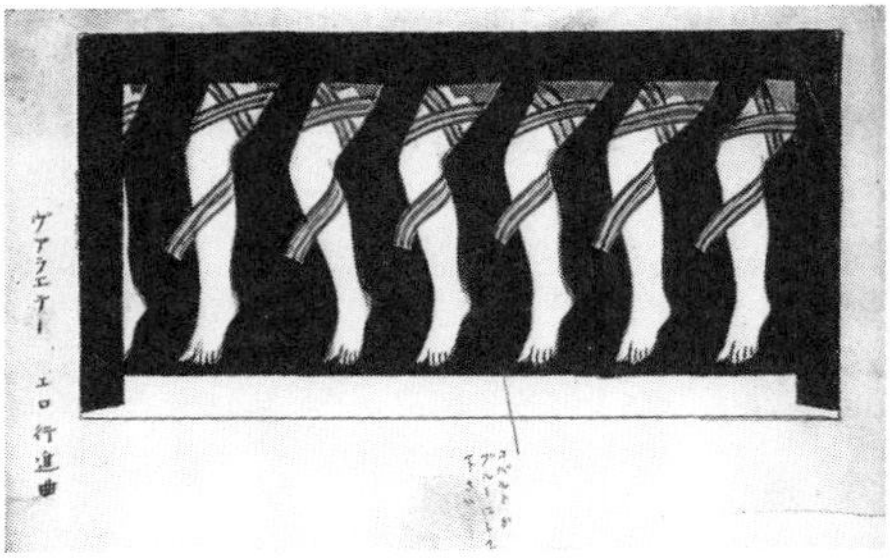

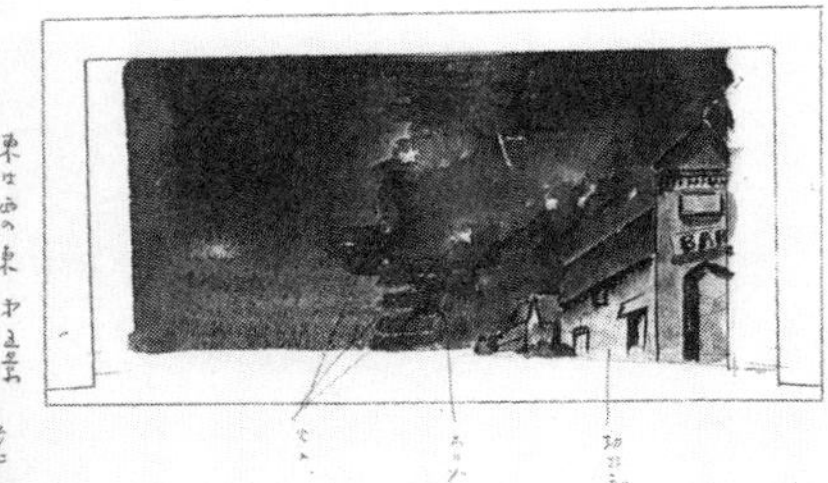

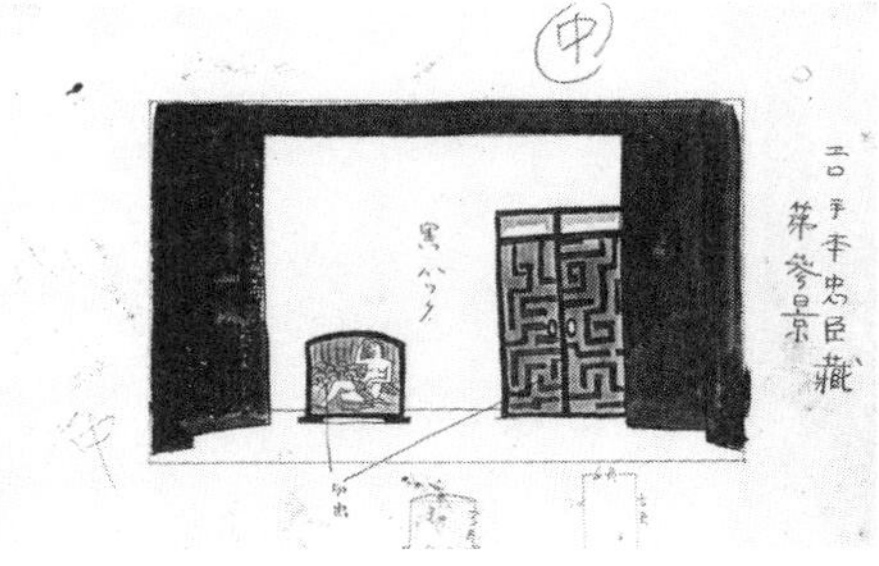

同右　フイナーレ	ヴアラエテー　エロ行進曲
同右　第五景	東は西の東　第四景
同右　第？景	トロパツ　第七景
	エロ手本忠臣蔵　第参景

第五章　『歌劇』を読む

宝塚少女歌劇のアルケオロジー

宝塚のファン雑誌『歌劇』

雑喉《ざこう》潤『浅草六区《エンコ》はいつもモダンだつた』の中で、雑喉の問いに答えて高木史朗は、菊田と菊谷の違いについて菊谷における宝塚の影響に触れつつ、次のように語っている。

　菊谷さんは、あのころ東京で数回催した雑誌『歌劇』の愛読者大会も見に来ていたはずです。これは白井鐵造さんらが、自分の作品をサカナに、モリエールの即興劇風にちゃかした出し物を演じて、愛読者を楽しませる趣向で、当時はユニークなものでした。菊田一夫さんのドタバタ劇に対して、菊谷さんが一味違ったのは、こういう宝塚の影響があったと思うんです。（一六四頁）

菊田がドタバタとアチャラカの職人芸を身につけて、それで確固たる立場を礎《きず》いたのに対して、菊谷は音楽を仕掛けの一部に組み込みつつ、エノケンの持つアクロバット性の高い演技を生かせる舞台を作ろうとした。菊田のスタイルは観客の直接的要求に答えるために笑いの水準をいくらでも落としていけばよいのであるから、一度コツを身につければ、比較的容易に脚本を量産出来た。雑喉は、エノケンの音楽に対する独特のセンスを強調しつつ、こうした音楽のギャグの面白さがそれまでの日本になかったものとして、エノケンのこうした特異な才能を生かすべく作られていた菊谷の脚本を貴重なものだったと述べている。（同書、一六四頁）

ところで、宝塚が発行していた『歌劇』というファン雑誌があるが、この雑誌は、当時の芸能ジャーナリズムが高い水準に達していたことを示している。当時の雰囲気を知るための一助として、例えば昭和五（一九三〇）年四月号について少し精しく述べてみよう。

この四月号は第百二十一号となっている。『歌劇』が創刊されたのは大正七（一九一八）年八月である。はじめは年四回刊行された。戦時中の昭和十五年九月から戦後の二十一年三月までは休刊しているが、その後復刊し今日に至るまで続いている。我国最古の雑誌の一つであろう。創刊当時は五十頁、定価二十銭、発行部数一千部、表紙は装置家森田ひさしが少女の絵を描いていた。創刊号から十一号までは、宝塚少女歌劇団の創始者である実業家の小林一三自身が編集している。小林一三のあと堀正旗《せいき》、寺川信、内海重典や、のちに日劇ミュージック・ホールの演出家として知られるようになった丸尾長顕、引田一郎、内山信愛が歴任した。大正十年三月からは月刊となり、発行部数も三千部を越えた。表紙は森田ひさしから野島一郎、平井房人《ふさんど》などへ引き継がれた。

今取り上げている昭和五年四月号の表紙は、平井房人の瀟洒なアール・デコ・スタイルなイラストレーションで飾られている。この点において、平井は松竹の川村秀治と好敵手であったと言える。松竹の川村秀治がエノケンのダダ風の戯画で発揮したような力を平井は少女の描写において示している。因みに、この頃の『歌劇』の表紙は平井と野島一郎と少年雑誌の挿絵の方でも後年仕事する田中良が担当していた。田中は比較的渋い写実的な画風を示し、平井はその対局にあった。野島はその両者の間にあった。ところがどういうわけか、昭和七年の後半になると平井の筆の冴えが見られなくなり、八年の正月からスターの写真を表紙に使うという、或る意味では後退とも言える変質を『歌劇』は、少なくとも表紙の上では遂げている。そうなる以前のことだが、女優ルイーズ・ブルックスのファンにとって嬉しいのは、第百二十六号（昭和五年九月）の平井による表紙絵である。ボブ・ヘア少女の横顔で構成されており、黒く塗りつぶした髪の中の中にRURUと書いてある。これは勿論、ブルックスが映画『パンドラの箱』で演じた役名「ルルLULU」の日本的な表記であるけれど、ブルックスのルル再来の感のある今日、この表紙のルルは嬉しい。ルイーズ・ブルックスは菊谷栄の好きな女優の一人であった。

菊谷の切り抜き帖には菊谷自身の「映画の夏の女」（掲載誌／紙不明、昭和八年四月四日と手書きで記されている）という文章が貼り込んであるが、その中で次のようなブルックス讃美を行っている。

そこで僕は洗練された肉感味（といっても練磨したといふ意味ではない呵々）の持有者で、美事な四肢のルイズ・ブルツクスを夏の美人と呼びたい。

彼女はクララ・ボーの如く露出症的な曲線を持つてゐるがボーの如く重苦しくない、積極的でない、地下室的でない、あく迄も軽佻でゐて、消極的で、高楼《ママ》〔踏?〕的である。

彼女を露出症と呼ぶことは僕にとつて悲しいことである。

性的純潔な大都会的な娘である。

ルイズ・ブルツクスはその性的純潔で、民衆の夏の世に生きる。流行の水着を着た彼女が、ケープ片手に、青い灯の海水浴場へ行く――その後姿を想像する時僕は胸にときめきを感ずる。
夏の苦しい一日が夕の涼みに変る頃、真白い仕事着姿の爪磨娘が顔を剃つてゐる僕の爪を磨いてくれる——それがルイズ・ブルックスだつたらと思ふだけで胸のときめきを人に知らしたくないと思ふ。

少女歌劇のファン雑誌らしく、『歌劇』の広告は「お肌を麗しく美化するヱデンクリーム」「主婦之友二月号で発表された奈良美也子嬢（宝塚スター）愛用新美顔料ヂネア・ヂネア」とか「今、人気の両極！　宝塚に花と咲く少女歌劇と見るからに瀟洒な小型写真機パーレットカメラ—小西六大阪支店」といったレヴュー揺籃期の広告とプロマイド風の写真が続く。奈良美也子は当時の典型的な美人スター。彼女が『モン・パリ』の中で歌った主題歌のレコードは、十万枚

◉『歌劇』第百二十一号
（平井房人画）

◉『歌劇』第百二十六号
（平井房人画）

売れたという。
さて、巻頭論文は「過激思想に直面して」という題で、小林一三が書いている。この文章は、ほとんど『改造』か『中央公論』であっても通用するほど、おそろしく鯱張ったものである。それは次のような書き出しで始められている。

新聞紙の報ずるところに拠れば、極左傾運動に聯関して河原崎長十郎、市川小太夫の両君が、警視庁に召喚されたといふことである。これによつて、左翼劇場、戦旗座、新築地、築地小劇場等の急進的劇団は別問題として、伝統的な歌舞伎の領域へも、左傾的思想の浸潤してゐることが窺知《きち》し得られる。（二頁）

このあと一頁半にわたって明治以来の我が国の社会主義運動の輪郭が描かれる。続いて、社会主義運動の内部分裂について論じられ、さらに共産主義は一つのユートピアで、真の平等などは机上の空論に過ぎないことが説かれる。小林は共産主義とは如何なるものか、正体が容易にして的確に認識されない故にたちの悪いものがあることを、次のように強調する。

しかも、現在に於ける共産主義運動は、その潜行的なるがためその組織は細密を極め、その党規は甚だしく厳重に、飽くまでも細胞式の秘密主義に徹してゐる。従つて嫌疑者として検挙されても、何人が真の共産党員なるか判別し難く、そのために所謂る十把一からげ式に検挙されるのである。（四頁）

一面の真実を衝いているとはいえ、内務省白書の如き文章である。この硬直した文章の拠って来るところは次に続く「不幸にして宝塚に於ても、この嫌疑のために数名の人達が××された」という文章から推察することが出来よう。小林の家父長的心情に由来する危機感がこうした一文を書かしめたのであろう。

この小林の文章の後に来るのは楳茂都《うめもと》陸平「舞踊に於ける重力の考察―リズミック教育と肉体教練―」という文章で、今日で言えば体育学会の紀要にでも載りそうな感じのする、生真面目な文章である。

次は永田龍雄「〝Choreography〟の話」という連載エッセイでコレオグラフィ（振付）の歴史が述べられている。

堀正旗の回想

続いては連載物の堀正旗「伯林《ベルリン》劇壇の回顧―その三―」で、堀の外遊土産である。この号で、堀はエルンスト・トラーの『ドイツチエ・ヒンケマン』とゲルハルト・ハウプトマンの『織匠』を論じている。『ドイツチエ・ヒンケマン』を堀は昭和四（一九二九）年七月にトラーの民衆劇場で見た。この作品は、堀の述べるところによれば、大正十四（一九二五）年六月、宝塚少女歌劇がはじめて市村座に拠って、長期東京公演を催した時、築地小劇場が土方与志の演出によって、研究劇として非公開に発表しようとしたが、上演は禁止され、「その企ては暗《ママ》から暗《ママ》へ葬り去られた」ということである。この戯曲は、前年にエルンスト・トルレル（トラー）作、北村喜八訳『独逸男ヒンケマン――表現派戯曲悲劇三幕』（新詩壇社、大正十三年十一月）として邦訳が出ている。『ヒンケマン（跛者）』という題が示すように、戦争によって不具にされた兵士の語りで、密通する妻を忌避して見世物の舞台に身を晒す男の物語である。結末は悔悟した妻が彼の許に帰ろうとするが、彼は心を開かず、妻は窓の外へ身を投げ、彼自身も首を括る用意を始める。

話としてはビューヒナーの『ヴォイツェック』と映画『ジョニーは戦場へ行った』（ドルトン・トランボ監督）をないまぜにしたような作りである。佐藤信あたりの演出で見ると、今日でも充分に娯しめる作品になるのではないかと思われる。演出はエルンスト・トラー自身が当り、舞台装置を担当したエドワード・ズーアは堀の友人だったという。全体としてはハウプトマン調の写実主義的色彩でまとめられていたが、「見世物小屋の前（第二幕）第三場」、及び「場末の或る往来の場（第三幕第一場）」は象徴的な舞台装置が設《しつら》えられ、俳優の演技も幾分か表現主義的な傾向が加味されていたと堀は言う。堀はまさに表現主義の運動のメッカの真只中にいたわけである。

堀が報告しているもう一つの舞台は、彼が国立劇場で見た劇場監督レオポルド・イエスナー演出のハウプトマンの『織匠』である。話はよく知られているように織工の暴動に捲き込まれて、官憲の放った流れ弾に当って一人の老人が死ぬというものであり、堀も述べているように、「日本の現在の検閲制度では、到底上演は不可能のもの」であった筈である。この戯曲について、堀は次のような感想をつけ加えている。

この戯曲は、群集を主人公にしてその当時に於ける新形式のものであり、また境界の推移を主眼とした境界戯曲だとも言ひ得る。この戯曲は或る階級の生活を描写した階級悲劇の最初の試みとして実に意義あるものであり民衆中の雑多な個性を書きわけてゐる新しい民衆性格劇である。（一三頁）

この文章からも知られるように堀正旗は、ドイツにおける演劇運動の最先端の部分に飛び込んでその渦中からの報告を行っていたのである。この一文の内容はちょうど小林の巻頭言で最も怖れていた方向に読者を向かわせる力を持ち、また水準の高い劇評でもあった。それは例えば、ヒンケマンに扮した俳優について次のように評しているところからも確かめられる。

（前略）ハインリツヒ・ゲオルゲは、実に顔面の表情の微妙に動く俳優であつた。殊にその特徴といふべきは「眼の芝居」の功妙さにある（〇）彼の眼だけ見てゐても、その喜怒哀楽の感情が明確に観客の胸に迫つて来る。これは敢て誇張ではない。（一二頁）

堀は白井と共に小林一三に送られて昭和三年から欧米に外遊していた。白井がパリに留まったのに対し、堀は、この演劇通信でも知られるようにベルリンに滞在してむしろ演劇そのものを学んで来たと言える。彼は昭和八年、オペレッタ・レヴュー『ベルリン娘』で高い評価を受け、九年に『青春』を発表した。志摩修は『ザ・宝塚――小林一三とその美女群、70年の秘密』（大陸書房、昭和五十九年一月）で、白井と堀を対比して次のように述べている。

（前略）白井が葦原邦子を起用したパリ中心のレヴューを発表したのに対し、堀は小夜福子

を中心にドイツ風の劇的要素の強い作品を得意とした。（一〇六頁）

事実、第百五十八号（昭和八年四月）の『歌劇』に堀は「ベルリン娘」と題する『ベルリン娘』の予告のようなエッセイを載せている。その中で彼はまず、ゲオルグ・カイザーの名声とその下降、さらに「レヴュウ芝居」による再生について語っている。特に『ベルリン娘』の原作であるカイザーの『二つのネクタイ』について堀は、白井のパリ方式によるレヴューとの違いを次のように強調している。

「二つのネクタイ」は「レヴュウ芝居」といふ傍題が記されてはゐるもの丶、それは皆さんが御覧になつてゐられるやうな白井氏式の、あらゆるスペクタクルを並列して見せる所謂る視覚芸術としてのレヴュウではなく、飽くまでもカイザー独特の作劇法によつて書かれた並行線的構成の、オペレッタの形式をかりた戯曲なのです。（二二頁）

レヴューとは如何なるものであるかという点については、エノケンたちの『月刊エノケン』においても論陣が張られていた（これについては後に詳しく述べる）。堀は回顧と称して平面的に羅列するフランス風レヴューに対して、独特の時間的系列によって配置された劇的構成を持つレヴュー形式のあることを強調しようとしたものらしい。

この引用部分に続いて、堀は二つの興味ある事実を紹介している。一つは、この芝居が『朝から夜中まで』などで、日本でも築地小劇場で左翼運動の昂揚のきっかけになったカイザーの転向後最初の作品だったという事実である。これは日本の近代演劇史が築地小劇場及び『朝から夜中まで』のカイザーについて頁を割くけれど、宝塚の堀正旗の『ベルリン娘』についてはほとんど触れることがないという事実に照らし合わせると興味深い。つまりこれまで伝えられてきた日本の近代演劇史では『朝から夜中まで』以降消えてしまったと思われたカイザーの表現主義にしか関心を抱かないと思われる。また逆に、今日、宝塚少女歌劇に関心を抱く人も、宝塚演劇史に、こんな恐ろしい、かつ知的な一頁が加わっていたとは予想だにしないのではなかろうか。

ところが、こうした演劇的レヴューこそは、戦後日本のアヴァンギャルド演劇が、ミュージカルとは違った意味で追究して来た方向の一つと言えるのである。例えば、唐十郎の率いる状況劇場の歌芝居的要素は、まぎれもなくこうしたレヴュー演劇のものであるし、黒テントが佐藤信の作・演出で創出して来た舞台、例えば『阿部定の犬』などは、佐藤らがブレヒト＝ワイルの『三文オペラ』コンビを頭に置いているとはいえ、カイザーの『朝から夜中まで』よりは、むしろ『二つのネクタイ』に繋がる筈のものである。

堀正旗の紹介しているもう一つの点は、『ベルリン娘』の原作『二つのネクタイ』こそ、マレーネ・ディートリッヒがジョセフ・フォン・スタンバーグによって見出されるきっかけを作った舞台であったという事実である。当時、表現主義の映画の傑作を次々に世に送っていたウーファー撮影所の名監督としてその名を喧伝されていたフォン・スタンバーグが、無名に等しいマレーネ・ディートリッヒを見出したのは、この舞台であった。そのいきさつは次の如くである。

その頃ハリウッドから帰国した俳優エミール・ヤニングスが、久しぶりにウーファーのトーキー映画『嘆きの天使』に出演することになった。台本はハインリッヒ・マンが、友人のヴェデキントの『ルル』に想を得て書いた小説『ウンラート教授』をもとにしたものであった。だが、ヤニングスの相手役の女優がなかなか見つからなかった。監督のフォン・スタンバーグは夜毎ベルリン市中の各劇場を物色して歩き、ようやくマックス・ラインハルト演出の『二つのネクタイ』に、マーベルという役に扮して出演していたディートリッヒを発見したのである。

とはいうものの、マレーネ・ディートリッヒは『嘆きの天使』（一九三一年）以前、すでに一九二三（大正十二）年に始まって、十五本余りの映画にどちらかというとチョイ役で出演していたのである（Homer Dickens "The Films of Marlene Dietrichi", New York, 1971）。特に、一九二五年に製作されたG・W・パプスト監督の『喜びなき街』において、グレタ・ガルボがスターとして躍進したのに対し、ディートリッヒは、貧民の食事配給の列に並んだ少女の一人として出ていた筈なのであるが、今日残っている不完全なフィルムでは、ディートリッヒの姿を認めることすら出来ないそうである。パプストもルイーズ・ブルックスにおけるようには、ディートリッヒの発見者とはなり損ねたと言うべきであろうか。ヤニングスに関して言えば、一九二三年のヨーエ・マイ監督の『愛の悲劇』というヤニングス主演の映画にもディートリッヒはすでに端役で出ていたから、このうちの誰かが目利きであれば、フォン・スタンバーグは夜のベルリンを駆けまわることはなかった筈である。すでに銀幕に登場していたのであるから。

いずれにしても、表現主義の演劇が映画に貢献したことを示す一頁である。似たような事実は同時代の日本にもあった。それはすでに述べたように、千田是也演出の『乞食芝居（三文オペラ）』の神父役として出演していたエノケンを見初めたのが、松竹の大谷竹次郎であったという事実である。大谷はエノケンを松竹に招いて「エノケン一座」を上演させ、エノケンを映画に出演させて独自な世界を作るが、そのきっかけになったのが、表現主義の舞台であったというのは奇しき因縁《げ》である。実に同時代性とは恐ろしいもので、エノケンとディートリッヒは或る意味で銀幕のスターになる以前は同じような世界に生き、似たような「表現主義の作品」の媒介によって、片やディートリッヒになり、片やエノケンになった。こういう昭和の精神史のアルケオロジーの重要な素材が、意外にも宝塚のほとんど忘れられた一頁『ベルリン娘』にあるというのは、余り人が思ってもみないことであるに相違ない。政治及び政治学は、人々を分断することによって成り立つが、芸能は人を普遍的な次元において結びつける。精神史のアルケオロジーの重要な拠点の一つが、芸能史に求められなければならない所以である。

さて、堀正旗の連載は第百二十五号（昭和五年八月）の「モスクワ劇壇を最後として」で終る。堀がモスクワに着いたのは昭和四年の十月で、ビザなしの旅行で一週間しか滞在出来なかった。しかしこの間、堀はメイエルホリド劇場で『吼えろ支那』他二つ、芸術座では『桜の園』など計六つの舞台を観ている。これらの中で、堀はメイエルホリドの『吼えろ支那』の舞台に感銘を受け、この舞台を、昭和五年二月に築地小劇場が宝塚で公演したのとを比較して、克明に論じている。貴重な記録であろう。

久松一声の自伝

いろいろと脇道に外れているが、本章の眼目とするところは、昭和五年四月号を通じて、『歌劇』の情報量の大きさを示すところにある。この堀の欧州演劇事情に続いて、口述による久松一声の連載「久松一声の壮年時代」が掲載されている。この連載は第百十四号（昭和四年九月）から始まったものだ。久松一声は、宝塚に通じている人なら誰でも知っている名前であろうが、それ以外の人には比較的馴染みが薄いと思われるので、志摩修が『ザ・宝塚――小林一三とその美女群、70年の秘密』で説いてるところに従って、少し紹介しておこう。

久松一声は、東京生まれの江戸っ子で、小学校教員、新聞記者などのキャリアを経、ローシーのオペラ運動にも参加したことがある反面、水木流という日本舞踊の家元でもあった。大正二（一九一三）年、小林一三は明治四十四（一九一一）年に営業開始した宝塚温泉のために、大阪の三越呉服店の少年音楽隊にならって、三越の指導を受けた十五、六名の少女からなる女子音楽隊を編成した。宝塚少女歌劇のルーツがこの音楽隊である。同時に、宝塚が何故少女歌劇でなければならなかったかという理由の一端はここにある。この唱歌隊の教育メンバーは作曲家安藤弘を指導者とする五人で構成されていた。同じ年の十一月に、学童芝居の指導者として振付の高尾楓蔭及びその助手として久松一声が招聘されて加わった。安藤弘は、芸術家肌の作曲家で、かねてから本格的な歌劇の上演を夢みていたため、小林の少女唱歌隊の構想には余り乗り気ではなかった。一方、小林は温泉場の余興に、高踏的な歌劇は向かないのではないかと危惧していた。東京での本格歌劇の公演も経営上余りはかばかしい成績をあげていないことを知っていたからである。

小林一三は、歌劇との出会いを『逸翁自叙伝』（産業経済新聞社、昭和二十八年一月）で次のように記している。

其頃（明治四十五年）、たま〳〵私は、東京帝国劇場にて清水金太郎、柴田環女史（のちの三浦環）等のオペラ「熊野」を見物して、初めてオペラの将来性について、考へさせられた、三階の中央部に、男女一団の学生達が見物をして居つた。日本語で歌ふ歌の調子が突拍子もない時に、満場の見物人は大声を出して笑ふ、評判の悪いことおびたゞしい。私は冷評悪罵に集まる廊下の見物人の群をぬけて三階にゆき、男女一団の学生達の礼讃の辞と、それにあこがれてゐる真剣の態度に対して、遠慮なくその説明と理由を聞いてゐたのである。そして「熊野」を嘲笑する無理解の人達も、やがてその信者になるであらうと観《ママ》破して帰阪したのである。（二一三頁）

結局小林は折れて、平易な上演しやすいのをという条件で唱歌隊が歌劇上演することを許した。久松は、振付助手ばかりでなく、脚本もよくし、日本舞踊の名とりであるから太鼓も打つという多才ぶりで重宝がられた。志摩によると、久松の「作品は常に舞台に趣向をこらし日本情緒を上手に生かしたもので、当時の観客の心をとらえて大変な人気を呼んだ」(志摩前掲書、八三頁)という。この久松のスタイルは、久松情緒といわれ、「初期黄金時代の宝塚情緒」として一世を風靡した。久松は『三人猟師』(大正四年)、『お夏笠物狂』(同九年)、『竹柴道中記』(昭和九年)、『桃源の朝比奈』(同十八年)などの傑作を残している。久松には生徒の才能を見抜く力があり、作品に応じて才能があるとみると、新人でもどんどん抜擢して舞台に立たせた。白井鐵造も久松から大いに学んだといわれている。宝塚がいわゆる洋物の他に、日本物において堅実な舞台を作り出すに至るには、こうした久松のような踊りの基礎に深い知識を持った人が参画したことが、大いに関係していたと言えよう。

久松に加えて上方舞の楳茂都流家元の嫡子、楳茂都陸平が二十一歳の若さで、日舞の教師として参加した。宝塚は日舞と一線を画するためか、三味線を禁止し、日舞もピアノ伴奏で教えるよう指示されていた。彼は努力の末ピアノを必要に応じてマスターし、トゥ・ダンスを身につけるに至った。

久松一声と楳茂都陸平――この二人が、宝塚の和事舞踊劇の基礎を作るに至る。のちにエノケン劇団では菊谷や大町竜夫が主として洋物を書き、和田五雄、波島貞などが和物を書いたが、いかんせん、彼らは邦舞についての専門的な知識は持ち合わせていなかった。勿論、宝塚の方は情緒劇の方向で進むことが出来、エノケン劇団は、アチャラカと呼ばれる笑いを目標に据えた荒唐無稽劇を目指していたのだから、両者を同列に置くことは出来ないが、エノケン劇団が相当のハンディを負っていたことは認めなくてはならない。エノケン劇団はほとんど素人で、独学の人達の集まりであったのに対し、宝塚はほぼ二十年の歴史において先行し、何らかのプロによって築かれた伝統が出来上がっていた。さらに日舞の振付のコツが白井らによって洋舞の方でも生かされるという利点を宝塚の側は持っていた。

久松らが大阪で日本舞踊の改革運動をやった時のことについて、久松自身は「久松一声の壮年時代　そも〳〵文士劇の始めから」で次のように述べている。

（前略）其当時から、いやズツと其以前から私は日本舞踊革新の一枚看板だつた。歌詞の意味さへ解す事の出来ない踊りの家元だのお師匠さんだのと云ふ輩が伝統的に教へられた舞踊、それを其まゝに弟子に伝へる、何の腹もなく三味線の音につれて唯無意識に動く日本舞踊と云ふものが馬鹿々々しくて歯痒ゆくて、食い足りなくてたまらなかつた。（『歌劇』第百二十一号、昭和五年四月、一四頁）

という次第で、久松は関西の各新聞社に檄を飛ばして文士連中に働きかけた。吉田笠雨、織田春宵等々、今日ほとんど名の知られていない人達ばかりであったが、それでも日舞の素養のある人達であったから、当時道頓堀で一番の芝居小屋であった角座で公演を行った。演目は井出焦雨脚本の如意輪堂の芝居、シラーの『群盗』、次は久松自身忘れてしまい、さらに『金色夜叉』『妹脊山女庭訓』といったものであったが、三日つとめて大入満員であった。その芸は兎も角、意気込みは壮大なもので、宝塚はこうした日舞の世界の反逆児としての志を生かす恰好の場所を提供したことになるのであろう。

続く第百二十二号（昭和五年五月）の「久松一声の壮年時代」では、子ども向けのお伽劇団を作る話（「文士劇からお伽劇団の誕生まで」）、第百二十三号（昭和五年六月）は、大阪の大尽で、彼の素人劇団を援助した武富瓦全《がぜん》という人の酒癖の悪さに苦労させられた話（「神戸で演じた「錦の御旗」」）である。

第百二十四号（昭和五年七月）は「も一度大連へ押しかけてゆく」という題で、文士の旅廻劇団が竹富の酒乱のためにポシャって「結局巧まくゆかないので、此の儘に無理を通してやつて居れば俗悪な田舎廻りの新派劇と何等異る所は無くなつちまふ」と考え、解散するところから話が始まる。新聞社を辞めた人たちの大半は社へ戻り、久松は映画の脚本を書いて生活の糧とした。当時日活は福宝堂という名の映画製作所で、二篇も書けば一月は過ごせた。「然も一晩に一篇位書き上げデッチ上げてしまふ位はわけはないのだよ、其脚本は主として山長の連鎖劇のストーリーを書いたものさ」（一三頁）と久松は豪語している。

さらに、坪内逍遙の脚本になる『常闇』というオペラが東京音楽学校の協力で三浦環を主役に歌わせて上演されるから見に行ってくれるよう頼まれたことを枕に、久松は十六、七の頃に、フランス人の女性を連れて帰った浅草山谷の玉姫稲荷の倅・近藤章一とその女房をからかって追い出した想い出を語っている。何と久松は、山谷の絹由という呉服屋で育てられた浅草っ子なのであった。久松がそのフランス人女房にフランス語を習いに行っていた或る日のこと、夫婦でピアノを叩いて歌い始めた。この新帰朝者は玉姫様の森の中へ赤い三角屋根のハイカラな「西洋流のコッテイジ」を建てて住んでいた。この日、女房は久松にも声を出させて矯正し始めて、「あなた声日本唄いけません」という。傍らから亭主が「西洋の発声は斯うするんですよ、ホラ、アー、アー」と、久松によれば「チヨビ髭をたくわえた口をハクンと開けて鼻の穴を思ひさまひろげて唄ひ出すと女房が又咬《くら》ひつくやうな顔をして唄ふのだよ、おかしいからハツハツと笑つてやつた」。すると亭主は「あなた音楽を解する頭がないですねえ、駄目々々」という。女房が日本の唄を聞かせろというので、長唄「勧進帳」を丁寧に唄ったところ、二人が声を合わせて笑った。久松のフランス語の勉強はそれきりになってしまった。その後日譚が愉快である。

（前略）西洋流の歌の仕返へしに毎朝友達を連れてつてはその家の窓の下の処へ集つて、中からピアノがパーン、アーアーと発声が聞えると皆そろつて一生懸命に大声でアツハツハツハツと笑い倒してやつたものさ、ところが、だん〴〵人が増えていつてお終ひには三十人からの団体が出来上つちやつた、その連中は朝早くからこゝへ来ると、心の底まで笑ひ出して、帰へりはお湯につかつてそれから朝飯にすると云つた当世の早朝登山家以上に熱心家ばかりだつたものだから、ハイカラな夫婦も遂頭《とうとう》何処かへ引越して行つちやつた――（一四一‐一五頁）

笑えない悲喜劇であるが、ここには日本近代における西洋文化との接触の場面が典型的な形で語られている。

(1)スノッブに対する反感。洋行帰りのスノッブの愉しみと孤独。
(2)二つの全く異なる音楽原理、言い換えれば異文化間の市井における正面衝突。
(3)国際結婚の難しさ。

堅苦しく言えばこのようになるが、そういった七面倒くさいことを忘れて読むと、少年久松の江戸ッ子の面目躍如たるエピソードである。後のバタ臭い宝塚に対する久松の貢献を考えると、微笑ましくもある話である。野次馬の増え方、パフォーマンスを見ると、随分暇な若者が多かったよき時代であったと言わざるを得ない。第一、お稲荷さんの境内の私邸の窓の下で毎日騒ぐと、今なら第一に家宅不法侵入罪、第二に騒音防止法、時によっては無届け不法集合罪等々の罪状で、警官がやって来てしょっぴかれる恐れが充分にある。

この新帰朝者が再適応に失敗して揶揄の対象になったのは、浅草といった土地に赤い三角屋根のハイカラな西洋流のコテージを建てたという選択によるものであり、もしこの夫婦が山の手にでも住んでいたら、充分に近辺の尊敬を受けて愉しい日々を送っていたであろう。しかしながら、玉姫様の稲荷の神官の伜が明治末にフランスに留学して、声楽家のフランス女性を連れて帰り、浅草の玉姫稲荷様の境内に洒落た居を構えるのは、何やら浅草におけるオペラの移植を先取りしているようで、考えようによっては興味深いエピソードである。

こうした関係がややプラスに働いたのは、同じフランス帰りの画家で、カジノフォーリーの創立に参画した内海正性《まさなり》の場合である。内海の場合は、白山上の南天堂レストランに集まったアナキスト仲間というクッションがあったが、この近藤章一という青年には、そうしたクッションがなかったらしい。この夫婦が浅草オペラに対してどんな関係にあったかは、興味を抱かせられるところである。

中山太郎との確執

第百二十五号（昭和五年八月）の「蕗つくりの百姓見習をやめて宝塚へ」は、久松が或る人の口ききで大連に出かけるに際し、二匹の愛犬を預ける先を探して、老松町に当代随一の浮世絵師歌川国松宅を訪れたり、阪神線御影の朝日座の劇場の主のところを訪れたりする、これまた抱腹絶倒のエピソードが語られるが、本論に直接かかわりないので割愛したい。久松は人格といい、時代といい、よきエピソードが幾らでも生まれる環境に生きていたと言える。誠に宝塚はよき人物を得たと言うべきか。

とにかく、『東亜』という雑誌を出している出版社に勤めるべく大連に行った久松は、かつて騙された旧知の仲の市松某に会い、記者芝居をやろうという餌に釣られて、『遼東新聞』の記者となってしまう。しかし愛犬が気になって里心がついた久松は、『大阪新報』の編集長を務めていた中山太郎の呼び出し電報で帰国することになる。

この中山太郎というのは、今日民俗学者かあるいは一部の歴史家に記憶されているに過ぎない人物であるが、ジャーナリストからのちに著述家に転じ、『売笑三千年史』（春陽堂、昭和二年十二月）、『日本婚姻史』（春陽堂、昭和三年十二月）、『日本巫女史』（大岡山書店、昭和五年三月）、『日本若者史』（春陽堂、昭和五年七月）等々、今日で言えば、社会史の先駆者として数多くの著作を残した人である。特にその『日本盲人史』（昭和書房、昭和九年七月）は、今日多くの人の関心を呼んでいる周縁性の歴史学の嚆矢の作品とも言うべきものである。中山は『東京朝日新聞』出身の西村真次のような民間史学の系譜に属していた。ジャーナリズム出身の著述家の通弊として、史料批判に甘いところがあり、官学の歴史学から無視されてきた。中山の仕事はまた、民俗学にも相わたるものであったが、民俗学の側では柳田国男の文献史料に依拠する方法否定のあおりを喰って、これまた無視され続けた人である。しかし、今日来るべき歴史学を考えるのに欠くことの出来ない様々の視点を持ち出したことを考えると、無視出来ない存在になりつつある。今日中山の消息を伝える資料は少ないので、この久松の証言は貴重なものである。久松は次のように述べる。

此大阪新報と云ふのは昔原敬さんが社長の時代は素晴らしく売れたそうだが、其後纏綿たる情実がこんがらがつて悶いてもあがいても売れない。其所で北浜銀行へどう喰い入つたものか、太ツ腹の岩下〔清周〕さんが何拾万円かを投げ出して内部の大改革を断行する、社長にはベルヂユーム〔ベルギー〕公使よりの加藤恒忠氏を担ぎこんで中山太郎が編輯長、岩野泡鳴だの加藤朝鳥だの、加藤桜巷、行友李風なぞと云ふ実は煮ても焼いても頂けない珍味佳肴《かこう》の連中がズラリと並んだのだよモウ新聞社は厭だと思つたが、大阪へ帰つて犬と再会をする燃えるやうな希望にかられて私も入社する事になつた。
所が入社の晩に中山君が私に船料理を御馳走しながら云ふには、久松君、僕は万般の権能を握つてはいつたのだ、だから私の意に添《マ》は《マ》ないものは直ちに退社して貰ふのだよ、とまあこう威嚇を加へるのだね、ハ、ア中山君は以前私の下に居た人だが、今日から以前の関係を忘れて俺を尊敬せよと云ふ事だなと気がついたが、之は中山君にも似合ない事で、学校出の若い人には此薬もきくだらうが、我々散々社会を泳ぎ廻つた人間には合ひ薬にはならないとは思つたがよし其希望なら無性に尊敬してやらうと思つて、次の日から中山君にものを云ふ時には立上つて、ハツ編輯長殿と兵隊さんの態度でやつたよ。（二八頁）
中山には不利な証言だが、のちに数多くの著作を著す中山の生真面目な面は描かれている。結局、中山はセッセと働くものの、社内での評判は思わしくない。久松によると「中山君なぞは威張るばかりで何等の実力をもつてゐなかつたね」ということになる。結局、久松は中山と折り合わなくて退社する。新報を辞めた久松は、蕗作りを一年やる。この全く構えない柔軟な生き方は、久松の比類ない強味であった。

久松一声と宝塚

ここで高尾楓蔭が登場する。後年、久松は高尾の助手として宝塚に入ったことから、或る程度の格差があったかのように誤解されがちだが、次のいきさつを読むと、高尾とはほとんど対等の関係で久松が宝塚入りしたことがわかる。

私が大阪新報をやめたと云ふ事を聞いて高尾楓蔭君が尋ねて来た。高尾くんの話には今度箕面有馬電車でもつて、つまりこれは今のそら阪神急行電鉄の前名さ、社長が急山人と云ふ号を使つてゐるのは箕有をもぢつたのだよ、其箕有電鉄の終点宝塚で少女歌劇をこしらへる、芝居のことに精通してゐて振付も作も出来る人はないかつて頼まれてゐるんだが、どうだい面白いぢやないか、一つこの宝塚の少女歌劇つてものをやつて見ないかつて云ふ相談なんだねえ。

今にして思へば私の後半生の歴史であつた長い宝塚の生活がこゝに始まるつて訳だが、私は大乗気さ、ぢや一つ大いにやつて見ようと云ふやうな返事をしたものだ。（二九頁）

こうして、久松一声は宝塚入りをした。次号、第百二十六号（昭和五年九月）の「コンノート殿下の前で英国々歌をアーアーと合唱」では、歌劇団の生徒の想い出と、須磨の住友邸をコンノート殿下が訪れた際に殿下の前で、原信子の一団と共に唱って、鞘当てを演じたエピソードが語られる。ここでも、かつて浅草でフランス帰りの夫婦に一矢報いた気概が示される。日本近代における高踏的サブカルチャーと大衆性を目指す別のサブカルチャーの象徴的な鞘当てなので、少し長くなるが再び引用しておこう。

其席に原信子の一党も招かれてゐて、例のピカ〳〵した女手品師のやうな洋服を着て、殿下の御通路へ立つて英国の国歌を唱つたが、同じ御通路に立つてゐた少女歌劇の一党は、まだ英国の国歌を教へてなかつたので誰も唱へないのだが、原信子が唱ひ出すと黙つてゐるのも癪にさわつたと見へて、アー〳〵と一同が音階だけの合唱をやつてしまつた、夫《それ》も稽古をしてゐないのだから出鱈目のアー〳〵だつたもんだから、後で原信子の方から髭を生した人が私たちの控室へ一と文句にやつて来た。

どうも彼《あ》のやうな無茶苦茶の合唱をなさるとは礼儀を知らないなされ方である、私の方は充分に練習を積んで来たのに、彼のアーアーのために無茶苦茶にされてしまつた、あれでは第一殿下に対して不敬でしよう、なぞと余程むづかしい言葉で談じこまれたので元来正直な安威主任は至極恐縮してゐるらしいから私は其所へ飛び出したよ。

音階が違をうが出鱈目であらうが、アー〳〵は国民歓喜の発露である、万民声を併せて万歳――イと祝し奉るのと少しも違はない直情で之ほど尊いものはない、殿下を歓迎せんために練習をつんでおほめに与りたいなぞと計画するのは真の国民熱情のほとばしりではないと信じるから私の方では決して謝まらない、夫で御不服なら改めて説明をしてもよいから何日でもお出なさいと云つて名刺を投《ほう》り出してやつたら、何かムニヤ〳〵云ひながら帰つたが夫きり来なかつたよ、更に痛快だつたのは殿下お通りの時に、原信子には一顧もくれないで我党の雲井浪子が手にもつてゐた花を殿下お手づからお貰ひになつた事だ、こんな事も原信子の癪にさわつたのだらう。（一八頁）

久松側の証言だけで断言することは出来ないが、久松はとにかく胸のすくような啖呵を放ったのだ。この高踏文化と大衆文化の鞘当ては、その後日本の近代音楽の歴史で数多く演じられて今日に至っている。雑喉潤は『浅草六区《エンコ》はいつもモダンだつた』で次のように述べている。

（前略）浅草の芸能人たちはみな「見果てぬ夢」を追い、むくいられぬ労苦に情熱を傾けたのだ。オペラの〝学術発表会〟側も、せめてこの情熱を少しぐらいは理解してほしいと思う。

（二三二頁）

音楽の世界に関する限り、僅かの例外を除いて、二つの世界は、浅草以後ほとんど交わることがなかった。残念ながら久松と喧嘩別れをしてしまった中山太郎も、時代の人として大衆文化に近いところで、官学のそれとは違う歴史学を創出しようとして、似たようなディレンマに直面していたのである。

この啖呵に関するエピソードを最後として、久松の回顧談は終熄に向かう。久松の引き際の科白は黙阿弥のつらねのように鮮やかである。

三園の恋行燈、堀の小万がお稲荷様をいつの間にか縁結びの神様にしてしまつた、それは僭越だ間違ひだと神主が弁解してゐる間に狐格子一ぱい男女の年を書いた紙片が結びつけられる、淡い火影のやうな恋は流れる、隅田川の燈籠流し、経木細工の鴛鴦《おしどり》がゆら〳〵と運命を水に托して両国の百本杭までゆくころは明け方、柳の中から頬かむりの顔を出したやうな青柳の離れで浮世絵のやうな心中をした者もあつた、それが小唄になつて川筋の旗亭でうたわれた、其うたは斯《こう》だつた。「柳がこぼすあけの露、ボーン、鐘は上野か浅草か、うつ〻に、夢に、はつきりと聞かぬが慕しい」今流行の小唄と云ふやつとは深みが違ふ、こんな時に生れてうつ〻か夢のやうに五十年レヴュウだのスピードだの、私も片仮名の名称を覚へて其廻る大きな車の外輪へつる下つてギラ〳〵した新世界を見せて貰つてゐるのだから面白いぢやないか。（二八―二九頁）

スピードというのは、最近再び、破壊と創造を同時に行う行為を指す言葉として人の口の端に上り始めた言葉である。この言葉のいさぎよい科白のあとに、久松は、自らの墓地についての設計を、本居宣長の如く語り、辞世の句も添えるといったつき合いの良さである。辞世の句は「人なみに俺も泣いたり笑つたり、面白かつたこれでチヨン〳〵」と、蜀山人並みのものである。とにかく、宝塚少女歌劇史の中にだけ留めおくには惜しいこの人物は、さらに、次のような編集者則武亀三郎へのねぎらいの言葉によって、だめ押しまでするのである。

則武君、永々君に御気労をかけてすみません、くだらない話も君の潤飾によつて面白く読まれたのはしやはせだよ。御礼を何かしなくちやならないね、赤いネクタイを買つて上げますから、夫をおかけなさい。私が到底もモダンなカフヱーへ案内してあげるよ。（二九頁）

蓋《けだ》し久松一声こそ、江戸と大正、昭和モダニズムを繋いだ、身体丸ごとの知の人であったと言えるのではなかろうか。

連載の最後の頁には、「最近の久松一声翁」の洒落たポートレートが載っている。

◉久松一声翁ポートレート

丸尾長顕は『回想小林一三――素顔の人間像』（山猫書房、昭和五十六年九月）の中で、「久松一声翁との出会い」と題して、この連載の頃の久松の姿を次のように伝えている。

「歌劇」の材料とりのために、教室を回っていたら、机の上にあぐらを掻いて、本読みをやっている老人があった。いや、老人だと思ったのだ。頭が禿げて、手拭いで鉢巻きをして、いやにべらんめえの江戸ッ子である。

（中略）鉢巻きと思ったのは、独特の工夫をして手拭いで禿頭をくるんでいるのだった。

（中略）

実はこの初対面から意気投合というのか、久松翁とはその後大変親しくなった。雑誌で

〈久松情緒〉という言葉を使って流行させたのもその頃であった。（五〇–五一頁）

久松一声に頁を割きすぎたきらいがないでもないが、宝塚モダニズムという一見華やかに見える世界の比較的外には見えない部分に、渋いダンディズムが存在したことが確かめられたと思う。

雑誌編集者の職人芸

第百二十一号に戻ろう。久松の連載の次には、詩人竹中郁が書いた宝塚の少女達に宛てたパリ通信「花と手巾」が掲載されている。竹中はかつて電車の中で見た宝塚の生徒の想い出を語り、フォリー・ベルジェールで踊っているガール・フレンドが舞台を吹き抜ける冷たい風に曝されていることを告げ、ターニャという娘の書いた気っ風のよい詩について語る。また、チャップリンがアメリカの詩人カール・サンドバーグの詩を愛読していることを述べ、宝塚の少女たちはどのような詩集を愛読するかを知りたいと書く。そして最後に「私信がはりに堀正旗さん、野島一郎の御気嫌やいかにと伺つておきます。では、その中《うち》」（二一頁）と結んでいる。

これに続く記事を列挙しよう。

秋野たま子「わたしの打明け話　舞ひが一番好きでした」、この中に「久松先生は昔は怖い先生でした」（二三頁）とある。

引田一郎「生徒に寄せて　セリフ・スター出でよ」、舞台経験を積んだセリフに強いスター出よという主張。

青柳有美「楽壇の籠姫　関屋敏子を論ず」、関屋敏子はコンサート・シンガーとしては将来性はないが、オペラの歌い手としては大成の条件を充分に備えていることを論じた四頁の評論、コンサート評としては水準の高いものである。

「宝塚がすつかり好きになつた　本居長世氏のお嬢さん達」、一頁の消息であるが、歌曲の作曲家としてその名を記憶されている本居長世について「関西の寄席に出演して純芸術の民衆化を計り喧々囂々たる世論を喚起した」（三二頁）と紹介してある。残念ながら私は、そのあたりの事情には暗いのだが、昭和二十七（一九五二）年、日航機の大島三原山墜落で遭難した漫談の大辻司郎が本居長世とその家族を伴って来宝したとあり、その記念写真が掲載されている。本居と大辻という取り合わせは興味深いが、「寄席に出演」の一件が、その間の事情を物語るものであろう。

「詩」、八頁にわたって、小夜福子をはじめとする宝塚の生徒の詩が掲載されている。野島一郎、平井房人、狩野千彩、原田千里の挿絵で飾られている。この頁は翌昭和六年頃まで続けられている。平井房人の挿絵は竹久夢二調そのものである。

竹内平吉「一つの主張　宝塚少女歌劇は独特の美学である」、宝塚がグランド・オペラを志すべきであるという主張に対して、グランド・オペラは国庫扶助なくして経営的には不可能なる故、むしろレヴューに赴くべきことを主張する。これは今日、国立オペラ劇場の建設をめぐって論議されている論点であるし、宝塚がレヴューを目指すべきであるという主張は、今にして思えば正論であった。

「新消息」、宝塚の生徒及び関係者についてのエピソードの紹介欄。例えば、新帰朝の上山草人《かみやまそうじん》（ハリウッドで活躍した映画スター）は、竹内平吉や岸田辰弥などの友人を訪ねて、宝塚を訪れた。

◉大辻司郎が本居長世とその家族を伴って来宝した時の記念写真
前列左から：本居貴美子、同若葉、船越種子、後列左から：草笛美子、吉本峰子、則武亀三郎、丸尾長顕、大辻、本居、船越悦子

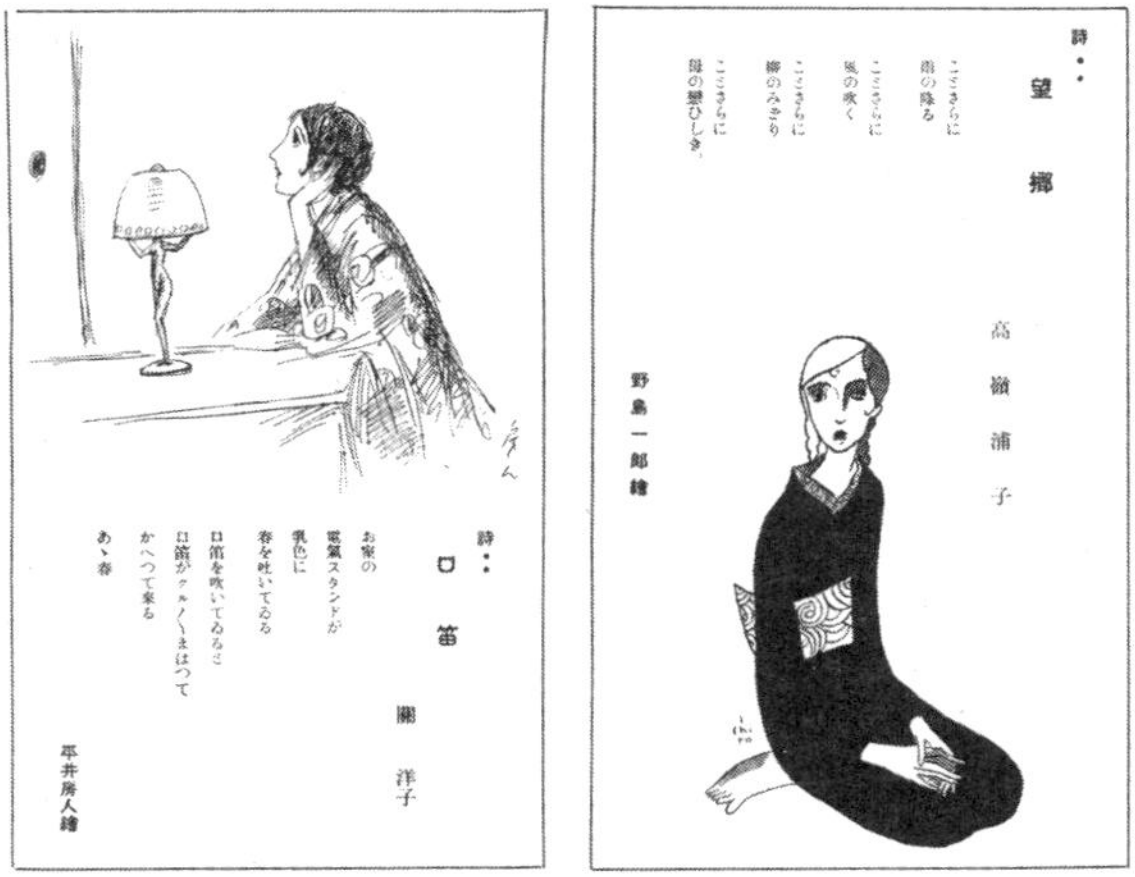

◉宝塚生徒の詩を飾った野島一郎（右）と平井房人のイラスト

「何がさて、お世辞ものの社交家と来てゐる草人氏、誰れ彼れの差別なく、御愛嬌をふりまいてゐたが、出迎へてゐた初対面の引田一郎を見るなり、グッと許りに握手をして「ハロー、我が友《マイ・フレンド》、いや随分お久し振り」とやつたので、引田さん、すつかりどぎまぎしてしまつて「はつ、これは〱、初めまして――」」（四二―四三頁）といった他愛もないエピソードが並べられている。

『歌劇』の編集に携わっていた丸尾長顕は、『回想小林一三』の中で、この欄には力を入れたことを強調している。他愛もないゴシップは却ってファン間の無難な話題の種になるというわけである。丸尾はこの欄をユーモラスな面白いものに変える努力をした。丸尾自身、六歳から寄席通いをしていた人間の悪意的発想であったと自負している。このスタイルが読者に大いに受けたらしい。ただ、神秘化を望む生徒達の間では茶化されるような気分で受け取られ、余り評判はよくなかった。とはいうものの、いつも面白い素材が転がっているとは限らない。丸尾はこの欄の苦労話を次のように語っている。

> （前略）嘘を書いたら、また抗議を食うにきまっている。そこで、材料をつくる――捏造ではなくて材料を提供するのである。
>
> 　これには落語や小咄やジョークの雑誌が大いに役に立った。私の寄席通いも以前の倍になった。その結果、金語楼、初代春団治、染丸、小春団治、アチャコ等の諸君と親しくなったり、果ては吉本興行《ママ》の林正之助氏と親交を結ぶ結果となるのだが、とにかく実に参考になった。話しの運び方や、さげ（結末）の手法を大いに学んだ。（四二頁）

こういった、人が余り気にとめない欄に全力を投入するというのは、職人芸に賭ける雑誌編集者の根性の現れと言うべきであろう。こうした努力が、後年丸尾を日劇ミュージック・ホールのすぐれたコント作家たらしめたのだと考えられる。丸尾は、材料があり、これを仕掛けて、人をして演ぜしめて、はじめてこれがゴシップになるという。その例として、次のようないたずらを紹介している。

確か住江岸子と小野信夫《しのぶ》の二人だったと記憶するが、この二人は風呂好きで、長湯だった。「長湯しても湯当りしてフラフラになったりしない方法知ってる?」と、質問すると「知らないわ」と答えたが、「じゃあ、教えて上げよう」と、これが材料提供になるのである。

「お湯に入ってる間、両方の手首を揃えて湯の上に出しておくのだよ、やって御覧、十分や十五分、お湯に浸っていてもビクともしないから――」

「わあ、面白い、やって見るわ」

（これには多少科学的根拠もあるのだが……）二人は、さっそく試みたらしい。女湯まで追っかけてゆくことは出来なかったが――。

で、さっそく〈新消息〉に

「二人は湯の上に両手首を出し、その恰好はペンギン鳥のようだった……」

と、書いたら、小野信夫から「よくも騙したな」と大いに怨まれた。しかし〈新消息〉は好

評だった。（四二‐四三頁）

これは今日、テレビでタモリたちが明石家さんまあたりを担ぐやり方の先駆的なかたちである。丸尾はここでトリックスター遊びの仕掛け――つまり種・仕込み・仕上げ――の方法を論じているのである。

上山草人「宝塚の皆さんに呼びかけて 私の初舞台の話など」、先の「新消息」の欄に紹介された、十年の歳月をハリウッドで過ごして日本に戻って来た映画スターの談話である。話は日本に戻って来て宝塚を訪れ、生徒たちの素直なことに驚き、劇場の舞台の大きさ、装置、構造の理想的に出来ていることに感嘆したところから始まる。生徒の初舞台との関連で、自分の、本郷座の『金色夜叉』での初舞台について語る。

続いて、ハリウッドにおける映画の初舞台である、ダグラス・フェアバンクス主演の『バグダッドの盗賊』出演の想い出が語られ、次いで宝塚との因縁を語る。上山が新劇運動に参加していた頃、大阪で『ファウスト』を上演したが、その時の音楽指揮は、宝塚の竹内平吉であった。その頃、上山は小林一三に招かれて、宝塚の創立についての相談を受けたという。上山は「そのうちこの宝塚も是非アメリカへも公演に出掛けて来られるやうにと祈つてゐますよ」（四七頁）と談を結んでいる。六十年以上ものちに、宝塚がフランスに公演に出かけたり、ゴンチャンこと上月晃がパリのフォリー・ベルジェールでショーをやるようになるとは、上山は夢想だにせずこの希望を述べていたに違いない。

「仲よしを語る」、二頁の生徒同士の内輪の話。

野島一郎の墨絵による舞台スケッチ（二頁）。

安宅関子ほか「座談会 初舞台を前にして」、上山の話と連動した、これから初舞台に立つという生徒の話。丸尾長顕と則武亀三郎が司会をしている。この座談会は六頁だが、三頁目から始まり、以下十九頁にわたって上段では、四月から初舞台に立つ二十六人の生徒の紹介が行われている。例えばこの中の神代錦の紹介では、（一）専攻＝舞踊専科、（二）得意な課目＝ダンス、（三）尊敬する先輩＝夏木てふ子さん、（四）なつて見たい役柄＝ソロ・ダンサー、（五）趣味其他＝旅行（日本一周がしたいわ）といった具合である。

正岡蓉《いるる》「宝塚随筆 とぎれ〳〵に見る夢（上）」、正岡蓉は落語や寄席の研究家として知る人ぞ知る人である。しかし宝塚との関係はほとんど人に知られていないようである。内容は宝塚の想

◉野島一郎の墨絵舞台スケッチ
上：『浪速膝栗毛』花魁の道中
下：『海』三浦時子の歌手

い出で、「いま、おもふと面羞いやうな宝塚ファンなりし自分は、わけて高浜喜久子嬢が大好きで、（中略）あの優《ひと》の青年の姿が、十年のちのこんにちもあたしの追憶のヱハガキにウスボンヤリと映されてゐる……」（五八頁）といった調子である。

回想が少し続いたところで、正岡蓉が大正十二（一九二三）年に文壇にデヴューした年に、岡本綺堂の紹介で『演芸画報』にはじめて書いた文章で、宝塚少女歌劇団の帝劇における『東天紅』の上演について論じ、岡村柿紅に大へん誉められたと言っている。この時、正岡の一つ前の席に小山内薫が坐っていた。このときの感激を正岡は次のように表現している。

はじめて、「吉井勇のとこの正岡だ」と御挨拶を申上ると、あたしのそのころ「文藝春秋」へ寄せてゐた黄表紙をしつてゐて下すつたのも意外な気がしてゆめのやうにうれしかつた。（六〇頁）

と書いているのは、大変微笑ましいエピソードである。正岡はさらに回想する。

それも、これも——考へるとあのころがあたしの生活をつうじての一ばん花やかな恵まれた日であつた。二どゝは、あゝいふ日は来ない。同時に、一どでも、さういふ時代のあつたことを欣ばねばならぬ自分だらう。（同頁）

城昌幸「宝塚のはなし・わたしの可愛いタカラズカ」、宝塚と捕物帳の作家とは妙な組み合わせだが、ファンになるのに資格はいらない。城は、純粋ファンとして宝塚の舞台のあれこれを対話調で岡目八目的に論じている。むしろ、こうしたファンを捉えてくる編集者のつき合いの広さを讃えるべきであろう。残念ながらエノケンたちが『歌劇』の向こうを張って出した『月刊エノケン』『ＰＢエノケン』には、そこまでの余裕はなかったようである。

白井鐵造の登場

白井鐵造「巴里《パリ》短信　巴里で石つころのやうに」、いよいよ本命の登場である。この文章について述べる前に、本書ですでに何度もその名前が登場している白井鐵造について、白井の弟子である高木史朗の『レヴューの王様――白井鐵造と宝塚』によって、ここで改めて説明しておこう。

白井は明治三十三（一九〇〇）年四月六日生まれ、静岡県の信州との県境、秋葉山の山麓犬居村の出身で、小学校を出ると、浜松の染物会社に入社した。この会社の養成所寄宿舎に四年間生活し、独学で勉強した。この間次第に浅草オペラをはじめとする音楽の世界に惹かれ、「高折周一夫妻がアメリカから帰朝した」という記事を読んで上京を決意した。高折周一は当時アメリカでも知られたヴァイオリニストで、夫人は声楽家として有名であった。この高折夫妻が帰朝し、日本人によるオペラまたはヴァラエティ・ショーといったものを作ってアメリカで上演したいと語っていると、その記事は伝えていた。白井はこの記事を読んで上京を決意し、高折夫妻を頼って実際に東京にやって来た。白井は山本正夫という声楽家の家に書生として雇われ、音楽のレッスンに励んだ。その後白井は、浅草オペラ出身で「歌えて踊れて脚本も書ける」（三二頁）岸田辰弥に預けられ、岸田と共に伊庭孝の「新星歌舞劇団」の京都旗揚げ公演に参加する。この岸田辰弥というのは、画家岸田劉生の弟である。

その後、岸田が小林一三の懇請により、発足六年目の宝塚少女歌劇のダンス教師として宝塚に移った際、白井も岸田について「男子養成会」に入るために宝塚に行くことが決定した。大正八（一九一九）年のことである。

その後、岸田は白井を奇術の松旭斎天華の一座へ預けた。白井は天華一座に加わって一年近く全国を巡業したのち、岸田によって宝塚のダンス振付助手として呼び戻された。努力家の白井はすでに東京で岸田について声楽の修業をしてる間に、石井康行についてダンスの基礎を身につけていたのであった。白井は振付ばかりではなく、次第にお伽歌劇なども手がけるようになった。白井の作法について、高木は次のように述べる。

白井鐵造の作品は、常にまずダンスの場面が考えられ、それからストーリーが組み立てられていったが、それは彼がレヴューを作るようになってからも変らなかった。彼の作品が白井情緒ともてはやされるようになった原因は、この創作のプロセスにあったのかもしれない。劇作家は皆それぞれ自分の好みにあった作劇法で独自の劇を創り上げるが、その方法はひとりひとり違う。白井鐵造の場合はまずダンスの場面がイメージされて全体の構想が作られたようだ。だから彼の作品は、のちに巨匠といわれるようになってからも、脚本だけを読んでも分らない部分が多い。なぜならばダンスの場面やスペクタクルの場面は脚本の中では一種のメモにすぎないので、舞台を見ないことにはその作品の素晴しさは分らないからである。
この方法は弟子の私が受け継いでいる。この間も古い宝塚ファンに、私のレヴュー台本を読んでもさっぱり面白くなかったが、舞台を見て初めてその面白さが理解できたと言われ、初めて振付家として出発した白井先生や私などのレヴュー台本の作り方が、他の演出家と異なるものだということに気付いたわけである。（八五頁）

同じ本の「浅草レヴュー」の章で、高木は菊田一夫と自らを対比して、自分の方法はむしろ菊谷栄のそれに似ていることを強調している（二三〇頁）。つまり、高木のこの舞台経験に基づく白井についての評言は、ほとんどそのまま菊谷についても言うことが出来る。ということは、菊谷＝エノケンの舞台に接していない私などの世代にとって、菊谷の舞台について語ることは絶望的と言っていい程不可能なことに属することになる。とはいえ、菊谷を作り上げた演劇知の空間を再構成するのに必ずしも力を欠いているわけではないと自らを励まして、この稿を書き進めているところである。

白井はダンスと音楽から、菊谷は絵と音楽からという点では多少ずれはあるにしても、二人が目指していたのは、今日全体演劇と呼ばれるものに、かなり近かったと言い得るかもしれない。菊谷が『パリゼット』で白井の舞台に接して感動する素地は、すでに彼自身の中にあったとも言えるし、同時に白井の舞台が、菊谷の全体演劇に向かっていた感性を揺すって決定的なモデルを提供したと考えられなくもない。

大正十二年一月二十日、宝塚劇場の前身であるパラダイス劇場が火事により全焼し、そのあと四千人を収容する大劇場が建てられた。この劇場の演《だ》し物を構想するためにアメリカとヨーロッパに派遣され、一年の洋行から帰って来た岸田は、年間の上演経費の四倍、一万四千円もかかる『モン・パリ』を大成功させて、日本にも「レヴュー」という言葉が定着した。高木は「この言葉は、英語で review. 仏語で revue である。つまり再び見るという意味で、そこから並べてみる、パレード、観兵式といった意味にも発展していった」として、角川書店の外来語辞典から吉江喬松による次の説明を引用している。

元来は時事風刺漫劇、一般にはダンス、歌、音楽などを組み合わせた軽喜劇。正式にいうと（Revue du fin d'année）すなわち歳末精算劇というべきもので、一年の終末に際して、その一年人事事象の重大なるものを反慮精算して見返すという意味である。（九八頁）

舞台のあらすじは、岸田が神戸を出航しパリに着いて「カジノ・ド・パリ」の舞台でベルサイユ宮殿の場でフィナーレとなる。おそらくこれは、「カジノ・ド・パリ劇場」の『パリの翼』（一九二七年）のフィナーレがヴェルサイユ宮殿の庭園の大噴水の場で構成されていたことの影響であったと思われる（Jean Prasteau “La merveilleuse aventure du Casino de Paris”, Paris, 1975. p.145）。

この『モン・パリ』は、昭和三（一九二八）年三月二十六日から五日間、歌舞伎座において上演された。高木は、この舞台のフィナーレの大階段を降りるパレードが宝塚レヴューの定型となったと述べて、上月晃がパリのフォリー・ベルジェールの舞台のフィナーレを立派にこなしたのは、この伝統のせいであったと言っている。

この『モン・パリ』は、その後長い間、日本の青年子女を捉えて離さなかった。これはユートピア空間としても神話的都市パリのイメージの嚆矢となったと言えるかもしれない。この舞台で『モン・パリ』の歌詞を紙に書いて観客を教えたために、観客はすぐ歌になじみ、この曲は大ヒットすることになったというが、この形式はエノケンたちのピエル・ブリヤントでも採用されている。

昭和三年の秋、白井は小林一三の命により半年の期間を与えられ、アメリカ・ヨーロッパの旅に出た。白井は当時ショー・ビジネスのメッカであったニューヨークのジーグフェルド劇場で、エディ・カンターの出演する『フーピー・ガール』を見たらしい。はじめ半年の予定だった白井の外遊も、結局足かけ三年に及んだ。この間白井は、ミスタンゲットをはじめ多くの舞台をふんだんに摂取した。

「巴里短信 巴里で石つころのやうに」が書かれたのはこの外遊中の時である。ところで、帰国間際の白井は、病気をして元気がない。「僕は巴里には日本人の友達が少いので、病気をしてゐる間にも四五人しきや訪ねて来てくれなかつたのですが、それ何時かお話をしたことのある大宝塚贔屓で、奈良美也子党の伊藤さんが花束をもつてお見舞いに来て下すつたときは涙がでましたよ」と「巴里で石つころのやう」になっていた白井は、いささか感傷的になっている。しかし、帰国を前にした白井は、この短信で菊谷たちに決定的な影響を与えることになる『パリゼット』

の構想を次のように初めて打明けてもいる。

　脚本も船の中で思ひを練つておき度いと思ひます、題も今から様々に考へてゐます、「フランス土産」「パリ土産」、いつそ「パリジェンヌ」、これは御承知の如くパリジャンが男性で、パリジェンヌは巴里の女の意味になります、それとも「パリゼット」は如何でせう、これは新らしい言葉で巴里の若い娘と云ふのを可愛らしく、ハイカラに云つた言葉です。（六五頁）

これが、おそらく後世あれ程の影響を与えた『パリゼット』の題について、初めて示唆された文章であろう。

ここで『歌劇』に掲載された白井のパリに関連した文章をまとめて紹介してみよう。第百二十三号（昭和五年六月）のパリ土産話は「「赤風車《ムーラン・ルウジュ》」の最初の夜」と題されている。例によって、この時期にパリを訪れた白井は、ありきたりで感傷的な文面を連ねている。白井の『パリゼット』は、岸田の『モン・パリ』を除けば、今日の『マリ・クレール』『エル・ジャポン』『ノンノ』『アンアン』にまで至る近代日本中産階級の子女の間におけるパリ神話のルーツのようなものであるから、白井のパリに対するかかわりは、しっかりと見据えておく必要がある。それ故、白井のパリ頌は、今日では読み通すのにちょっと苦労するかもしれないが、引用しておきたい。

　とてもおしやれな街の散歩者、巴里は洗練された都です。どつしりとした天鵞絨《ビロード》のやうな歴史を身につけて聡明な碧空色の瞳を輝かせた芸術と流行の都です。巴里を観た眼に旅する欧亜の他の都会が、どうしても田舎じみて見えるやうになつてしまつたのも仕方のないことです。

巴里ツ児はふるい伝統を、歴史を、どんなに誇にしてゐることか！巴里が世界の流行の尖端を歩みながらも、少しもきざにならないのはこの伝統と歴史との誇をしつかり胸にしてゐるからではありますまいか。

私は巴里を愛します。ペルシァ猫の柔毛を愛撫するやうに巴里の感触を愛します。「黒猫《シャ・ノアール》」「キャピトール」「ラ・モール」……なぞに腰を下ろして苦いカツフェに舌を潤るほしてゐるのもよい、露天の古本屋が沢山店を並べてゐるセーヌ河岸をひやかして歩るくのもいゝ、時に糸杉《シプレ》の道を巴里の歴史を飾る詩人や画家や劇作家の墓を訪れるのも床しい、それよりもオペラの客席に夜の一時を過すのはこの上なく楽しい、大理石の勾欄《てすり》によつて、燕尾服に鼻眼鏡の紳士や、燦びやかに着飾つた眼もくらむやうな夜会服の淑女が魚のやうに語り合つてゐるのを眺めてゐるのは、まるで絵のやうです。いやそれより床しいものは、オペラのまるでオーケストラだけしか見えないやうな五階の屋根裏に陣取つて部厚な楽譜を抱え込んだ、それも真白ろな髪の老人の熱心な音楽愛好者なぞを見出すと、本当の巴里人の姿を見るやうで堪らなく嬉れしくなつてしまふものです。

私が巴里を思ひ出すと、あの安下宿の五階にくすぼつてゐたことなどはまるで忘れてしま

つて、華やかな楽しい記憶だけが生き生きと甦つてくるばかりです……（二―三頁）

とにかく、私たちはこの半世紀、こうした文章を原型として、森有正、辻邦生に至るまで、この原型の形をかえた無数の反復を読まされてきた。たぶん、白井の毎日は、屋根裏部屋に住み、馴れないフランス語に苦しみ、意地悪なコンシェルジュ（管理人）にいびられ通した毎日であったろう。逆にこうした神話的オリンポスに住むパリの人間に、アジア人はちょっとエキゾチックな紙魚《しみ》のようなものにしか写らなかったということは忘れない方がよかろう。いかに白井がパリ・ファンであったにもせよである。

この白井と同時にパリに入りながらも、白井とは対蹠的だったのが堀正旗である。堀は第一日目からフランス嫌いになった。白井の語るところによれば、白井と堀は正月の二日にフランスへ足を踏み入れた。その頃パリに居た野島一郎と平賀義人の二人が迎えに来た。ところが税関で、この寒い日に一番あと廻しにされ、おまけに靴下にまで課税されたため、フランスがすっかり嫌いになったらしい。下宿は平賀義人が紹介したが、「白髪の婆さんが杖をついて、まるでお伽話の妖婆そつくりの風で出て来たのには少なからず気味悪る」（三頁）い思いをした。これが下宿の女将だった。

着いた夜、白井らはムーラン・ルージュにミスタンゲットを観に行った。白井は最初はミスタンゲットの声が鵞鳥の鳴声のようで、一体何がいいのか全くわからないし、顔は皺だらけだし、「最初の女王への印象は全く滅茶滅茶だつた」（四頁）と言う。だが滞在中、何度も接しているうちに、次第にワクワクするようになったとも書いている。二カ月とはいえ、米国経由でフランスに来て、ショー・ビジネスには或る程度目が肥えていた白井には、必ずしもフランスのショーは理想的なものとは映らなかったようである。彼は次の点で失望したと述べる。

(1)ミスタンゲット以外に大した踊り手はいなかったこと。
(2)衣裳が大変汚れていて、ニューヨークのジーグフェルド・フォーリーなどの贅沢さには遥かに及ばないこと。
(3)踊り子の不揃いなこと不愉快極まるものであったこと。
(4)全世界を風靡していたタップ・ダンスが全く輸入されていなかったこと。
(5)踊り子が平気で乳房を出していたこと。

ただ、白井は淡く仕上げた舞台の色調には感心している。

白井がパリに着いた時（一九二九年）、約半年分の滞在費しか持っていなかった。この頃は、ミスタンゲット、モーリス・シュヴァリエ、ジョセフィン・ベーカーなどの全盛期であった。腰を落ち着けてみると、余りに圧倒されるものが多いので、白井は自ら創作出来る程度の知識を身につけるべく、腰を据えることに方針を切り替えた。まずフランス語は基礎から習い直し、毎日毎晩劇場に通い、翌日の朝、前日に観た舞台についてノートを取り、フランス語の習得に時間を費やし、また劇場に赴くという生活を続けた。そこで半年は余りに短いというので、滞在を足かけ三年（昭和三年出国、同五年帰国）に延長してしまった。

第百二十五号（昭和五年八月）の「新奇をねらふフオリベエルゼエルのレヴユウ」では、フォリー・ベルジェールが、カジノ・ド・パリと少し異なり、常に新しい趣向を舞台の前面に出していることを紹介し、ここで活躍するチャップリン・ガールズという英国娘たちのタップ・ダンスを讃え、次のような言葉で結んでいる。

フオリベエルゼエルの豪奢な奔放な未来派風な劇場の装飾が象徴してゐるやうに、フオリベエルゼエルはいつまでも猟奇と、珍奇と、新鮮とを追つて、華やかなレヴユウを織りなして巴里人の大きな享楽の泉となることでせう。（一一頁）

この頃になると、白井も武装解除され、パリの毒はかなり廻って来ていたようである。

白井がパリを訪れた時から約半世紀を越えた或る日、パリ、カルチェ・ラタンのロシア語専門の古本屋を覗いた私は、目の前に蘆原英了が本漁りをしているのに出会った。蘆原は直ちに角のコーヒー店に私を伴い、ゴンチャンこと上月晃が今フォリー・ベルジェールでショーをやっているので、ほとんど付き添いのようにして来ているのだと言った。今晩ぜひ観に来てくれというので、蘆原や上月晃の共通の知人である田之倉稔と共にフォリー・ベルジェールに初めて足を踏み入れ、小柄なゴンチャンが、劇場を所狭しとばかりに大きな声で唱っているのに感嘆し、終演後楽屋裏を訪ね、「フランス進出で、私たちの学問は芸能界に半世紀後れを取っています」というようなことを言ったのを覚えている。

第百二十六号（昭和五年九月）の「パラスとコンセールマイヨールの夜」では、主として、フォリー・ベルジェールやカジノ・ド・パリより少し格が落ちるが、確固たる地位を築いているパラスというミュージック・ホールで歌っていたラッケル・メレエについて語る。ラッケル・メレエは、のちに白井が『パリゼット』で用いた「君の御手のみマダム」と「菫の花咲くころ」の歌詞で人口に膾炙した曲の原曲を歌ったスペイン出身の歌手である。白井はラッケル・メレエに全く魅了されていた。この号で、白井はさらにパリのミュージック・ホールを紹介するのであるが、このエロとグロにはとてもついていけなかったと告白している。

第百二十七号（昭和五年十月）から白井は「巴里で観た異国舞踊」という連載を始めている。第一回は「デイヤギレフ・ロシア舞踊団の印象」である。白井がディアギレフ舞踊団を観た頃、舞踊団に昔日の面影はなかった。観客は少なく、その少ない観客もほとんど外国人であった。そしてディアギレフ自身は、白井が昭和四年に公演を観たあと、ヴェニスで客死している。

さて、白井が観たものの中で、ロシア風の工場を主題にした演し物は、繊細さを欠いていると言って、失望している。同時に『プリンス・イーゴリ』とか『ペトルーシュカ』といった往年の名舞台には、昔のままレオン・バクストの舞台装置を使ったものがかけられ、白井も「真の舞踊に接した」（九頁）と言って感激している。また、白井はディアギレフの没後、パリ・オペラ座に加わったセルジュ・リファールに感心している。演《だ》し物はストラヴィンスキー作曲の『狐』であった。白井はリファールの相手役のアレキサンドラ・ダニロヴァ夫人を、宝塚の「夏木てふ子のやうなからだ付きに似てゐて、それに小夜福子のやうなチャーミングを加へた感じ」（一〇頁）

と身近なところに引きつけて書いている。いずれにしても白井は、ここで本場の舞踊に接しているのであって、宝塚が国際性という点で、日本において抜きん出ていた立場にあったことを示すものである。このシリーズの第二回目は「今秋来朝する サカロフ夫妻」と題して、続く第百二十八号（昭和五年十一月）に掲載され、この夫妻について論じている。

岩村英武・和雄兄弟

ディアギレフ舞踊団関連の記事について言えば、第百四十三号（昭和七年二月）に岩村英武の「露西亜舞踊印象記1（一九二六年のバレー・リュス）」が掲載されている。この文章には遺稿とあり、英武の弟の岩村和雄の手になる前書きが付されている。それによると、この稿は四年余り寝かされていたとある。和雄は、バレー・リュスについてはこの位簡単なものすら見当たらないとしている。同じ雑誌に白井がすでに書いているのではあるが……。和雄によれば、英武は在仏八年に及んだ、極めて真摯な学究の徒であったという。この前書きを書いた和雄は、宝塚の振付師であった。ところがこの和雄も昭和七年五月、病を得て早逝した。三十歳の若さであった。薄幸な兄弟であったと言えよう。

『宝塚』第百四十五号（昭和八年一月）の「岩村和雄追悼録」に掲載されている「年譜」によれば、明治三十五（一九〇二）年、呉市に生まれた岩井和雄は大正八（一九一九）年、学習院中等科を中退し、アメリカへ照明研究のため洋行した。第一次大戦直後の時期である。どんな親がこの岩井を照明のためにアメリカに遊学することを許したか、興味の湧くところである。この年、岩村はミハイル・フォーキンによって振付を習得したとある。

大正九年に岩村は渡欧、ドレスデン郊外のヘルラウのダルクローズ舞踊学校でアレクサンドル・サカロフに弟子入りをした。大正十年、帰国。帝国劇場照明部等を経て大正十二年に築地小劇場照明部に入っているが、この年の六月には岩村舞踊研究所を創立している。

岩村和雄については、幸い横倉辰次が、『銅鑼は鳴る——築地小劇場の思い出』（未来社、昭和五十一年三月）で築地小劇場時代について記しているので、かなりの輪郭を摑むことが出来る。岩村は帝国劇場の舞台照明の責任者であった。横倉は岩村が、照明では一流であったが、ダルクローズ式ダンスという律動体操を輸入した人でもあり、小劇場では演技部全員が指導を受けていたと述べている。のちには前進座全員も岩村に弟子入りしていたとも言う。岩村は丸山定夫を代稽古に任命していた。横倉は「貧しい丸山に同情した岩村和雄が丸山定夫に内職として稼がしたのであろう」（同書三七頁）と述べている。

横倉はさらに、容貌も含めて岩村を次のように絶賛している。

まづ印象に残っているのは、その容貌である。おそらく築地随一の美男だろう。小山内薫も二枚目であり、土方与志は貴公子で、汐見洋も色男であったが、岩村和雄は抜群であった。それはさておき、照明でも一流で、大道具の次郎さん同様に帝劇の照明部の責任者であったのだ。
舞台稽古の晩、客席から舞台を見ていて、注文を出すのに舞台ばなに立って左手をポケットに入れて、右手の指数本で、天井裏の照明屋に合図を送るのだ。一言も発せず、まるで、唖が指言葉で話すように、その仕草、態度が実に優雅でスマートだった。
あれだけの動作のできる者は、今の新劇俳優の中にも絶無だ。岩村和雄には微塵も泥臭さがなかった。（中略）
そういえば、当時の築地の俳優は例外を除いては泥臭さはなかった。（二六七頁）
ところで岩村の照明方法について、横倉は自ら門外漢であると断りつつ、「俳優の影を必然性のある時以外、絶対に出さなかった」（二六七頁）と述べている。横倉は、この厳しさは築地の照明の特長ともなっていたと言う。ホリゾントの大海原や空や、富士山頂に人間の影が写る芝居にはうんざりするとも述べている。
大正十四年、築地小劇場で内部抗争がおきた時、岩村は土方専横の声に答えて、次のように発言したと横倉は伝えている。
「僕は同人でも劇団員でもありません。最初は同人でしたが、劇場を建てる時にホリゾントは灰色にすべきだといったのに、土方与志は意見を入れず白く塗ってしまった。それでは照明の責任が持てないので、私は脱退したのです。初公演の『海戦』で、ホリゾントが白いために暗転できず、慌てて舞台に足場を組んで灰色に塗り替えたのです。そして人を介して、僕にぜひもどって照明の責任者になってくれといわれたので、僕も良い仕事がしたいので引受けましたが、今度は同人でも劇団員でもなく、ただの嘱託としての籍を置いたのです」（一九八‐一九九頁）

この話を横倉は、土方がすべて費用を払った潔白さを示す例として記しているのだが、岩村の築地小劇場とのかかわりをよく示している話でもある。横倉は歯に衣着せず言う人であるから、この岩村に対する敬愛に満ちた記述は、岩村の高貴な横顔を伝えるものとして興味深い。

余談であるが、「岩村和雄追悼録」の中で久松一声が、岩村夫人が遺児二人を伴って四国へ帰っていったと伝えている（「三人のお子さん」）が、その遺児の一人は今日バレエの方面で活躍している岩村信雄である。

ところで昭和二年、岩村は再びフランスに渡っているが、同年帰国、昭和三年九月には、宝塚で『絶えざる動き』を振付発表している。「岩村和雄追悼録」に寄せられた引田一郎の「岩村先生の死」によると、この時岩村を宝塚に引き合わせたのは園池公功《きんなる》であったという。この園池公功は私もいささか気になっていた人である。私の手許には、園池公功の名の付された著作が二冊ある。そのうちの一冊は、園池と三林亮太郎訳編『ソヴエト演劇史』（ルネ・フューロップ＝ミレー著、建設社、昭和七年七月）である。実をいうと、この稿を起こしているのは昭和六十（一九八五）年一月なのだが、先日武蔵野美術大学が企画構成した『ブルーノ・タウト展』のオープニング・パーティの席で三林亮太郎についてお訊ねしたところ、武蔵野美術大学は退官されたが、先程まで会場に居られたとのことで、お会いすることが出来なくて帰宅したところである。

園池公功のもう一冊は『ソヴエト演劇の印象』（建設社、昭和八年十一月）である。園池は昭和七年、ソヴィエト全連邦対外文化連絡協会の招聘でソヴィエト・ロシアに五十日滞在して徹底的に芝居を見てきた。彼はその印象記を『中央公論』をはじめとする数多くの雑誌に精力的に寄稿し、それを一本にまとめたのが、この本である。園池はアレクサンドル・タイーロフ、フセヴォロド・メイエルホリド、フセヴォロド・プドフキンなどの演劇・映画関係の指導的な立場にある人と会っている。だから園池の去就が気になっていたのである。園池は当時、メイエルホリドらの前衛的な演劇について的確な判断を持っていた人の一人であった。今日から顧みれば当たり前の視点が、三〇年代後半から六〇年代前半に至るまで、スターリニズムの社会主義をはじめとするリアリズム・イデオロギーの下に埋もれてしまっていたのである。

ところで、問題は肝心の岩村和雄である。先に触れたように、岩村は園池の紹介で宝塚に現れた。昭和四年五月、岩村は宝塚にて『サーカス』を振付発表する。この『サーカス』は大好評で、一大センセーションを巻き起こした。

『サーカス』については、『歌劇』第百四十六号（昭和八年二月）が「想ひ出の「サーカス」」という一頁小特集を組んでいる。それによれば、音楽としてはリストの「ハンガリー狂詩曲」、アルベニスの「タンゴ」、シャンソンの「サ・セ・パリ」を、戦後共産党に入党した須藤五郎が編曲したパリのサーカスやキャバレーの想い出を中心に構成されたレヴューであったが、川端康成のシナリオで衣笠貞之助が監督した『狂った一頁』などに、確実な影響を与えていたように思われる。

昭和五年、岩村舞踊研究所を解散、その後岩村は宝塚音楽歌劇学校教授となり、次々と新作を発表した。

第百二十五号（昭和五年八月）には「舞踊について一言すれば」という題で、岩村の寸言が載っている。幾つか挙げてみよう。

□音楽を筋肉で聞ける生徒は必らず進歩するけれども、音楽を耳で聴いて踊る生徒は進歩しない。

□舞踊にあつて生徒の舞踊的技術と彼等の持つ詩的能力とが一致した時、或はその両者の平均がとれた時、立派な踊り手が出来るのである。（七七頁）

詩的能力を別のいい方で岩村は次のように表現している。

□先づ踊りを正確に踊り得ると云ふ事が第一、

音楽の持つメロデイーを呼吸で踊り得る事が第二、

創られた踊りを、意識して不正確、不明瞭に踊り得る事が第三であり、奥義と云ふものである。（同頁）

これはほとんど世阿弥の能についての考え方に近いと言ってよい。つまり舞踊における平均的なメッセージを伝える訓練を積んだ上で、抑制を保ちながら、破壊に赴くことを踊りの基礎とみているのである。この考え方はどのような芸術においても当て嵌まると言えよう。しかしながら、だからといって、少しも陳腐ではない視点なのである。

昭和六年にも岩村は精力的に仕事を続ける。そして、昭和七年五月、『ラ・パンテ・ルージュ』を上演し、続けて東京で、前年宝塚で発表した『コンテス・マリッツア』を再上演してのち倒れ、遂に不帰の客となった。

岩村は、楳茂都、白井、岩村という欧米に学んだ三人のトリオで、英武という学究肌の兄をブレーンに持つ、恵まれた資産と環境の中で仕事をしながら、天寿を全うすることが出来なかった。東の菊谷と共に、誠に惜しみて余りある人材である。岩村は、難解だという批判に悩まされたらしいが、岩村を含んで、宝塚は確かにその成長期において、充分に眼が肥え、訓練を受けた振付師を得ていたのだということが出来よう。

第六章　エノケン・レヴューの栄光と悲惨

エノケンと新興写真

エノケン一座のファン向け雑誌『月刊エノケン』には、アマチュア写真家としての腕をふるうエノケンについての記事や写真が乗せられている。第二巻第七号（昭和十年七月）のエノケンがライカで撮影している表紙などはその典型的な例である。

また第一巻第四号（昭和九年六月）の目次の上にある写真には、次のようなキャプションが載っている。

アメリカギャング映画の一シーン――
といひたい所ですが、
これこそ誰あらう和製ジヨージ・ラフト森健二
シーンは浅草ボンソアール、
カメラは名にしおふエノケンがライカの腕の冴え。

エノケンの撮った写真はどこへ消えたのかは知らないが、表現主義のスタイルが何やら反映しているらしいなかなか技巧的な写真である。

写真史家の飯沢耕太郎は、「モダニズムとしての「新興写真」」（南博編『日本モダニズムの研究』ブレーン出版、昭和五十七年七月）と題するエッセイの中で、「ヨーロッパ、とりわけドイツの「新即《ノイエ・ザ》物主義《ハリヒカイト》」に代表される「新しい傾向の写真」に最も敏感に反応しはじめるのは、ようやく形をとりはじめた都市中間層を中心とする、アマチュア写真家であった」（二〇九頁）と述べている。このアマチュア写真家こそ二〇年代の都市の風俗と共に、風俗の一部として出現し、そのような風俗を発見していったとして次のように述べている。

　彼等にとって写真は、最も尖端的な趣味の一つであり、そしてまた彼等こそが、カフェ、ダンスホール、レヴューなどの、〝モダン〟な風俗を積極的に享受し、最初に都市型の大衆文化を作り上げていったのである。（中略）おそらく彼等の写真表現も、近代生活《モダンライフ》を背景としてはじめて成立するものであったに違いない。（二〇九頁）

◉『月刊エノケン』第二巻第七号表紙

◉『月刊エノケン』第一巻第四号
目次上の森健二の写真（エノケン撮影）

当時のエノケン一座にいた人たちがこのカメラに凝っていたことが、「浅草祭」(『浅草紅団』続稿)の冒頭の部分で川端康成によって次のように活写されている。この作品は、川端とおぼしき筆者が調べ事があって久しぶりに浅草を訪れた時の回想から始まっている。

その帰りみち、芝崎町の喫茶店ミハルに寄ってみた。これは古なじみだ。以前はおでん屋だった。水族館のカジノ・フォウリイへ弁当を入れていた。(中略)今も、水守三郎君写すところの望月美恵子の写真が、壁にかかっている。

水守君は元カジノ・フォウリイ文芸部員の一人、現在はエノケン一座の文芸部員だ。ただし、「五一郎アパアト」等の小説を書いた本人は、写真は道楽、レヴュウは内職のつもりかもしれない。写真道楽といえば、カジノの出世頭エノケンも、月に二つも三つも高価なカメラを買ったりするありさまだ。ライカの最新型に数百金を投じるこの当り屋は、五、六年前の水族館のプロマイドを覚えているだろうか。(『浅草紅団』中公文庫、昭和五十六年十二月、一七九頁)

このちょっと意地の悪い文章は、昭和九(一九三四)年のエノケンのカメラ狂に見られる、都市の新風景へのかかわりという形で現れたモダニズムを強調するというよりは、むしろ、昭和六年のカジノフォーリー時代のエノケンの落ち込んだ姿と対照的な成り上がり性を強調するために書かれた印象を与える。

しかしながら、エノケンがライカを月に二、三台買うという行為は、成り金的に誇示するためのものというよりも、宵越しの銭は身につけないという気質から来ていたものであると考えた方がよいようである。それは入った金を二、三人連れて豪遊して一晩で散財する行為と同じレベルのものである。ということになると、昭和五年のカジノフォーリー時代にもエノケンは同じパターンにおいて生きていたのであって、見違えているのはむしろ川端康成の方であった。

拡大する都市のモダニズム

関東大震災を契機に、東京をはじめとする大都市には生活レベルでのモダニズムが急速に拡がった。坂田稔は「生活文化にみるモダニズム」(南博編前掲書)で、この時期の生活文化の変貌について次のように述べている。

生活文化の向上は単に衣食住にとどまらない。むしろそれ以外の生活文化において、さまざまな拡大を見せたことが、この時期の特色と言える。たとえば、家計費における住居費、交通費、教養娯楽費の割合が急に高くなっている。このうち住居費というのは、文化住宅のように高級な住居を持つようになったことの他に、耐久消費財の購入が増えたことである。冷蔵庫、扇風機、アイロン、洋ダンス、カメラ、ラジオ、蓄音機などが、都市中間層に普及する。

交通費の増加は、生活圏の拡大とも言える。震災以降東京では、郊外に住宅地がにわかに拡がるが、他の大都市でもこの種の近郊住宅が拡大する。（中略）通勤はもちろんのこと、都市の商店街や興行街へ行ったりするために、人々の行動半径は広くなる。

（中略）

大衆娯楽は映画のほか「カジノ・フォーリー」「ムーラン・ルージュ」などのレビューが盛況を呈する（後略）。（一五一―一五二頁）

つまり「ライフ・スタイル」というものへの関心が芽生え、日常生活が遊戯性を帯びて来たということになる。

かつて生活と言えば、日々の糊口をしのぐ暮らしであったが、この時期になると（中略）生活における質的向上への志向が強くなる。（中略）生活を暮らしやすく機能的に考え、新しい多様な変化を求め、しかもその中で経済的な合理性を考える。いわば現代にも及んでいる近代的な生活スタイルのモデルが、ここから生まれていると言ってもいいだろう。（坂田同論文、一五二―一五三頁）

飯沢はこれら一連の現象を都市的モダニズムとして、次のように要約している。

これらアマチュア写真家の活性化の背景として、関東大震災後に急ピッチで「モダン」な外観をまといはじめた都市の風俗を対置してみることができるかもしれない。浅草映画街や、銀座通り、霞ケ関中央官庁街などの本格的な近代建築の出現、ラジオ放送の開始（大正十四年）とレコード、蓄音器の普及、映画産業の隆盛と新劇の登場（築地小劇場、大正十三年）、モボ・モガ等の新しいフッションとデパート、銀ブラに代表される消費生活の変化、これらの新風俗は、まず第一に視覚・聴覚等の感性の拡大と解放として人々に意識されたに違いない。

（中略）

そのような新風俗、新感覚を身にまといはじめたアマチュア写真家たちが、それ以前の絵画的な構図と明暗法を取り入れたスタティックな風景写真や、きまりきったポーズの肖像写真を脱して、彼等自身の感性を表現する新しい写真の方法を求めたのは当然のことと言わなければならない。その写真表現の新しい方向こそ、後に「新興写真」と総称されるようになったものであった。（飯沢前掲論文、二一二―二一三頁）

百聞は一見にしかずで、エノケンの写真を見るのが一番早いであろう。黒白のコントラストのつけ方、モホリ＝ナジ張りの構図を意識した窓をはじめとする建物の利用、鋭いフォームの感覚は、またジャズを通してエノケンらが、都市のリズムとして舞台の上で組織しようとしていたものでもあった。

いずれにせよ「カメラを手にして街を歩き回るアマチュア写真家たちの姿は、それ自体が新風俗として、近代都市の一点景となった」（飯沢前掲論文、二一四頁）。エノケンがライカに夢中になるという現象は、菊谷たちが新しいジャズのレコードに夢中になり、アメリカの新しい映画の試写に通うという行為と一続きのものであることは言うまでもない。

当時のエノケン、菊谷らのレコードの集め方を回想して佐藤文雄は次のように語る。

その時分、アメリカ〔航路の〕船に乗っかっている楽士に、レコードを頼むんですよ。それでそれを船が着くと持ってくるんですよ。松竹座にきて、いちばんはじめにうちで菊谷さんなんかが選《よ》って、そのあとをいま上野でやっている伊藤コーヒーというところが取って、それから今度この新橋の何とかいう、この三ケ所でそのレコードを買うんです。

それと上海から楽譜が入ってくるんですよ。これをつき合わせると、楽譜と曲がわかっちゃうわけですよ。それで新しいジャズをうちじゃ、順々に入れたわけですよ。（佐藤文雄談）

当時アマチュア写真家の精神を生き方に投影した存在として、画商の野島康三をあげることが出来る。野島を「アマチュア」と呼ぶことが出来るかどうかは別として、彼は明治四十（一九〇七）年頃からアマチュア写真家の団体「東京写真研究会」の一員として活躍した。大正八（一九一九）年、神田神保町に画廊「兜屋画堂」を開設、また昭和十一（一九三六）年には、九段に土浦亀城《かめき》設計になる、グロピウス風のインターナショナル・スタイルのモダンな建物「野々宮アパート」（ここに「野々宮写真館」も入っていた）を建てた。

昭和期に入ってきた「新興写真」理論の影響をもろに受けた野島は、和服を捨てて洋服に着替え、ダンスの稽古を始めるといった生活のスタイル自体を変えて行くといった生き方をとった。飯沢は「おそらく野島ほど「新興写真」のモダニズム性が、表面的な技法に留まることなく、近代生活《モダンライフ》と密接に結びついていることを明確に意識していた写真家は他にいなかったのではないだろうか」（二一九頁）と述べている。エノケンと面識があったかどうか知らないが、野島には、エノケン劇団に所属した丸山定夫夫人「細川ちか子」（昭和七年）という大胆なクローズ・アップやトリミング処理した写真がある。

しかし、こうした都市のモダニズムの重要な部分を構成したアマチュアのカメラ活動も昭和十二（一九三七）年を峠に、逼迫した状況に追い込まれて行く。この年の九月に施行された「輸出入品に関する臨時措置法」によって、カメラ及びその付属品、フィルム、印画紙などが大幅な輸入制限を受け、アマチュア写真家たちは、徐々に息の根を止められていった。それは奇しくも、エノケンが菊谷栄を奪われたのと時代的に軌を一にするものであった。

◉野々宮アパート（土浦亀城設計）

◉「細川ちか子」（野島康三撮影）

オペレッタ・カルメン

エノケン撮影の写真が載った『月刊エノケン』第一巻第四号（昭和九年六月）の編集兼発行人は、住所こそ六区松竹座内となっているが、叔父のマネージャー榎本幸吉である。発行所は六区浅草松竹座月刊エノケン社である。あくまでも文芸部発行のファン雑誌というわけである。紙質も劣り頁数も少ないが、あくまでも宝塚の『歌劇』を意識していることは一目瞭然である。

最終頁の「P・B・ニュース」によると昭和九年五月から、かつてカジノフォーリーの文芸部にいた水守三郎が文芸部に入ったことが、次のように報じられている。

知る人ぞ知るレヴュウ界の宿将。文芸部へ入りました。今後どし〳〵名作を発表します。（四〇頁）

しかし、どういうわけか、入部後水守は一作も発表していない。専ら『月刊エノケン』の編集担当だったらしく、その後の「編集後記」は水守が書いている。水守三郎と入れ替えに、これまたカジノフォーリー以来の石田守衛の退座が次のように報じられている。

永らくP・Bの最前衛として、スマートな演技とシイク〔シック？〕なスタイルで活躍した人。此の度一身上の都合で退座致しました。惜しみて余りある人です。皆さんと共に前途の多幸を祈りましょう。（同頁）

この雑誌はプログラムも兼ねているので、六月前期上演の四作の筋書が載っている。平田稔彦『コメディ 初夏の溜息』一幕（アメリカの妻君に頭のあがらない安月給取りの話）、大町竜夫『シャンソン・レヴュウ、天龍下れば』六景（写生旅行に来た画家と流浪の踊り子の一夜の恋、市丸の流行歌「天龍下れば」を織り込んだもの）、波島貞『マゲモノレヴュウ 刺青奉行 遠山金四郎』九景。波島はこの作品について次のように弁解をしている。

> （前略）今度、これを書く事になつて、芝居も本も全然見た事読んだ事のない私は非常に弱りました。
>
> 武士と町人――而もイナセな兄イだつた遠山は、芝居には絶好の人物です。しかし浅学な私には、それを充分活用する事が出来ず、好い材料をあたら平凡に終らせた事を、心から申し訳なく思つています。
>
> レヴユウ「遠山金四郎」は、歴史にも、本にも無いものです。只、事件の根底をなすものに、畏敬する長谷川伸氏の「刺青判官」の一部分を拝借いたしました。厚くお礼を申上げます。（二六頁）

率直で正直な文章である。とすると、遠山金四郎を舞台にのせたはしりのようなものであろうか。この弁明には川村秀治によるエノケンの遠山金四郎のイラストが付いている。

次は菊谷栄台本の『オペレッタ・カルメン』十景である。菊谷が書いたと思われる梗概を見てみよう。

◉エノケンの遠山金四郎
（川村秀治画）

プロロオグ、スペヰンスカアトの襞を見せたバック、主題歌を歌つて健ちやんとベエちやん（二村《ふたむら》定一の愛称）が登場して序詞役をつとめ、スペヰンの有名な唄、スペヰンを歌つた唄が歌はれ、バルセロナの曲で、カルメンのオペレツタをはじめますと挨拶に代へるのです。

第二景はドン・ホセの田舎ナヴアレ地方で、田舎娘達のホオタの踊りと有名な『お丶セニヨオリイタ』ラケル・メレーの歌つた流行歌を唄ふルウカス（北村武夫）そしてドン・ホセの許嫁者ミカエラ（唄川幸子）を、ルウカスの兄で当時闘牛でも評判な仕留師《マタドオル》のエスカミリオ（榎本健一）が、セヴイリヤへ連れて行くことになつて、いよいよカルメン劇の幕は切つて落とされる訳です。

第三幕はセヴイリヤの煙草工場の前、眩耀たるカルメン（永井智子）、実直な伍長ドン・ホセ（二村定一）兵卒（中村是好《ぜこう》・柳田貞一）煙草工場の女工ビアンカ（千川輝美）コルロッタ（高清子）。皆様御存じのオペラでは第一章にあたる景です。

第四景夜の街で、何も知らずに帰国するミカエラとエスカミリオの甘くもシヨッパイ情景で、『金曜日に恋をすれば』といふジヤズ唄を感傷的なスポオツマン、エスカミリオが唄ひます。

第五景は例の酒場で、ドン・ホセがジプシイ仲間へ加入して山の中へ行くことになる。

第六景はジプシイの山、バレエ風な踊りが展開されます（「只一つの恋」と「いとしの今日」が歌われる）。

第七景山塞　我儘で多情なカルメンを飽くまで我がものにとあせるホセ、ミカエラから母の危篤をきくけれども彼は……。カルメンはトランプ占いで自分の死を知ります。カルメンは近頃闘牛士と親しくしてゐます。

第八景コルドヴアのホテル……。今日は闘牛の日、ボオイ（森健二）とオレンヂ売りの娘（北村季佐江）が仲がよい（音楽「どうして貴方は」）ので、落着けないエスカミリオに、尼僧マルセラ（武智豊子）が武運長久の祈りをあげてくれます。（祈りの言葉「……この方が右へ行きましたら牛は左へ行きますように……牛は死んでも牛肉になります。しかし、この方は死んでしまえばそれまでです……」）

第九景―闘牛場の入口、遂にカルメンはホセの刀に倒れます。ホセは更にエスカミリオと

◉エノケンのエスカミリオと
永井智子のカルメン（川村秀治画）

◉『オペレッタ・カルメン』の舞台

　闘ふ、闘牛を想はれる立廻りです。余りに美事な殺し場なので伴奏の楽士達は拍手すると死んだ人々はアンコールに再び……。

　第十景美しいエピロオグ。（二七頁）

冒頭の「プロロオグ」は、エノケンと二村のかけあい漫唱から成っている。この舞台にどのような音楽が使われたかを知るのは、興味があることであろう。台本から歌い出しの一部を加えておいた。なお、この部分にも川村秀治の卓抜な筆描きに漫画が載せられている。

劇評家友田純一郎

このあたりで菊谷栄に好意的な眼差しを向けている友田純一郎について述べておこう。友田は同時代の劇評家の中でもずば抜けた理解力の持ち主であった。のちに菊谷が亡くなった際に『新喜劇』の追悼号（第三巻第十二号、昭和十二年十二月）に寄せた「菊谷栄君と僕」の中で、友田は「浅草のレヴユウは僕には偏奇な見世物として映画の勉強のかたわら愛玩したにすぎなかつた」（一〇五頁）のだが、エノケン一座が松竹の傘下に入り、「常盤座で「エノケン・フタムラの弥次喜多」を上演したときは、あたかもたのしきトーキー・ミユウジカルを見る如く楽しかつた」（同頁）と回想している。それもその筈で、エディ・カンターのミュージカル映画に刺戟を受けた菊谷・エノケンらは、このスクリーンの燦めきを舞台に移そうとしていたのである。

友田は菊谷にのめり込み始めたいきさつを次のように語っている。

いまとちがつて、流行歌をジヤズ伴奏に乗せて唄ふ弥次喜多の如何ばかり新鮮でありしことよ！いまにして思へば歌ふスタアの揺籃はこの戯作のなかにあつたのだ。（中略）この作者が菊谷栄であることを伊東玉之助君から教へられて、僕は始めて浅草の座附作者を歯牙にかけ出した……（一〇五―一〇六頁）

流行歌をジャズ伴奏に乗せて歌うというのは、まぎれもなくフュージョンのはしりであったとも言えるし、また、エノケンのマゲモノ・レヴューであったと言っても過言ではない。二つの異なったジャンルをない交ぜにすると言えば、のちにエノケンが得意とした阿呆陀羅経を「セントルイス・ブルース」のリズムに乗せて歌うという曲芸は、まさにエノケンの開発したものである。

これは日本の芸の中では、歌舞伎の『法界坊』で、法界坊と女の霊が一緒になった時、片脚は男の動き、もう一方は女の動きとして演ずるという動きの延長線上に属する。

次に友田は、欧米の遊学から帰ってきた先輩の内田岐三雄が、「キネマ旬報は何故日本のレヴユウを啓蒙しないのか、旬報がやらなければやるところがない」と言ったので、内田をエノケン一座に連れていったという話を述べる。

その時、内田は「レヴユウではないが、エノケンは素晴らしいエンターテイナーだよ。紐育《ニューヨーク》へ出しても尤に一流の花形だらう」と喜んだとして、友田は「われ〳〵がこんな宝を持つてゐるのに殺してしまつては娯楽文化の恥であると、映画雑誌「キネマ旬報」にヴリエテ欄の開設となつた」と語る。

私は『キネマ旬報』が昭和八年を境に突然「ヴリエテ欄」を新設したのは何故だろうと長い間気になっていたのだが、これで疑問は氷解した。

友田は、菊谷について次のように述べている。

> その頃菊谷君はエノケンの座附作者として縦横に活躍してゐた。エノケン一座には好い座附作者がゐると云ふほどの僕の印象である。（中略）
>
> 岐三雄さんの紹介で、在巴里《パリ》十二年の石見為雄氏がヴリエテ欄に批評を書き出した頃に、菊谷君は百鬼夜行の浅草レヴユウに本格的なミユウジカル、「世界与太者全集」を発表して、巴里でその道の佳汁をなめつくして来た石見老の嘆称を博した。（中略）今でも僕には霧深き

ロンドン衢《ちまた》に愛すべき緑林に扮したエノケンが佳曲をうたひながら好謔を撒くさまが忘れられないし、ガールズも芸と共にうつくしさを増し、浅草レヴユウ舞台稀に見るうるわしく、明るい景観であつた。（一〇六頁）

このあと友田は重要な、しかも全く手後れの感のある重要な提言を行っている。

この作者の才華とエノケンのパーソナリテイに潤沢な資本を投ずれば、この国にもレヴユウとオペレットが可能である確信をわれ〳〵は持つことが出来た。（同頁）

この可能性はついに現実のものとならないで終わってしまった。小林一三の宝塚に較べると松竹は才能開花のための投資を全く行わなかったに等しい。すでに見てきたように小林の宝塚は白井鐵造や楳茂都《うめもと》陸平らを長期間欧米に派遣して学ばせている。当時の宝塚は松竹に比して、まだそれほど大きな企業であったというわけではない。とても海外研修にスタッフを送る余裕などなかった筈だ。それはほとんど小林一三のポケット・マネーによるものだった。

松竹に金がなかったのではない。事実、エノケンには巨額の金が支払われていた。しかし、エノケンの性格から、そうした金はドンブリ勘定で費消されていった。従って、エノケン一座が菊谷を海外研修のために送り出すなどということはあり得なかった。菊田一夫のように、人情の機微を押えれば客はついて来るというタイプの劇作家なら、何もわざわざ海外まで出向くことはない。しかし、菊谷はレヴューとオペレッタを目指していた。或る程度までなら個人的な努力で必要な知識と教養を身につけることも出来ようが、このジャンルでは本場を踏むことが必要不可欠

◉『夏のデカメロン』の舞台

であった。友田の提言は、そこまで拡がる問題であった。菊谷を支持して「ヴリエテ欄」を開いたものの、友田には自信がなかった。

どん底文化の浅草に何時誰がこれを実践するか、われ〳〵が死んだ後ぐらひのことに僕は考へて、ヴリエテ欄なぞと早まつたことをしたと僕が稍々《やや》後悔めいた気持がし出した頃に、菊谷君はレヴユウ「夏の日《ママ》のデカメロン」をものしてくれた。スケッチと簡単なミユジカル・ナンバーの集成に過ぎなかつたが、浅草の舞台にレヴユウらしいレヴユウの出現したことに驚いた。軽いエロチックなもので、傑作かどうかは異論のあることであらうが、わるいものではなかつた。その価値評価よりもわれ〳〵は、浅草の舞台に於て最初にレヴユウの「格」を身につけたこの作品の形式的意義を認む可きであらう。(一〇八頁)

『夏のデカメロン』は、昭和九年七月に浅草松竹座で上演された。内容は七人の姫と三人の貴公子がボッカチオの

『デカメロン』を真似て、それぞれが物語を語り、各景ごとに舞台に再現されていくというものである。

友田は次のようにこの舞台を位置づけている。

> 菊谷栄作「夏の日の《ママ》デカメロン」――これが浅草に於ける最初のレヴユウである。その舞台の肉体的貧しさを咎むる勿れ！　演劇の原始境である浅草に、演劇のジャンルを認識し、レヴユウの形式を追求した菊谷君の明識と努力を尊重す可きである。（同頁）

築地小劇場時代の築地に較べて、浅草はたしかに演劇では「原始境」であったと言えるかもしれない。しかし、オペラ・音楽劇で浅草は先進地域であったことを忘れない方がよい。

この『夏のデカメロン』は、菊谷としては比較的お道楽に類する作品であったと友田は考えたらしい。これに続く『民謡六大学』は「レヴユウのたのしさを全東京に教えた快作」と位置づけ、「エノケンもいゝ、フタムラも生彩を放つたし、六大学の応援歌が如何に巧妙にアレンヂされたことか？」と述べているのは、友田が菊谷の作品に与えた最高の褒め言葉であった。

世界与太者全集の完結

菊谷の作品が何時も力作だったというわけではない。極めて短い時間に書かなくてはならない場合が多かったので、自他共に認める失敗作もあった。例えば、昭和九（一九三四）年十二月上旬の『日本の与太者』は、菊谷が考え出した「世界与太者全集」の第六回完結篇である。大町竜夫の「連続レヴュウ第五回・アルゼンチン篇」の『南風の与太者』と同じ月に上演された。菊谷は『月刊エノケン』第一巻第十号（昭和九年十二月）に掲載された「世界与太者全集完結」という文章で、自ら駄作であると言いながら、和田五雄が書く筈だったのが、「和田さんは傑作『法界坊』の演出に健康を害した為め日本篇は頑張れない破目となり」（一七一一八頁）、ピンチヒッターとして書かざるを得なかった事情を明らかにしている。

戦後は専ら映画評論で知られることになる清水俊二は、『キネマ旬報』の第五百二十八号（昭和十年一月一日）に掲載した「エノケン一座」と題するレヴュー評で『南風の与太者』と『日本の与太者』について、この時代の他のレヴュー評論同様、比較的丁寧に論じている。清水によれば、『南風の与太者』は大町竜夫の作として、まず成功の部類に属するという。エノケンと二村定一のヨタ者コンビがキャバレーに職探しに行く。この二人に踊り子と恋人のダンサーの悲恋をからませて舞台は進行する。

この舞台の見どころについて清水は次のように述べている。

（前略）エノケンと二村定一が、他人の邸に、主人の留守を狙つて踊り子を招待し、そこで酒を飲んで騒ぐ場面があるが、こゝがこの一篇での圧巻であつた。この場面のエノケンの引つこみなどはちよつとほかでは見ることの出来ぬシヨーである。エノケンがキヤバレエの舞台で踊るタンゴもなかなかよろしい。すべて、この一篇のエノケン持ち前のパーソナリテイを充分に発揮してほとんど満点に近い出来を見せてゐる。相棒の二村定一、（中略）キヤバレエのマネジヤー柳田貞一、留守宅の女中北村季佐江などそれぞれエノケンを助けてよい演技を見せてゐる。これは近頃でのエノケンの成功作であろう。（一七〇頁）

他人の留守宅で騒ぐというあたりは、ルイス・ブニュエルの映画『ビリディアナ』を想わせないでもない。エノケンの引っ込みがどういう演技だったのかを知ることが出来ないのは残念であるが、こういう同時代の証言は、台本だけでは知ることの出来ない舞台の魅力のありかを知るための手がかりになる。

大町竜夫の台本は、通り一遍の安易な書き方をしたものが多いせいか「大学もの」を除いて、批評において余り誉められることはなかった。

菊谷の『日本の与太者』は、まず小山内薫の『息子』を見せ（と清水は書いているが意味がよくわからない。小山内の戯曲『息子』を劇中劇として上演したということか?）、その息子の役二村定一が追われて逃げるところをエノケンの艶歌師に救われる。二人は草鞋を穿くことになり、横櫛お富をゆすって旅費を貰い、途中沓掛時次郎に会ったり、国定忠治や大政・小政の夢を見たりして、最後に三原山で御用になりかかるが、小唄の師匠と偽って逃れるという筋である。

この舞台がどのような趣向から成り立っているかという点について、清水は次のように要約している。

「涙の渡り鳥」だとか、「沓掛小唄」だとか、「赤城の子守唄」だとか、街の流行歌を採り

◉世界与太者全集完結『日本の与太者』の舞台

入れたり、横櫛お富、国定忠治、沓掛時次郎、大政・小政などといふお馴染みの人物を登場させたり、器用といへば器用、ずるいといへばずるい作品である。それだけに無理も出来るし作品としてのまとまりもない。（一七〇頁）

和田五雄に代って急遽台本を書かされたといういきさつからいって、器用に趣向だけを並べた無難な職人仕事に終った例がこの作品ということであろう。だから清水も全体の構成については次のような判断を下している。

沓掛時次郎に会ふところまでは運びもなだらかで、かういうタイプのショーも面白いと思はせるが、そこから後は作者も持てあました様子があり三原山での幕などはずいぶん苦しい結末だつた。結局アイデイアだけに終つた作品である。（同頁）

与太者シリーズは、先にも触れたように昭和七年十一月に浅草常盤座で上演したハンガリーの与太者たる『リリオム』の成功をきっかけとして、菊谷が考案したものと思われるので、こういう終り方をしたのは、菊谷自身にとっても心苦しいことであったろう。

蘆原英了の見たエノケン一座

戦後はシャンソンの解説者、歿後の今日ではサーカスの研究家として知られる蘆原英了は、戦前より、大衆芸術万般にわたる幅広い視野の持ち主であった。親戚の小山内薫の指示により慶応の学生であった頃から寄席、見世物芸に関心を示していた蘆原は、また、当然、レヴューのよき理解者であった。或る意味では、菊谷の目ざしていた総合芸術としての大衆演劇のプログラムをよく理解出来る数少ない一人であったと言えるかもしれない。

蘆原は東京の、そして家柄から言っても、芸術的環境から言っても理想的なところから出発したが、所謂高踏的な知識人のタイプに成り下（上？）がらなかったため、菊谷と似たところに身を置いた数少ない、所謂「知識人」の中でも今日考えると、新しいタイプに属していた。

菊谷の場合、伯父田中宇一郎との関係から言えば、恵まれた少年期を送っていた筈であるが、四谷に生まれ育った蘆原とは対蹠的なところから出発して浅草に身を置いていた。まず、東京という近代日本の中心部に育った蘆原に対して、菊谷は青森弁を話す周縁文化圏の出である。家柄という点からも、菊谷には蘆原のように小山内薫（母方の従弟）とか藤田嗣治（母方の叔父）といったような親戚はいない。演劇環境においても、蘆原にとっての小山内のような近代劇運動の中心的な存在を七光り的に持っていなかった。蘆原は容易にフランスへ遊学している。これに対して、初めから浅草の興行的苦界に身を投じた菊谷は、生涯レヴュー発祥の地フランスに憧れていたにもかかわらず、宝塚の白井鐵造にとっての小林一三というようなパトロンを持たなかったために、ついに「洋行」の機会には恵まれなかった。どうやら家柄のせいもあって兵役を免れたらしい蘆原に対して、菊谷が日本を離れる機会に恵まれたのは、兵隊として中国へ向かった旅であったが、これは直ちに死の行軍へと連なるものであった。

両者は、このようにさまざまの点で立場を異にしたが、片や大学などに依拠する学者知識人、左翼インテリ、反対の極に菊田一夫のような職人的台本作者を置いてみると、奇妙に相通じるところがあったとも言える。つまり二人とも、知と戯れることを知っていた「勉強少年」のはしり

◉演劇研究家、蘆原英了

であった。それとは対照的に、当時職業的な哲学者をはじめとする高踏的知識人と菊田は、共にこの面を欠くことによって、また職業的な成功を収めたという点において、酷似していると言えないこともない。

強いて同類と呼ぶとしても、二人の間の違いを改めて強調すれば、蘆原は欧米のパフォーミング・アート（身ぶり芸術）についてファースト・ハンドの知識を身につけて、観客としての眼も肥えていたが、現場の人間ではなかったのに対し、菊谷は歌舞伎とジャズについて以外は、その努力にもかかわらず、蘆原に較べるとずっと少ない情報量を背景に仕事をしなくてはならなかったが、高見の見物の若隠居の蘆原とは異なり、エノケンというダイナミックな役者の傍らで、徹底した現場感覚を身につけていた。従って、ボロを出すことも多かったが、うまくいった場合には、蘆原が到達出来なかった豊かな演劇的知の現場に居合わせることが出来たのである。

さて、その蘆原が『キネマ旬報』第五百二十九号（昭和十年一月二十一日）に「「エノケン一座」評」を掲載しているので、少し詳しく見てみることにしよう。

第一に蘆原は、エノケン一座にはよき振付師のいないことを指摘している。ここで蘆原は「宝塚少女歌劇、松竹少女歌劇に対して、唯一の大人のためのオペレット劇団であつて見れば、――さうした意志はないかも知れないが、筆者はさうあらんことを熱望する――立派な振附を見せて貰ひたいものである」（八九頁）と、やや皮肉っている。蘆原は具体的に『花嫁洗濯』（中村愚堂作）、『君キミ僕ボク』（大町竜夫作）のフィナーレを挙げて、「よき振付者があつたら、あんな不手際なことでは幕を下ろさなかつたらうと思はれる」（同頁）と書いて手厳しい。

蘆原が挙げる第二の欠点はよき女優がいないということである。「かうした一座が光り輝く女優を持たないことは、金の入つてゐない財布の様なもので如何にも淋しい。いい女優さんとは、先づ第一に美しいこと、魅力があることが必要である。それから芝居が巧くて、踊りが踊れて、唄が歌へれば上々であるが、兎に角いい女優さんを入れることが緊急のことである」（同頁）と高望みする。パリでレヴューの舞台を散々見て来た蘆原には、歯痒くて仕方がなかったのであろう。当時劇団には武智豊子、花島喜世子らがいたが、蘆原のお眼鏡にはかなわなかったらしい。確かに、宝塚と較べても女優陣はお話にならないくらい貧弱であったに違いない。宝塚ははじめからお嬢さん学校として寄宿舎を備えた良家の子女の嫁入学校的雰囲気を備えていたから、可愛らしい女の子が集まるのに妨害要因はなかった。浅草という土地柄は、風俗的な奥行きは深いにしても、同じ理由で欧化した女優陣を起用するのには必ずしも向いていなかったと言えるかもしれない。菊谷もそのことは気になっていたらしく、『月刊エノケン』第二巻第四号（昭和十年四月）の「研究生養成に就いて」という文章の中で、女優養成の必要性と実行中の訓練方法について述べている。

第三に蘆原は、特に女性の衣裳の出来がよくないという。「此の一座の婦人服は余りに貧弱でお話にならない。「ムウラン・ルウジユ」にしても、「笑の王国」にしても、此の一座よりは、ずつと頭を使つた婦人服を用ひてゐた」（同頁）と蘆原はずけずけと言っている。ほとんど同じことを男の服装についても述べる。「背広服位は、ちゃんと着こなして欲しい。スモオキングや燕尾服で出て来る時には、りゆうとしてゐて貰ひたいものだ。我々の持つ唯一の男性加入のレヴユウ劇団であつて見れば、男性の美しさを大いに見せて貰ひたいものではないか。宝塚の少女扮するところの男役より、スモキング《ママ》姿が板につかぬとあつてはお江戸の恥であり、男の恥であり、エノケン一座の恥である」（同頁）と肩入れ気味に熱っぽく述べる蘆原である。確かに晩年に至るまで、蘆原はいつも背広を粋に着こなしていた人であった。

次に、各演目について蘆原の触れているところを、『月刊エノケン』第二巻第二号（昭和十年二月）所載の文芸部合評会「前月演物検討座談会」の言い分と対比しながら紹介してみよう。

第一の中村愚堂作『花嫁洗濯』について蘆原は「凡作と云ふよりは愚作」（同頁）であると決めつける。愚堂作だと洒落てみても始まらない程厳しいものである。因みに愚堂とは中村是好のことである。「叔父エラアをやつた土方健次と兄ジャンをやつた田島辰夫が大変に拙劣で、新春早々甚だ不愉快であつたことを申し上げる」（同頁）と取りつく島もない。

では、文芸部の側はどうであろうか。

池田〔鐵太郎〕　では中村さんの「花嫁洗濯」（〇）

大町〔竜夫〕　大変結構です。

菊谷　あれには絶対受ける個所が三ケ所もあります。話は別ですがあの劇は舞台は巴里《パリ》ですが内容は総べて日本です。日本物にしたら尚ぴつたり受けたと思ひます。

和田〔五雄〕　美雪礼子さんは。
菊谷　演出家の要求が、下町風のお色気なのでＰＢ《ウチ》の踊り子では無理です。
三原〔弘二〕　筋に一寸無理があつた。弟の気持ちが、はつきりして居なかつた。
大町　とも角、正月の開幕劇としては絶対にいいと云へる。

（中略）

池田　是好さんが一番気持よく演つてゐました。あゝ云ふものをやると上手いですね。
大町　他の役の人は全部研究する余地がある。（二六頁）

身内で、多少いたわり合いながら喋らなければならないにしても、大変真剣な意見交換が行われていることがわかるだろう。女優の問題、作品の問題、破綻、衣裳の問題、役者の演技など、批判すべきところは率直に批判し合っている。第一、今日一つのレヴュー劇団が機関誌を持って、その中に六頁にわたって「前月演物検討座談会」などという合評会の記事を載せるなどということがあり得るだろうか。衣裳、舞台など予算は宝塚に較べて、まるで不足していたらしいが、この点においては、今日の商業演劇、または前衛劇団より豊かな環境を持っていたというのが不思議である。速記も技術が高かったことが偲ばれて実に床しい。数年前（昭和五十六年三月二日）に物故した蘆原が世にあれば、この点を強調して、少しこの劇団に対する点を甘くしてもらえたかもしれない。

第二作は帝大出の座付作者大町竜夫の『君キミ僕ボク』に対して、蘆原は期待していたほどではなかったと言って素っ気ない。これについては、本人の大町もからっとして次のように述べている。

菊谷　（中略）さて、作者自身として、あの作をどう思ひます。
大町　去年書いた凡ての学生劇より悪い。（二一六頁）

ここには、レヴュウ作者の心意気を示すちょっと面白いやりとりがある。

池田　僕は小村君の演《や》つたミヤ子の気持ちがちつとも判らない。ミヤ子はもう一人の学生と帝劇へ行つて幸福だつた――とマリちやんは言つてますよ。だのにラストになると、ミヤ子は（別の学生又は当の学生に）「アタイがついているよ。」と云つています。
大町　ちつとも変ぢやない。極めて普通のことです。
菊谷　私達は性格を書くより、面白く見せる事第一としなくてはならない。
大町　ドラマでなく。スペクタクルを書いてゐるんだから。
池田　プロロオグとヱピロオグのお正月のシンボル見度いなドロップは意味がないと思ひます。それから、或る景はリアルで或景はうんとリアルでなかつた。あれは統一さるべきではないでせうか。一つの味に。
大町　レヴユウと云ふものは、ある景は表現派、或る景は印象派になつてもい、筈です。
菊谷　それは正しい。もしそれを不可とすると割緞帳前の芝居など絶対に成立しない。（二一六頁）

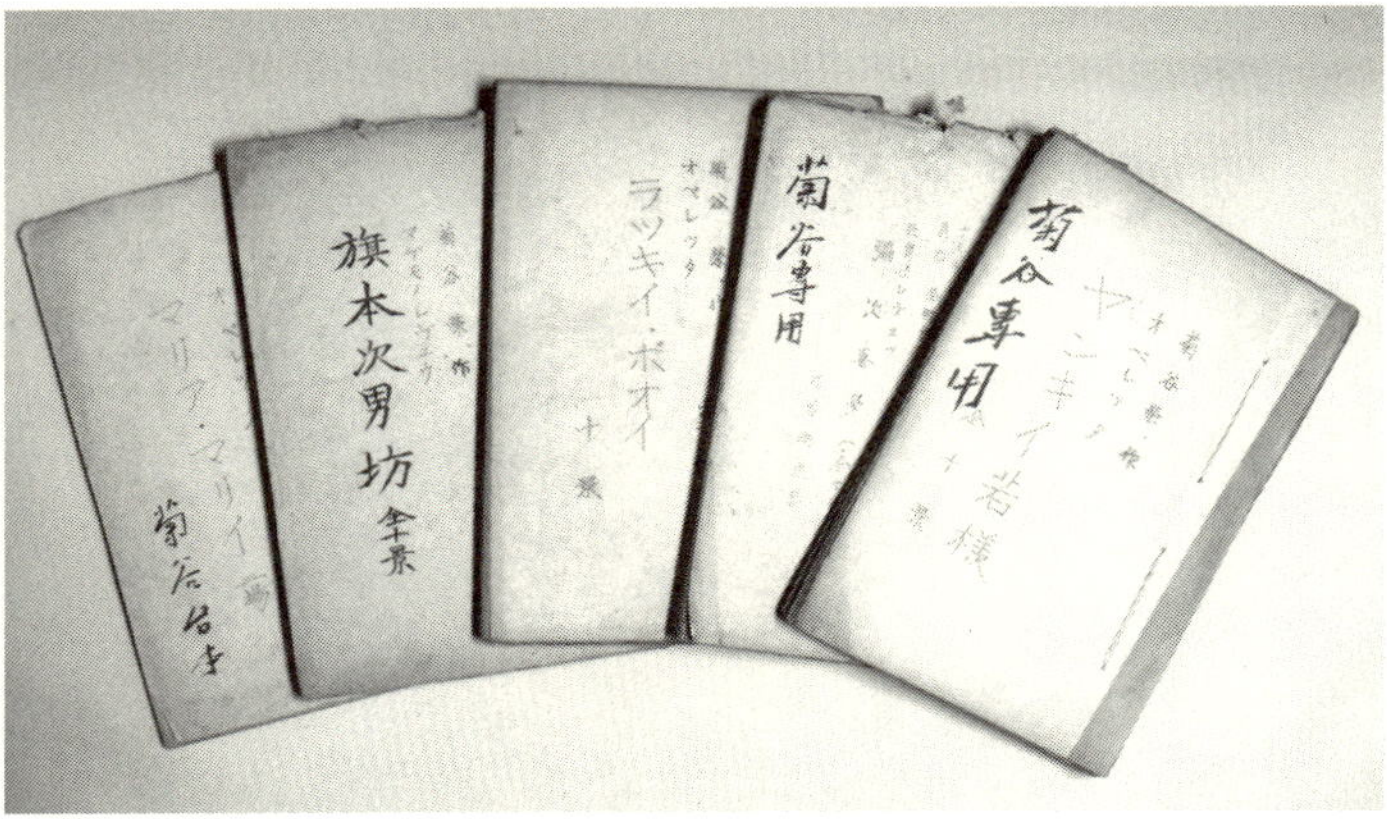

◉『ヤンキー若様』ほか菊谷栄が執筆した台本

これは、所謂リアリズムの演劇に対して一線を画そうとするレヴューという上演形式に対する、はっきりとしたイメージを背景にした興味深い発言である。

さて、次は問題の菊谷栄の『ヤンキー若様』である。この作品の上演条件について座談会の冒頭の部分で、佐藤文雄が次のように発言していることが参考になる。

佐藤　お正月狂言は、一日、三回興行をやる事を心掛けて番組を構成しなければならない。（中略）其れに主役（『ヤンキー若様』のエノケン）が西洋物から直ぐマゲ物（『団栗頓兵衛』）に移れるやうに芝居を仕組まねばならない。又正月は最も低い観客層を目標にしなければならない。（二六頁）

いかに恵まれた芝居小屋の伝統があるといっても、浅草は浅草である。それに震災後の客は全く変質していた。かつて金竜館のオペラに集まったような客は望むべくもない。

ここで『ヤンキー若様』の台本から概要を紹介して

みよう。場所はウィーン、十一景からなる舞台である。

第一景　プロロオグ

前奏で開幕、タキシードの男性チームとクリーム色の服の女性チームが舞台上に並んでいる。この景では男女チーム、男女ダンシングチーム、燕尾服の男性幹部、純白のドレスの女性幹部がパレードを繰り展げ、二村と榎本の新年の挨拶が行われる。

第二景　ドナウ河のワルツ

ビアンカがピアノを弾き三人の女性がヴァイオリンを弾いている。女性の群舞。

第三景　ワイン・ガルテンの昼

或るレストランの前で、カアル（エノケン）が指揮してビアンカを含む女性達の構成するジャズ・バンドによる「なつかしきタンゴ」の練習が行われている。なかなかうまくいかないのであせるカアル。テオドル（二村）は少しからかいながらそれに付き合っている。

第四景　大並木通り

音楽学校の四人娘（コオラ、エルゼ、エミリエ、フランチ）が学校の教科目のきつさをこぼしている。そこへテオドルの母が登場して、息子がレストランのコックになる修業をしていると言う。母退場の後、コオラは「そんな筈はない」と言って退場。同じように「そんな筈はない」とエミリエ、エルゼも退場。残されたフランチも「そんな筈はない」と退場しようとしたところへ、カアル、テオドル、フェリックスの三人組が登場。カアルを除く二人は、少し前に起ったことを話されると、「そんな筈はない」と退場する。残ったカアルにフランチが夜、部屋に一人で訪ねることを告げて退場。カアルもニヤッと笑った後少し考えて、「そんな筈はない」と退場。

第五景　カアルの部屋

カアルの部屋で老婆が居眠りしている。フランチが入って来て老婆の姿勢を正して、また出ていく。そこへカアルが戻って来て、作曲の霊感が湧いたと言って曲を作る。例の二人の友人達と女友達四人がやって来ていいたい放題に喋るのを聴いて、老婆が嘆く。老婆は実はカアルは、欧州大戦で戦死した貴族の落胤なのだと打ち明ける。テオドルは、カアルの曲に歌が出来たと言って歌う。

第六景　音楽学校校庭

男女学生が踊り終わって退場したところで、ナッテル教授は、ロオン学生監に、ジャズ流行の元兇を探し出すように命じる。ロオン学生監は何故ジャズがいけないのか、その理由に苦しむようである。そこで次のような会話が交わされる。

ナツテル教授　左様です　いかなる理由であんな唄を歌つては困るか　君は学生監として知らないんですか　いや意見を持つてゐないんですか

ロオン学生監　あれは流行歌……ですからなあ

ナツテル教授　ほう　流行歌だから　つまらないとは……君の頭を疑ひたい　シユウベルトの歌謡曲は物凄く流行したのですぞ　それはつまらないといふことになりますかな

ロオン学生監　いや〳〵それはそれこれはこれ　自ら
ナツテル教授　ちつとも自らではありません……
ロオン学生監　ええ　あの唄には彼《か》の恐ろしい左翼思想の音が……リズムが……メロデイが
……
ナツテル教授　ハハハ……　その反対です
ロオン学生監　ハア　ナチスですか
ナツテル教授　いや　違ふ
ロオン学生監　左翼の反対なら右翼ですよ　先生の頭も……

こうした時代を反映したやりとりの後に、ロオン学生監は怪我の功名でカアルを取り押さえるのに成功して、彼を引き立てて会議室に赴く。

第七景　会議室

査問会が開かれ、教授達はカアルが作曲したジャズ「ウィンナ娘は」を演奏するよう命令する。教授の中につられてスイングする者もある。校長登場。カアル一人を残して他の者一同に部屋を出るよう促す。一同去り、後から来た老婆と三人になる。そこで老婆は、校長こそは昔戦死したカアルの父の従卒だったことを打ち明ける。そしてカアルの父も音楽好きだったことを打明ける。

第八景　荒模様

友人一同はカアルの運命やいかにと心配顔で集い「荒模様《ストウミイ・ウイザア》」という歌をうたっている。

第九景

テオドルの母はカアルを心配して老婆に様子を訊ねる。老婆が心配ない旨を告げると、今度はテオドルを心配しているところへ、本人が現れる。テオドルにカアルの事を訊かれた老婆は、校長との間に和解が成立して、ジャズは続けるが人前での演奏は避けることになったと告げる。

第十景　エピローグ　再びワイン・ガルテン

大勢の客が集まっている。カアルだけがいない。突然ラウンドスピーカーからカアルの声が流れる。校長との誓いで客の面前では演奏出来なくなったが、マイクロフォンを通して歌うことは許されたので、亡父の好んだ歌を唄うと告げて主題歌を唄う。歌い終わって、フィナーレの列が登場……。幕

それでは、ここで再び蘆原英了の菊谷の作品評に耳を傾けてみよう。

第三の「ヤンキイ若様」は菊谷栄氏の作品。エノケンの主人公が若様であると云ふことが分るあたりに不自然さがあり、必然性がなく、本当だか嘘だか分らない狐につままれた様な物語になるが、その点を除いては中々面白い作品である。此の作者は中々脈があると思つた。古典音楽対ジャズ音楽の抗争の扱ひは、皮肉で極めて面白く見られた。筆者の如き〔は〕、特に興味深く思つて見ることが出来た。

此の作品には甲の点を差上げたい。ただ最後の幕にエノケンを登場させず声ばかり聞かせたのは愚である。やはり、しめくくりのために主役を登場さすべきである。（前掲誌、同頁）

終りの部分を除けば、極めて好意的な評である。その終りの部分についても、先の座談会で菊谷が「次の仕度〔『団栗頓兵衛』〕の為め座長〔エノケン〕を七景で引込めなければならない。それを承知で書いたのは、前に佐藤さんの云つた様な理由の為です」〔二七頁〕と説明しているので明らかであろう。エノケンはたぶん、十一景では舞台裏で鬘をすでに被ってマイクに向かって喋っていたのである。そう考えると蘆原の舞台批評は、観客サイドの言い分としては正しいが、舞台を作る側の苦労がよくわかっていない言葉ということになる。衣裳についても蘆原の言葉を待つまでもなく、座員は充分意識している。

大町　装置ですが、非常に悪い。しかしこれは装置家が悪いのではない。営業部でもつと金をかけてくれなくては、サマにならない。これは洋衣裳に就いても同じ事が云へる。

（中略）

大町　照明に就て――

菊谷　松竹座の照明は、オペレツタやレヴユウの照明ではない。照明の為の道具や装置がなつてゐません。それに劇場の構造も悪い。とも角照明器具と人件費を惜まなければもつといい照明が出来る筈です。

大町　松竹よ、照明費を惜しむ勿れ！

一同哄笑

菊谷　それからリアルな衣裳――衣裳屋にモノがない事が一番困る。

大町　予備が全然ない。

波島（貞）　中日頃になると踊り子の衣裳はみんな破れて了ふ。たとへば、脚本が悪く、もし俳優が下手でも、附随するものがいいと立派に見えるものなんだが。（二七頁）

この間の事情は、お殿様の蘆原英了にはなかなか通じなかったに違いない。それに蘆原は徹底した知的遊民の立場で芝居の世界に接していたから、低予算で派手なレヴューの舞台を作らなければならなかった人間の苦労を察する同情心に欠けていたと言えるかもしれない。両者の間には悲劇的な乖離が見られ、それは昭和十年頃の社会的現実を反映したものでもあった。つまり蘆原は富裕層の出で、私費で渡欧し、先にも述べたように小山内薫、藤田嗣治といった人達を親戚に持ち、趣味においても生活手段においても西欧の水準に近いところに基準を置くことが出来た。他方、浅草のエノケン一座は、高給を支払われて、日本一の大楽団を擁するレヴューではあったが、潤沢な資金はそれまでで、観客の背後には、すぐに戦争の予感に連なることによってしか不況から脱することが出来ない中流以下の観客層、貧困にあえぐ東北農村の社会的現実が見え隠れしていた。とはいえ、小山内薫の示唆で大衆芸の世界に埋没していた蘆原が、こうした形でエノケンの舞台芸の世界に親近感を抱いていたことは、力強い想いに誘われるところである。どのような芸術の形態も、交わったジャンルの交流によって新しい展開のきっかけを与えられるからである。

この『ヤンキー若様』にはたまたま、そうした事実を想い起こさせるところがある。話はオペレッタの『アルト・ハイデルベルク』を想わせるやつし王子物である。本来高貴であるべき貴族の嫡男が、身をやつして苦学しながら音楽学校に学び、庶民の学生と交わっている。ここで高貴と卑賤、生まれと育ち、学校の教授と学生、古典音楽とジャズといった対立が持ち込まれ、危機が醸成される。しかし、カアルという仲介的な生まれ育ちと能力を帯びた人物によってこの二つの状態は和解に持ち込まれる。記号論的に整理するとこういう風に説明出来るメロドラマの定石を菊谷栄は確実に打って、この作品においては一応の成功を収めたと言えよう。

しかし、話はまだこれで終らない。蘆原の舞台批判は、前に触れたように、コレオグラフィに対して峻烈を極めているからである。舞台の立体的なイメージを喚起するために少し長くなるが、蘆原の言葉を引用してみよう。

「ヤンキイ若様」にはプロロオグをはじめとし、沢山の振附者の担当すべき部分が出て来るが、何れもまるで振附を心得てをらぬ人の振附としか思はれぬものの続出である。番組を見ると鹿島光滋とあるが、此の人は、レヴユウやオペレットの振附に対しては一向に心得がないらしく思はれる。

此の人に望むと云ふよりは申上げたいことは、レヴユウやオペレットの振附は、所謂芸術舞踊の振附とは全く異なつたものであると云ふことである。人を大勢使つても、それを無駄に使つては何にもならぬ。「ヤンキイ若様」のプロロオグなど、あれだけ大勢の人数を扱つて、無為無能に終つて了つたところ、筆者の如き〔は〕歯がゆさが嵩じて聊か腹立たしい気

◉山本嘉次郎監督『エノケンのどんぐり頓兵衛』、エノケン（左）と中村是好

持ちをさへ覚えた程である。（前掲誌、同頁）

蘆原はただ漠然と不満を表明しているのではなく、具体的に次のように、舞台の振付の致命的な欠陥を挙げている。

どう云ふところが最も致命的な欠点であるかと云えば、登場人物を凡て同じに扱つて了ふところである。ガアルズやボオイズにシムメトリな動きをさせて、ユニフォルミテを見せることは結構である。併し、プランシパアル〔主役〕を演ずるヴデット〔エノケン〕にまでボウイズとガアルズと同じ動きを要求することは非である。これはヴデットを一向に光らせぬことであり、単調さを来すものである。

（中略）

誰も彼も十把一からげと云ふ振附には絶対に組し難い。それから此の人の振附が如何にも単調であり、平面的であることも大きな欠点であ

る。（前掲誌、同頁）

宝塚が白井鐵造というニューヨーク及びパリにゆっくりと遊学して彼の地のレヴューからたっぷり学んで来た肌目の細い演出家を擁し、たっぷり金をかけたグランド・フィナーレで人目を愉しませていたのに較べて、余りにも淋しい出来上がりだったらしい。

エノケン一座は、エノケンを擁し、菊谷のような知的な勉強家に支えられ、和田五雄、波島貞、大町竜夫のような練達の脚本家を擁したという以外に、確かに傍目《はため》に見て大きなハンディを背負っていた。ついでながら『ヤンキー若様』に続く、『団栗頓兵衛』はマゲ物で、舞台で成功を博し、映画にもなり（山本嘉次郎監督『エノケンのどんぐり頓兵衛』）、今日に至るもエノケンの魅力を伝える直接のよすがとなっている。

内田岐三雄のサーカス道化論

ところで、この頃の『キネマ旬報』には、極めて質の高いショー情報が掲載されている。これは同じ頃刊行されていた『宝塚』についても言えることはすでに見てきた通りである。ここには、例えば、内田岐三雄のアトラクション講座が載せられている。この連載講座は、第五百六十号（昭和十年十二月一日）では第五十九回、「第六章　サーカス」のうちの六となっているから、たいへん息の長い連載であったことがわかる。

内田のサーカス道化論は、その視野のよさで我々を瞠目させる。今でこそ、道化を語ることは当たり前の知的現象になったが、一九三〇年代の後半から六〇年代の後半に到る三十年間の間、我々は日本語によって、こうした視点が展開されていたということをほとんど忘れていた。パリに滞在した内田は、そこで観たサーカスのうちで一番感心したのは、クラウンであったという。

また内田は、「クラウンの出し物こそは、恐らく伊太利喜劇〔コンメーディア・デッラルテ〕の今日に残された最も尊い芸術である」と断言してはばからない。そして、パリのサーカスは「このクラウンあるが故に素晴らしい」と続けるのである。内田はアメリカのサーカスではリングが大きいから、クラウン芸は視覚効果を狙ってメカニックな集団演技になってしまったことを残念がってもいる。クラウン芸を見たことのない人にクラウン芸を説明する困難さをもどかしがりながら、内田はクラウン芸を次のように定義する。

クラウンは一口で言えば、エクセントリックな芸術家である。彼等は途方もない、狂人じみた軽口をとばす、パントマイムを演ずる、アクロバットも出来る、各種の楽器に秀でた音楽家でもある。（一〇一頁）

そうした前提を述べた上で、内田はレオニード・アンドレーエフ原作の『殴られる彼奴《あいつ》』の舞台や映画（ヴィクトル・シェストレム監督）、ウェルナー・クラウスの演じた映画『パンチネロ』（アルトゥール・ロビソン監督）、マルセル・アシャールのエッセイ「クラウンの技術」などに例を取りながら、クラウンの芸構成について説き及ぶ。普通サーカスのクラウン芸は、所謂クラウン（利口な道化）とオーギュスト（ど阿呆道化）で構成され、映画で知られたグロックはヴァイオリンを片手に演ずる一人クラウンと思われがちだが、実は彼の相手役として、かつてはクラウンのアントネがあり、彼自身はオーギュストだったと述べている。これは私にも新知識だった。ここでクラウンとオーギュストとは、我が国の万歳では太夫と才蔵、漫才のツッコミとボケのようなものであると言えば、日本の芸能の伝統と西欧の道化芸の対応をはっきり示すことが出来たのであろうが、その点、他の分野同様に紹介が先に立っていたということを考えるなら、仕方がなかったかもしれない。

内田は、「クラウンとは、優れた頭脳と、多年の苦心とから生れた、我等に親しい、智性の遊戯をする芸術家である」と、これまた超今日的な視点でこの文章を結んでいる。

エノケン一座の丸の内進出

この年（昭和十一年）の二月、エノケン一座は丸の内の有楽座で興行を打った。大入であったというものの、劇評はかんばしいものではなかった。この時は、大町竜夫『南風の与太者』、和田五雄『エノケンの法界坊』と並んで菊谷栄の『男性NO・2』が上演された。

当初は満員であったエノケン一座の丸の内進出も、結果においては失敗に終ったらしい。『キネマ旬報』第五百六十七号（昭和十一年二月二十一日）の劇評「ピエル・ブリヤントとムーラン・

ルーヂユ」で、双葉十三郎はいささか厳しい判断を下している。

双葉はまずエノケンの丸の内進出について「エノケン丸の内に現る、と、まるでキング・コングでも出て来たかの様な騒ぎ方で宣伝した甲斐もあってか目出度や有楽座は大入りであると云ふ」と書き出すが、その後すぐに「従つて、今度の公演は、億劫で今まで浅草へ行けなかつた人に彼の芸を紹介するといふ意義以外に殆んど何物もないのである」とエノケン丸の内進出は余り意味がないという判断を下す。この判断は、エノケンが浅草にいた方がよいという点に力点を置いているのか、丸の内は西欧化した、そして洗練された趣味の持ち主のサラリーマン層の亜文化が主流を占める空間であるから、進出したところで受け容れられるわけがないという丸の内側に立った否定的意見であるかは、にわかに判断し難いところがある。とにかく、双葉はこの厳しい判断を次に示す如く、菊谷にも適用する。

> 菊谷栄の新作「男性ＮＯ２《ママ》」は、非常にやつつけな脚本である。演出もよくない。物語が第一に無理にこぢつけたものであり、三太郎をとりまく人物の扱ひが体をなしてゐないのである。十景も使つて、随分ちよろつかな筋を組み立て、お寒く引伸したものだと思ふ。期待してゐた秀才菊谷栄のよさなんかこれつぽかりもないのである。台詞のナマなこともいかん、第五景に於ける三人の女中の扱ひは何であるか、舞台がともすれば空いてしまふのを唄と踊をあしらつて補はうとするのであるが、この唄と踊りの扱ひの惨めさ。番組の第二、第三で大活躍するためのウオーミング・アップ用の一篇であると云つてしまへばそれ迄であるが。

但し、NO・2といふ着想だけは大いに使へる。それ丈に余計あとがあまりにも旧い物語に入り込んでしまつたのを惜しむのである。（九五頁）

これでは、菊谷もかたなしである。双葉十三郎がそれ以前に菊谷の作品に接していたのかどうかは、この証言からではわからない。秀才菊谷と聞いて期待しつつ、手ぐすね引いて待っていたような様子も感じられる。いずれにもせよ、昭和十一（一九三六）年初頭の菊谷の調子は余り上がっていなかったようである。

二月の有楽座のエノケン一座については、内田三岐雄が『キネマ旬報』第五百六十八号（昭和十一年三月一日）に、「有楽座のエノケンの二の替り」と題する次のような劇評を書いている。

（前略）第三の「薔薇色紳士道」とて面白いものではない。エノケンと二村定一のコムビで二人が活躍するものなら、同じ型にあるものとして前回の「南風の与太者」の方をまだ買ふ。「南風の与太者」も凡凡たる脚本だが、今度の支離滅裂な脚本と構成に比すれば未だましで、そしてエノケンをして二回その精髄を発揮せしめる個所があつたゞけでも、取柄があつたと思ふ。ところが、今度のものは脚本も演出もバラバラな上にエノケンその者も、余りその妙技を発揮する機会を与へられてゐないのだ。

但し、「薔薇色紳士道」では筆者は菊谷栄が、時代を一つ前のロンドンに取りそこに二人の与太者を登場せしめたといふアイデイアだけは認める。けれども、このアイデイアを菊谷栄は、彼のジヤズへの好愛のために惜し気もなく叩き壊してゐる。

彼はこのオペレッタでは「アンニー《ママ》・ローリー」の時代と歌とが、ジヤズの世相と曲に移つて行くことを〔描くことを〕意図したと見るのであるが、実際の舞台の上では、前者は細々としてゐて作者は後者を急いで登場せしめるのに専心であり、そして後者〔ジャズ・エイジ〕を万能としてそこに理屈をいふのである。これは面白くないし、興が乗らない。筆者は、作者が寧ろジヤズを最初から棄てて、「アンニー《ママ》・ローリー」だけに目標を限つてくれたら、と思ふ。さうなると和田肇がジヤズ・ピアノを見せる場所がなくなるが、和田肇は和田肇として別の機会に取つて置くのである。

それから此の一座の音楽と歌とだが、これはどうも抑揚と変化とが乏しい。エノケンの動きに於ける縦横の弾力をこの方面にも及ぼして貰ひたいと思うことや切である。（一一一頁）

内田の意見で深刻なのは、エノケンの持つ動的な演技を生かし切っていないという点である。蓋し、この点が欠けるとエノケンを擁していることが宝の持ち腐れということになりかねないからである。歌に力点が行き過ぎると、どうしても動きのある場面の数が制限されるという事情があったのだと察せられる。

『PBエノケン』第三巻第一号（昭和十二年一月）の「PB一九三六年々報」には、この丸の内進出で劇団側はそれまで「極めて広告の貧弱な浅草になれた」（一八頁）ため、東宝の広告のすばらしさに驚倒したとある。劇評がそう芳しくはなかったにもかかわらず、興行成績は「すばらしいものであつた」（一八頁）とある。しかし、松竹との契約によって、昭和十一年中は再び東宝系には出ないということになって、エノケン一座は三月からは再び浅草に戻った。

エノケンのライバル・ロッパ

エノケン一座の失敗した丸の内で成功を収めたのは、古川ロッパ（緑波）であった。ロッパは、昭和八（一九三三）年、浅草常盤座で徳川夢声、大辻司郎、山野一郎、島耕二、小杉勇、岸井明、渡辺篤、三益愛子らと共に「笑の王国」を旗揚げした。そこで二年三カ月の間、昼夜二回の芝居を、ほとんど休みなしに続けたあとで、東宝専属となる。ロッパは元々初期の宝塚で少年俳優として舞台を踏んでいたから、古巣に帰ったようなものだと『東宝』第二十号（昭和十年八月）掲載の「自己宣伝以上」という移籍の弁とも言うべき文章で述べている。その中でロッパは、作者も兼ねると宣言する。ここがエノケンのつらいところだった。ロッパは、「古川緑波といふ役者は、古川緑波といふ座付作者を持つてゐるから幸せだ、と思はれるやうに、脚本のいゝのを、じやん〳〵書いてみたい」（五三頁）と言い切っている。

ロッパが有楽座に進出したのは、エノケン一座の前年、昭和十年八月の東宝ヴァラエティ第一回公演、八月納涼興行であった。この時上演したロッパ演じる国産ビール会社社長のガラマサどん（綽名）を主役としたユーモア喜劇『ガラマサどん』（佐々木邦原作、島村竜三演出）は、成功を飾った。この作品は、戦後の森繁久弥らが演じたサラリーマン喜劇の先駆をなす舞台であった。

演出の島村竜三はカジノフォーリーの作者・演出家で、戦後も新宿のムーラン・ルージュで見果てぬ夢を追いつづけた。いわゆる社会派で、カジノフォーリー居残り組に属し、やや硬直のきらいがあったが、ロッパの都市性《アーバニズム》を同時代の現実に結びつける働きをしていたと言えるかもしれない。

古川武太郎男爵の養子で、早稲田大学中退、雑誌記者としてサラリーマン経験者でもあったロッパは、丸の内のサラリーマン層が引き寄せられる要素をたっぷりと持っていた。昭和不況を経て、満洲事変をきっかけとした軍需産業主導の景気回復、とはいえ行きづまりを見せている社会のムード、こうした時代のための笑いという点で、ロッパのややエキセントリックな突っ込み的道化性は、丸の内に充分の観客を見出した。

ダイヤモンド社の社長で東宝劇場監査役でもあった石山賢吉が、『東宝』第二十一号（昭和十年九月）に「八月の有楽座」と題して、この旗揚げ公演評を書いている。石山はロッパの演じたガラマサどんを褒めているものの、「然《しか》し、あの芝居全体に対しては、お気の毒ながら讃辞を呈し兼ねる。脚色が悪いのか、演出が悪いのか知らないが、あの芝居は非常に単調だ」（一四頁）と述べている。この構成上の難点については、社会派島村の欠点が表面化したのかもしれない。

有楽座でのもう一つの公演『歌う弥次喜多　東海道小唄道中』（古川緑波作・演出）について石山は「全体的にも、部分的にも、色々の欠点があったにもせよ、確かに一種の、新しい喜劇の、体容《かたち》をなして居た」（一五頁）と、ロッパ劇の新しさを一応認めている。同時期のエノケン劇団がマンネリズムに陥っていたのと比較すると、ロッパの新鮮さが目立ったようだ。

ロッパは先の「自己宣伝以上」で大変意欲的なところをみせている。つまり、「これからは、勉強の暇もある。充分勉強して、思ふことを片ッ端からやつて見る気だ」（五三頁）として、次のようなロッパ・プランと称する勉強計画を示す。

脚本の他、演技、自作自演のトーキー（年に二本）、ラジオ、レコード、アトラクション、筆の仕事、ユーモア文学、エッセイ――文明批評・映画批評（「役者が批評をしちやいかんなんて言ふ人があ る。さうかも知れん。が、私の場合は、そんな狭い定義には従へない」）、声帯模写、漫談……等々と恐ろしく広い。「今に東宝が私を持つことを誇れるやうに、いや日本が誇れるやうになつてみせるぞ。うぬぼれるな、と言ふのか。然し、その位のうぬぼれが無かつたら、此の商売を私はやめる」（五三頁）という威勢のよさである。

エノケンにはこのような知性に裏づけられた自負の念はない。しかし、ジャズ・ヴォーカル、ヴァイオリン、アクロバット等では、エノケンが手を染めると可能ならざるはなしという天才ぶりであった。そういった意味で、エノケンは身体の知性においてはロッパの遙か上を行っていた。一方のロッパは、ぎこちなさを機械性のレベルに置き換えて演技の基礎にしていた。従ってロッパは、身体性という点では「ボケ」、知性においては「突っ込み」の二重構造の上に演技の領域を開拓していったが、エノケンは逆に、身体性では「突っ込み」、知性の方は「ボケ」に固執するというように二人は全く対照的であった。

ボケと言えば、ユーモア作家で『ガラマサどん』の原作者でもある佐々木邦が、『東宝』第二十五号（昭和十一年一月）の「古川緑波を語る」という文章の中で、ロッパの身体について、次のように語っている。

緑波君はあの通り柄が大きい。立派な大男だ。これは長所であると同時に或場合唯一の短所になることがあるだらう。（中略）

大男といふものは愛嬌がある。（中略）喜劇役者は愛嬌がなければいけない。この点緑波君は丁度誂へ向きだ。地からして愛嬌がある。弥次さんになつて舞台へ出て来ると、愛嬌がこ

◉エノケンはのちにロッパと共演している。これは昭和三十年九月、日本劇場で上演した『第二回東京喜劇まつり　アチャラカ誕生』のプログラム表紙（右がロッパ、左は柳家金語楼）

◉山本嘉次郎監督とエノケン
中央は女優若山セツ子

ぼれるやうだ。芸が好くても些《ち》つとも愛嬌のない人があるが、緑波君は違ふ。見物が初めから笑はう〳〵として待つてゐる。

緑波君は私の小説を時々上演する。柄を考へて、人物の大きいのをやる。私は脚本を書いたことがないけれど、その中《うち》に緑波君を頭に置いて一つ喜劇を書いて見ようかと思つてゐる。ユーモアの効果から言ふと、普通よりも大き過ぎる方が却つて効果のある理窟だ。「歌ふ弥次喜多」なぞも柄が小さかつたら、あれほど惹きつけなかつたかも知れない。大柄で行くに限る」（四二―四三頁）

これに対してエノケンは小柄であり、絶妙さで売ってきた役者である。突っ込みの身体でボケを演じ、素早い動きで相手を圧倒して結末に導くという構成は、エノケンに最もよく似合うものだった。実は、昭和八年頃までのエノケンの舞台は、こうしたスタイルであった。エノケンのこうした側面は、むしろその後のレヴュー舞台よりも、むしろ映画の方で生かされたと言ってもよい。生かしたのは、山本嘉次郎監督であった。

低迷する台本作者たち

さて、三月の演《だ》し物は菊谷栄の『流行歌六大学』と大町竜夫作『浪人と猫』であった。先にも触れた「ＰＢ一九三六年々報」には「六大学は四月一日一ぱいに続演されて昨年の「民謡六大学」の記録を遙かに破つた。けれども一般の評判は「民謡六大学」に及ばなかつた」とある。

事実、この月『キネマ旬報』第五百六十九号（昭和十一年三月十一日）でエノケン一座の劇評「エノケンの三月公演」を担当した真木潤は、六大学ものに対して、否定的な意見を開陳している。

六大学といふものは、野球だけでなく日本のレヴユーにも仲々好評だと見えて、エノケン一座で昨年あたり「民謡六大学」となつたばかりではない。ずつと以前は、松竹少女歌劇もいろいろと六大学を舞台の上から宣伝してゐた。これはひよつとすると、六大学とレヴユー劇団はタイ・アツプかなんか、やつてるんぢやないかな、とさもしい推量をしてみたくなつたりするかも知れん。それといふのも、舞台の上に六大学の校旗をブラ下げて、大学生活の呑気な愉快さを楽しませようとしてゐるからだ。

呑気なのはいいが、退屈なのは困る、と僕は思ふ。多分日本のレヴユーは、あまり呑気なことばかり考へてゐるから、つい自然と退屈なものになつてしまつたのだらう。これはたしかに、レヴユー本来の道にとつて、邪道へはまり込んだものに違ひあるまい。そうしたのんびりした退屈さや、甘つたるい悲しさなどは、こいつは一つ少女歌劇あたりに任せておいて、心ある作者は切迫した世相や、世の中の辛さから楽しさを探して来なければならんのだと思ふ。それが多分今の世では本当の楽しさなんだらうと、僕は思ふのである。（九七頁）

確かに、昭和十一年頃の大学は、学生運動の徹底的弾圧で、決して明るい雰囲気が支配していたわけではないから、陽気な歌合戦の場所としてだけ大学を描こうとする試みに対しては、この評者のような批判を招くことになるのは当然の勢いであったろうと思われる。

七月上旬のエノケン一座の演し物は、菊谷栄の『弥次喜多 奥州道中篇』と、同じく菊谷の『ミュージック・ゴーズ・ラウンド』で、十景もの二つが並んだ。『弥次喜多』について西村晋一は、『キネマ旬報』第五百八十四号（昭和十一年八月十一日）掲載の「素面のエノケン」で、少し前に歌舞伎座で猿之助と友右衛門が演じた同じ題名の舞台と比較して、散々にこきおろしている。『弥次喜多 東海道篇』上演の際、友田純一郎によって同じく猿之助と比較され、「猿之助の「弥次喜多」とは別な新しい興味をこゝに創始してゐる」として、「尊敬をさへ覚えた」とまで評価されたのとは格段の差である。

もう一つの『ミュージック・ゴーズ・ラウンド』は、それ程の悪評は蒙っていない。西村によれば、台本そのものはありきたりな常道をいったものだが、局部局部の演出が、気が利いているとして、次のように述べる。

（前略）エノケンの持つ一種のセンスが随所にのび〳〵と現れてゐてい丶のである。エノケンが少しも熱演をせず「舞台をわが家の如く」気楽に自然に振舞つてゐる。さういふ感じがこのオペレツトでは、特に濃厚であつた。それでゐて十分面白い。

平凡な台本とは言へ、その筋を表面に出してあざとく売らず、歌と踊りとギヤグとをあつさり持出してゐる簡素な構成も、夏らしい。さいうふ構成だけに、エノケンも、さらりとした、素面の面白さで気軽く動けるのであらう。

（中略）〔エノケンは〕生来のユーモリストなのだ。その「生来」の感じが、最もざつくばらんに、今度のオペレツトには現れてゐる。そこが非常にファミリアでしかも快適であつた。エノケンのみならず、他の傍役もこのオペレツトでは、いつものエノケン一座らしい泥臭さ、あざとさがない。これも筋が陰になつて、「芝居」らしい場面が、出来る丈控へ目に構成されてゐることのおかげであらう。

（中略）

ともあれ、格別の傑作ではないがこのオペレツトは、近頃の「感じのいゝ」見ものであつた。（八九頁）

この劇評では、菊谷は誉められたという感じは抱かなかったろう。好意的ではあるが、それは舞台そのものにであって、作者そのものに対してではない。

八月に入ってエノケン一座は新宿第一劇場に進出しているが、菊谷栄は相変わらず苦戦を強いられている。この時『キネマ旬報』第五百八十六号（昭和十一年九月一日）では久しぶりに蘆原英了が「ディガ・ディガ《ママ》・デュウ」と題してエノケン一座の劇評を書いている。この月の番組は、村瀬康一作『ファース・海に別れる日』、大町竜夫作『マゲモノ・ナンセンス　駱駝の馬さん』、菊谷栄作『オペレッタ　ディガディガ・デュウ』であった。『オペレッタ　ディガディガ・デュウ』についての蘆原の評を要約してみると、次の如きものである。

概観　傑作でもなく、愚作でもない中程度のもの。特に退屈もしないが、特に傑出している場面も、見せ場もあるわけではない。

筋　エノケンの主人公が一人の女に振られて、他の女と結婚するという他愛のないもの。すべてにわたって平板にすぎる。

作者の長所　場面転換に留意し、何でもかんでも平気で暗転や、カーテンを使う他の多くの作者に見られる安易なところがなく、いろいろと工夫を凝らしていて、成功している。音楽の使用法に相当の感心を持っていることがわかる。

音楽の使用法　ジャズ曲を主題として使っている割には、音楽の作品に対する喰い込み方が足りない。もっと池譲、津田純あたりの助言を仰ぐべきである。

振付　沢カオルの振付は、生気を欠き、新鮮味を欠き、ひたすらにこの作品に対してマイナスとして働いている。

エノケンについて　可もなく不可もなし。但し生彩に乏しい。

蘆原は続けて、いささかペダンティックではあるが、次のような的確な観察を加えている。

結局これを見て思ったことは、この一座に欠けてゐるものはオルディネエル（通常）の存在である。あるものは尽くエクストラオルディネエル（奇異）である。エクストラオルディネエルのみが存在して、オルディネエル然としてゐることが、此の一座の致命的欠陥であらう。

もつとまともな俳優が揃はなければならぬ。真面目に正攻法に演ずる俳優が必要である。その中にあつてエクストラオルデイネエルの王者エノケンは燦然と光るのである。二村定一、如月寛多、柳田貞一、尽くエクストラオルデイネエルの一味である。せめて女優に端麗なる美人が欲しいものである。（一八三頁）

エノケンを「エクストラオルデイネエル」というフランス語で押さえるのはいかにも蘆原らしい、洒落ていて要を得た表現のスタイルである。ここで蘆原が指摘しているのは、非日常のみがあって日常がないということでもあり、詩的言語ばかりあって、通常言語が弱いと言っているようなものである。この評言のあと、蘆原はやんちゃ坊主よろしくこの一座に欠けているのは知性とウィットであると言い切っている。この表現は決して的外れではないが、フランス帰りの傲慢さがやや顔を覗かせている。

九月の菊谷の『若き燕』も『キネマ旬報』第五百八十七号（昭和十一年九月十一日）掲載の西村晋一の評「憂い午後――エノケン一座九月上旬」で、「粗雑な作品」と決めつけられている。西村も「恐らく、これは余程匆卒の間に書き上げられた戯作であらう」（八〇頁）と同情的に評している。

どうも、この頃のエノケン一座の脚本家陣は低迷していたらしい。『キネマ旬報』第五百八十八号（昭和十一年九月二十一日）掲載の「エノケンには良き脚本を！」という原比露志のエッセイは、見るみに見かねた応援団がきつい一喝を喰わせているという感じのする文章である。原は文芸部の安易さ、エノケンを少しも生かしていないことを衝き、カジノフォーリーの成功の大半が、島村竜三、仲沢清太郎、山田寿夫等の脚本提供者にあったことを説く。そして同時代の新宿のムーラン・ルージュの魅力が伊馬鵜平、小崎政房、斎藤豊吉といった脚本部員の腕にあるということを強調している（九二頁）。

エノケンと菊谷の思い

菊谷台本の『十二色のジャズ』は、昭和十一年十二月に新宿第一劇場で上演された。
台本にある前書きによると、この年最も流行した音楽十二の色を各景の主題にし、「唄と踊りとナンセンスをスケッチ風な芝居で通したもの」とある。アメリカにジャズ研究のために滞在している二人の日本人（健ちゃんとベエちゃん）が仕事・恋愛などの喜び、悲しみに生きるさまを描いた音楽的な日記という触れ込みである。以下、脚本から要約してみよう。

第一景　プロローグ

開幕前、音楽「ピッコリーノ」の短い前奏で開幕。ハリエットとアリス姉妹、踊子大勢と合唱が「ピッコリーノ」を歌う。姉妹は一九三六（昭和十一）年のミュージカルを回顧しながら語り合っている。

今年は映画『トップ・ハット』のジャズで明けた。「ピッコリーノ」はこのミュージカル映画のフィナーレの曲である。映画の中では、昔懐かしい「ローズ・マリー」や「ショーボート」が新しい編曲で歌われ、愛唱された。そこで、これから『十二色のジャズ』と名付けて、今年愛唱された有名な曲から十二曲を選んでレヴューをやってみようと姉妹は説明する。

第二景　深紅色と黒との恋歌（『トップ・ハット』より）

灰色を基調としたホテルのベランダの前庭。音楽は「チイク・トウ・チイク」。ベランダで数組の燕尾服姿の紳士と深紅色のドレスを着た淑女が踊っている。

一同が退場すると、健ちゃんとベエちゃんが共に給仕の姿で現れて、同じ歌をうたう。ベエちゃんが気分を出して健ちゃんに寄り添うので健ちゃんは慌てて変な真似するなと言う。ベエちゃんは、貧乏な独身者にアメリカは刺戟が強過ぎると答える。健ちゃんは全然感じない、アメリカの女はえげつないから嫌いだと言う。ベエちゃんは、無理するな、ではどうして今の音楽を歌いながら気分を出していたのかと言う。

健ちゃん　僕は今の音楽それ自身に感激したんだ　むづかしくいふ即物的に……　一体僕のいふこと判るかい？

ベエちゃんが上品ぶるなと言うと、健ちゃんは「育ちのせいだよ」と言う。

ベエちゃん　お互ひにジヤズボオイだ　あつさりいかうよ

健ちゃん　僕は官立の音楽学校を出てゐるからねえ　どうしても上品になる

ベエちゃん　そんなに気取つてゐたいならアメリカへ来てジヤズを研究するのはよせ、ヨオ

ロッパへ行けよ
健ちゃん　それぢや日本へ帰つてから食つていかれない　第一………ウア………（発声して）
この声は渋過ぎて古典音楽には向かない
ベエちゃん　のぼせてゐるやうでもその点は悟つてゐるんだな
健ちゃん　イエス　根が利口だから
この時ベランダにレモン色のドレスを着たローラが現れて、今しがた変な声を出していたのは誰かと訊ねる。二人共もじもじして知らないと言う。ローラ、面白い声だったのに残念だと言いつつ退場する。
残された二人は、どこかで見たことのある顔だと気になっている。ベエちゃんが腕組みしたまま考えていると、健ちゃんはその頭を撫でてやりながら自分も考える。そのうちベエちゃんが、彼女が無名の歌手を拾って売り出すのが上手な、有名なキャバレー、コットン・クラブならぬ「ゴットン・クラブ」で歌っているローラ嬢だと思い出す。二人は慌ててローラを追いかける
（音楽「騙されているのじゃないかしら」）。

第三景　淡黄色の唄声（『踊るブロードウェイ』より）
レモン色の空、クローム黄の建物、前景のレモン色の釣枝
二人は追いかけるが、ローラは見つからない。健ちゃんは相変わらず気取っている。マラソン歌手じゃないからそんなに速くは走れない、いざ歌う時息切れしても困ると言う。健ちゃんが騙

されているかもしれないと言うと、ベエちゃんが「騙されているのじゃないかしら」を歌おうと言う。二人のデュエット。そこへローラが出てくる。二人の歌い方の違いが笑いを生み出す効果を狙っている。

ベエちゃんはます〳〵軽快なヂエスチユアとなり、健ちやんはます〳〵古典歌手のやうにしやちほこ張る　ベエちゃんの唄はペツプもあり、スウイングも烈しくついてゐるが、健ちやんの方はマアチでも歌ふやうにたゞスタカツトをつけてゐるだけである。

ローラはなかなか面白い声だと言う。ベエちゃんは健ちゃんを売り込もうとするが、ローラは「先刻訊ねたのはそんな意味ぢやありません　大さう面白い音色だが大さう悪い発音をしてゐたから注意して上げやうと思つて」と言ってベエちゃんを怒らせる。ローラはジャズの色が大事だと言う。

ロオラ　（中略）説明します。ジヤズを歌ふなら――どんな声を出したら理想的か……クラシツクでは無色透明な声が一番ですがジヤズでは少し色があつた方がいゝのです　レモン色……この壁の色位が丁度いゝでせう

健ちゃんが自分の色は何色かと訊ねると、ローラはコゲ茶色だと言う。健ちゃんは「ではどうしてもレモン色になりませんねえ」と言って悄気すると、ローラは努力すればカーキ色くらいにはなりそうだと言う。ベエちゃんが怒ると、ローラはベエちゃんの声が理想的なレモン色だ、ゴットン・クラブに紹介すると言う。健ちゃんはがっかりして、「国防色」になったらよろしく

と言って立ち去る。残った二人は、軽快なテンポでタップ・ダンスを踊る。（音楽「日曜日の午後」）

第四幕　菫色の姉妹（『踊るブロードウェイ』より）

うすいコバルト・ヴァイオレットで塗りつめた公園

菫色の衣裳を着た花売り娘達が大勢登場（音楽「日曜日の午後」の続き）。合唱をバックにヴァイオレットの衣裳を着たハリエットとアリスの姉妹登場。健ちゃんと姉妹たちの間で暫く日本の花について問答が続いた後、健ちゃんは花を二束買う。娘達は健ちゃんに留学生かと訊ねる。健ちゃんが自分の立場を説明すると、二人の姉妹は健ちゃんに興味を覚え、家へ来て日本文化の先生になってくれ、その替わりジャズの勉強を手伝うと言う。二人は健ちゃんにジャズの勉強をするなら気取らない方がよいと忠告する。全員退場。（音楽「日曜日の午後」）

第五景「ローズ・マリー」（『ローズ・マリー』より）

薔薇色一色に飾られたアーチ型の舞台。バラ色衣裳のコロンビーヌと白衣裳のピエロ、その後で黒衣裳のハーレクィンの三人のバレエ（音楽は「ローズ・マリー」と「インディアン・ラヴ・コール」を混ぜて使用）。ピエロは悲しいポーズのまま舞台を廻る。

第六景　緑のセレナーデ（『歌え今宵を』より）

舞台はヴィリジアンとエメラルド、即ちヴィリジアンの青葉とエメラルドの建物、同色の石の長腰掛。エメラルド衣裳のローラと白い背広のベエちゃんが肩を並べて腰かけている。

ローラはベエちゃんに歌えと言うが、ベエちゃんは近頃ジャズのフォックス・トロットよりクラシックのワルツを歌いたいと言う。

ベエ　（中略）まあ一辺《ママ》きいて下さいよ　ジヤン・キイプラが『歌へ今宵を』　ほらこの間封切りしたでせう　あの中で歌つたワルツです（音楽「吾が胸汝を呼ぶ」）。

ベエちゃんは歌に託してローラに対する恋心を表す。老紳士登場し、自分の娘達のところにも日本人のジャズ研究者が来ていると言う。但し、紳士はベエちゃんに娘達にはローラのところで会ったことを内緒にしてくれと言う。老紳士はローラのパトロンだったことが明らかになる。ローラと老紳士の踊り。前景のピエロ―コロンビーヌ―ハーレクィンの関係が再現される。

第七景　青いトゥダンス（『サンクス・ア・ミリオン』より）

青いカーテンまたはプルシアン・ブルーを基調とした丘の景色を描いたバック（音楽「丘に立ちて」）。女歌手、合唱隊、トゥー・ダンサーが入れ替わり登場（音楽「暗い日曜日」）。

第八景　暗い日曜日（ハンガリーの流行歌より）

バーントシエナとアンバーの暗い部屋、窓の外には教会の塔、曇った天気、壁には大きいカレンダーが赤い文字を見せている。

部屋には茶色の服を着た健ちゃんが誰かを待ちつつ、身支度を整えているが、鬚剃りに失敗して飛び上がる。やがてノックの音がするので戸を開けると、勘定書を持ったアパートの主婦が立って立ってる。次に現れたのはベエちゃんである。健ちゃんは失望する。ベエちゃんは強力なライバルがいて、失恋したことを告げ、アメリカの女はタチが悪いと言う。健ちゃんは一概にそうも言えないと答える。ベエちゃんは前と逆じゃないかと言うと、健ちゃんは心境の変化だと気取る。そこへ健ちゃんの待っていた相手から、今日は来られないとの電話が入る。健ちゃんは「暗い日曜日」を歌う。ベエちゃんが健ちゃんの剃刀傷に触ると、悲鳴を上げる。

第九景　白と黒（『カジノ・ド・パリ』より）

灰色の舞台。階段の上の時計は九時十五分前を指している（音楽「九時十五分前」）。ハリエットとアリス及び大勢のシルクハットに燕尾服の紳士が合唱して登場。タップ及び群舞を踊る。

第十景　コバルトの形見（『艦隊を追って』より）

コバルトの夜景。

ハリエットとアリス、健ちゃんが現れる（音楽「唄は合せて」）。ハリエットは父がギャングに狙われているので三人でイギリスに逃げることにしたと言う。アリスは、父は日本がドイツと協定を結んだためビールが入らなくなって高値を呼ぶというので買い占めて、ギャングに狙われるに至ったと説明する。健ちゃんは二人に形見をねだる。二人はコバルト色のネッカチーフと帽子を渡す。老紳士＝父、ローラ、ベエちゃんが登場。老紳士は愛人としてローラを紹介する。健ちゃんは「国防色のジャズだ！」と言う。老紳士はこれからギャングに会って五万ドル渡すと言う。健ちゃんは五千ドルくれたら上手くやってやると約束し、ベエちゃんと老紳士に耳打ちする。

第十一景　代赭の合唱（『ショー・ボート』より）

一方に代赭の煉瓦塀と倉庫、一方に川。

ギャングの親分とその手下、次いで健ちゃんとベエちゃん登場。ギャングは取り込み中と言って二人を追い払おうとするが、二人は実はスペイン革命軍に頼まれて兵器と弾薬の密輸入を図っているので、ピストルでも何でも売ってくれと頼み、親分をはじめ一同からピストルを捲き上げて立ち去る。老紳士が現れて、五万ドルは出せないと言う。ギャング達は身構えるが、ピストルは老紳士の手に渡っているので手も足も出ない（音楽「マラッカス」）。

第十二景　朱のルンバ

朱のカーテンの前、朱と白の衣裳を纏ったルンバ・ダンサーのデュエット。

第十三景　コミック・マラッカス

オレンジ色の舞台

健ちゃん、女の帽子を被り、青い襟巻をして登場。そのあとからアパートの持主の主婦、貸家賃を請求しながら出て来る。主婦は家賃代わりに健ちゃんの帽子と襟巻を要求し、二人は摑み合いのルンバ・コミックを踊りながら退場。

第十四景　エピローグ（「ミュージック・ゴーズ・ラウンド」）

オレンジ色の舞台はさらに豪華に変わる。タップ・チームが出て、全員登場。大合唱で幕。

音楽を色彩にたとえる趣味は、昭和六十（一九八五）年に日本で封切られたフェデリコ・フェリーニの映画『そして船は行く』の中に、オーストリアの皇女の声を色に読み替える場面があったが、それを半世紀前に先取りしていたことになる。また、同年に日本で封切られたフランシス・コッポラの映画『コットンクラブ』の舞台ともなった場所を、同時代的に「ゴットンクラブ」ともじっているところは秀逸である。

さらに、国防色、日独伊三国同盟、シカゴ・ギャングの禁酒法とのからみ合い、スペイン革命軍（人民戦線）等の時事的トピックスを、どちらかというと反国策的な視点で取り入れて、笑いに転化しているのが興味深い。

第五景の道化の三角関係のダンスによって次景の舞台を暗示するという趣向は、昭和七年十一月に浅草常盤座で上演された『近藤勇』（佐藤文雄名義）におけるそれと重なるものである。このときも菊谷はハーレクィン、コロンビーヌ、ピエロの三人を登場させていたから、菊谷好みの定型の一つと言えるかもしれない。

この作品には、欧米で学びたいという希望を抱きながら、それを実現出来なかったエノケンと菊谷、二人の思いが託されている。宝塚における白井鐵造の『パリゼット』の遍歴を想わせるが、生活の厳しさ、異文化接触というサブ・テーマが、必ずしも充分に展開されているとは言えないまでも挿入されている。

エノケンのだみ声を上手く使った趣向といい、若き頃のジェームズ・ギャグニー風の活劇を想わせる展開といい、健ちゃんモノの一連の流れに位置づけることの出来る作品である。最後を必ずしも成功者として描かず、狂言の「やるまいぞ」的な止めとしたのも、巧い効果を挙げ得たと思われる。

菊谷栄と音楽

中には『十二色のジャズ』のような佳作はあったとはいえ、全体として見るならば、昭和十一年頃の浅草のレビューは、足踏み状態に入っていた。この間の事情について、如月敏は『キネマ旬報』第五百六十二号（昭和十一年一月一日）に掲載した「レヴユウその他」と題する一文で次のように伝えている。

浅草のレヴユウなり、新喜劇なりが何故もつと面白くならないのか。僕はいつも浅草へ行く度に、失望して帰るのである。粗雑な脚本、無神経な演出、我儘な演技、そしてだらしのない振付など、書き出したら際限がない。

踊れる女の子がゐない。歌へる女の子もゐない。甚だしいのは、メイキアップさへ知らないのだ。基本教育も受けずに、見習で舞台に立つ。一日二回の公演、しかも次の公演の稽古やら何やらで、これは過重な労働であらう。だからみんな疲れ切つてゐる。

浅草にもい丶作者がゐる筈だ。菊谷栄はオペレットの大道に精進しやうとしてゐたことはあつたし、菊田一夫も、浅草的ではあるが、師匠サトウ・ハチローの衣鉢を享け継いで新喜劇の作者として、華々しく活躍したこともあつた。

僕は小柄な菊田一夫が、舞台稽古の夜、台本を叩きつけ、椅子を蹴つて、怒鳴つて欠字る元気を愛した。このひとは、本当に打込んでゐるのだと。だが、最近の菊田一夫には、そんな良心がないらしく見える。

（中略）

恐るべきは俳優のみでない。此処の作者は、脚本を一夜で書き上げることを常識としてゐる。警視庁への届出が辛ふじて間に合ふ。時には、ぶつつけにあげほんを書くひともある。そんな事ではいゝ脚本は出来ない。尠《すくな》くとも、作者が自分の仕事を愛するのならば、そんな良心的でない製作態度は許されない筈である。（二一五頁）

ここで指摘されているように、菊谷のかつての努力は評価されているにしても、菊谷らを呑み込もうとしている濁流の流れも強かった。興行資本の出し惜しみによる資金不足、過重なノルマ、舞台に映画の如きスピードと変化を求めたに違いない観客等々の劣悪な条件は、よほど舞台を愛していなければついて行けない程のきついものであった。

如月敏の観察は、当時のレヴューの世界に対して最も的確な判断を下していた一人である友田純一郎によって「ヴリエテ暦」（『キネマ旬報』第五百六十二号、昭和十一年一月一日）の中で次のように裏付けされている。

さらに、ショウに対してわれ〳〵が求める多彩な興味が、一向に充たされない有力な原因は、各劇団が未だ社会的には一流の劇団として認められず、従つて強大な経済的な背景を持たないこと並に組織が原始的であることだ。（中略）エノケン一座が松竹・東宝の双方に交互公演する契約が成立したとしても、この有力な劇団ですら、少女歌劇ほどの大衆の支持もなければ、有力な経済的並に舞台的条件もない。エノケン一座は過重な興行に終始あえいでゐるし、（中略）「レヴユウは金だ！」とは誰の言葉だか知らないが、資本なくして豪華なエンタテイメントは先づ生る可くもないし、資本の稀弱な上にシヨウを上演する各劇団の組織編成が、なによりも俳優偏重主義で、歌手、舞踊、オーケストラ、合唱団、或ひはヴオードヴイル芸的なもの並にブレーン・ワーク（脚本・演出・企画）を軽視してゐると云ふ原始的な状態なので、われ〳〵はシヨウを見に行きながらも、舞台から受取る娯楽は殆ど笑劇的なものに限られてゐる。（二二〇頁）

表現している言葉は少々きついが、友田はレヴューへの思い入れが深く、レヴューの経済的な基盤の脆弱さにもどかしい思いを抱いているのが手に取るようにわかる文章である。友田の整理するところによれば、当時の笑劇的ショーには演劇の新しい形態を意欲的に追求していた「ムーラン・ルージユ」「東宝ヴアライエテイ」に見られるような曾我廼家劇の延長のようなもの、「笑の王国」のように「猥雑なバーレスク調」のものがあった。これらの劇団は、客を楽しませるのに押しなべて笑劇的な効果以外の武器を持っていなかった。こうしたレヴュー劇団の中で、ピエル・ブリヤントの占めていた位置を友田は次のように述べている。

（前略）たゞピエル・ブリヤント（通称エノケン一座）だけは、喜劇団的な組織にいさゝか少女歌劇団的な組織を加味してエノケンを主役とした音楽喜劇を上演すると云ふ明確な目的を持つて、他の劇団に比較すれば遙かに変化に富んだ娯楽舞台を常に現出してゐる。（二二〇－二二一頁）

さらに友田はこのあとに続けて、次の如くピエル・ブリヤントの力を注いでいた音楽への一瞥をくれるのを忘れない。

かなりアメリカ的な、ジャズ・バンドらしいジャズ・バンドを持つてゐるのも、他の劇団には見られない特色である。それに適しい歌手なりステージ・ダンサーなりを持たない欠陥は、その種の芸人の少い現在、資本的条件を完備する迄は看過す可きことであらう。レコード歌手は、多いが、ステージ歌手は皆無の状態であり、舞踊界はひたすら貴族主義的な芸術舞踊にのみ走つて、大衆的な舞台舞踊には見向きもしない。舞台舞踊家と振付者が貧困してゐるのもこの為め故である。とは云へ、エノケン一座は音楽喜劇を上演する目的と組織とを具備する意味で、新しいシヨウの団体として、最も明確な劇団的輪廓を持つものであらう。（二二一頁）

この劇団のジャズ音楽の水準については、瀬川昌久の『ジャズで踊って』の中の次のような証言もある。

宝塚、松竹のマンモス人員を擁する少女歌劇を別にすれば、すべてのレヴュー団のなかで、音楽とダンスの面でピエル・ブリアント一座が最も優れているという定評があった。ＰＢ

（ピエル・ブリヤント）管弦楽団といえば、海外からくる新しい曲のスコアを、いきなり、らくに演奏してのけるほど、優れたバンドだった。ダンシング・チームも、「コンチネンタル」のダンスで、楽しいスペクタクルを見せて評判だった。（二一〇頁）

瀬川は特に菊谷の音楽に対する入れ込みようと純粋な情熱について、次のように記している。

（前略）エノケン一座の劇団としての性格づけを、音楽喜劇の方向においたのも、彼の努力によるものであった。彼は、浅草六区の芝居小屋の座付作者のなかでは、際立って向学心に

◉ PB アクターズ・ジャズ・バンド

燃え、レヴューを愛していた。夜も更けた松竹座のオーケストラ・ボックスのなかで、ただ一人ピアノを弾きながら、ピアノとアメリカ音楽の勉強に骨身をけずり、暇を見ては近代劇全集を読破して、知識を吸収していた。（二一二―二一三頁）

菊谷がピアノを弾いていたという話は他では知られていないから、ピアノについてのこの記述は、たぶん瀬川の誤聞であろう。菊谷のジャズまたはアメリカ音楽への接近は、全面的にレコードによるものだったらしい。現在青森市の菊谷家に残るジャズ・レコードの一覧表を付録として掲載しておいた。まさしく菊谷は『上海バンスキング』（斎藤憐作）に描かれたジャズメン、及びそれを取り囲む人々のルーツ的な存在だったと言えるかもしれない。

瀬川のような的確な、そして高い評価は四十年を過ぎてやっと書き記されたものであるが、友田の例を除けば、一般的に音楽に対して言及する批評家はほとんどいなかった。もどかしがった菊谷自身がたまりかねて、『ＰＢエノケン』第一号（昭和十年十二月）の「近時雑感」で次のように発言をしているのは、留意しておいたほうがよいだろう。

いろ〳〵なレヴユウの批評家達が、この点〔音楽の技術的な部分〕をビシ〳〵言つてくれると有難いが、なかなかこの点には触れない。そして筋だの、変なギヤグには大さう力んで批評してくれることは実に物足りないと思ふ。

僕たちは新しく輸入される楽譜や、レコオド――どちらもジャズ――殆んど全部目を通してゐる。勿論斯うしなければ新しく優秀な楽譜などは手に入らないからだ。

けれども批評家達は新しい楽譜などは恐らく買はないだらうと思ふ。又買はない迄も楽譜輸入店へ行つて見せて貰ふ事さへしないだらう。見せてくれといへば何処の店だつて只で見せてくれるのだ。

○

批評家が熱心にいつてくれるので随分僕達の仕事も良くなつて来たと思ふ。だから更に音楽のことを鋭くいつてくれたら、音楽的に日本のレヴユウはどん〳〵進むだらう。

——この編曲はなか〳〵なものだ——とか——この音楽は楽しめた——の程度ならファンが客席でいつてゐる。批評家はもつと突込んで貰ひたい。

音楽なんかどうでもいゝ——なんて思つてゐるレヴユウ批評家は一人もゐない筈だ。（一〇一～一一一頁）

この一文からも、菊谷たちの気負い方が並大抵のものでなかったことが読み取れよう。

さて、友田純一郎は前述の「ヴリエテ暦」という昭和十年度のレヴューの回顧で、菊谷をめぐるエノケン一座の成果について次のように述べている。

エノケン一座は音楽喜劇を上演する目的と組織とを具備する意味で、新しいショウの団体として、最も明確な劇団的輪廓を持つものであらう。去年の出しものを調べてみても、菊谷栄はレヴユウ「民謡六大学」を、大町竜夫は音楽喜劇「大学漫才」を、和田五雄はまげもの、スペクタクル「紙屑屋」を、書いて、成果はとにかく作品の形式としては独創的な仕事をし

てゐる。（中略）浅草でレヴユウらしいものを始めて書いたのが菊谷栄である。（二二一頁）

双葉十三郎の菊谷栄讃

劇評から窺う限り、長い間低迷を続けて来た菊谷は昭和十二年四月の二の替わりで『山猫の春』という傑作を書く。『キネマ旬報』第六百九号（昭和十二年五月一日）掲載の「軽演劇管見」という劇評で、かつて菊谷を徹底的にこき下ろしたことがある双葉十三郎は、この作品を両手を挙げて歓迎した。

双葉は、まずエノケンは大好きであるが、時代劇が大嫌いなので、いかにエノケンでもマゲモノは見る気がしないと断り書きした上で、菊谷の『山猫の春』は愉しく観たとして次のように評する。

筋書は簡単で、或るレヴユウ団の親方は立候補するために一座を解散しエノケンも馘《くび》になるが演説会には聴衆も集らぬし当選覚束ないのが解つて再び一座を組織する、といふだけのことである。役らしい役もなく二村定一などエノケンの旧友として現われるだけである。

然しながら、この小さなミユウヂカル・コメデイは肉付けが非常に本格的なのである。プロロオグには色々な唄と踊りがあり、次の景では観客席の書割でこれが舞台で演ぜられているることが示され、其処で解散の宣告が下される。次いで第三景では二村以下の会社員が恋を求めて歌ひ、失業した山猫君（エノケン）が現れベンチで故郷の恋人カメを想ひながら寝る。その夢が暗転で第四景の牧場の陽暮れとなり田舎娘をあしらつた山猫君とカメ（宏川光子）のデユエットがあるが、これには山猫君がカメと思つてベンチでルムペンを抱いてゐるというオチがある。第五景が喫茶店の前でダンシング・チームの踊りがあり浪花節まがひの山猫君の唄。第六景は街路で二村が「影を慕ふ」（チエイシング・シヤドウス）を唄う。第七景東京駅前ははじめボオイ達を背景にした留以と愛宕のタツプがあつて後山猫君の故郷の人たちが東京見物にやつて来る。第八景は演説会場で親分は改心する。そして目出度く第九景のレヴユウの舞台となり踊りと歌が続くのである。

こうした構成の比較的丁寧な紹介に続いて双葉は、次の如き菊谷に対する賛辞を連ねる。

　私はすこし細かく述べすぎたかも知れぬ。が、これは、この作が如何に堂々たる構成を、といふより正式な構成を持つてゐるかを知つて頂くためである。

この後、双葉は舞台が生彩を欠いていたのは、菊谷のせいではないことを強調する。

　斯うした生彩の無さは兎も角として、私は相当この作を楽しんだ。菊谷氏らしい甘さが随所に溢れてゐてい丶気分なのだ。前に述べた通り各景の配置も申分ない。個々の場面について云へば、圧巻は第九景の〔エノ〕ケン氏と二村が幼稚園の生徒に扮して唱ふところである。これは万場《ママ》の観客が思はず万雷の拍手を送つた程で、呼吸の良さと云ひ、少女歌劇その他を全部包含して最近の傑作場面である。私はこの場のケン氏と二村氏に花束を捧げる。これに先立つて大谷と愛宕がルムバを勇ましく踊りぬくが頗るエロテイクな感じを伴ふ振付である。私は此処にもこの一座に独自な何物かを見出し得る余地があるのではないかと思つた。（八五頁）

長い間のスランプを克服して菊谷が再びその本領を現した現場に立ち会った劇評家の感動が綴られた此の一文には、劇評家の歓びが極く素直に表現されている。

この頃、エノケン一座のマンネリズムという言い方は極一般的になっていたが、友田純一郎は、こうした趨勢の中にあって、敢えて座付役者の重要さを強調して『キネマ旬報』第六百二十一号（昭和十二年九月一日）の「座附作者の「力」」という一文に次のように認めている。

　劇団に於けるスタアの力が重大なことはどう否定すべくもないが座附作者の力がスタアに次ぐことは座附作者自身も劇団当事者もまるで意識してゐないやうである。例へばエノケン一座からエノケンを抹殺したらこれが《ママ》商業用劇団として成立しないが、エノケンの代りに菊谷、大町、和田の座附作者団を東宝あたりに引抜かれたとしたらどうか？興行者や役者は、スタアと違つて作者の代りはいくらでも代用品があると心得てゐるかも知れないが、約六年間にわたつて、エノケンのパーソナリテイを研究して来た菊谷、大町、和田の座附作者達は演劇界人多しと雖も求む可くもないのである。何故なれば、軽演劇とは所謂演劇とは違つて特殊の感覚と技能とを有するものだし、況んや座長のツボを知るが如きは、永年の座附作者的感覚の所産と云ふの他はない。もつともさうした一面の長所が或意味では座附作者の軽演劇作家としての短所にもなつてゐるが、いまはそれに触れず、俳優に較べて遙に報ひらることなき座付《ママ》作者の特殊技能を僕はこゝに取揚《ママ》げて置きたいのだ。

これは、エノケン一座をひいての一例にすぎないが、軽演劇の興行師は相当な座附作者を待遇するにちよいと顔のきれいな中堅女優程度のこととしかしない原始的な現状なので、一流の座附作者は劇団のスタア格に必《ママ》肩する特殊技術者であることをこゝに強調しておく所以である。（八〇頁）

こうした特殊技能者としての座付作者の問題は、ともすれば、劇評家も忘れがちなのが実情であったし、蘆原のそれに見られるように、啓蒙的に自らの持つ欧米の基準を拠り所として断定的に裁断する傾向がなかったとは言えない。こうした時、友田のこの一文は、日本のレヴュー芸術の発展において座付作者の占めるユニークで重要な地位について、誠に力強い援護射撃であったと言えよう。

菊谷栄最後の台本

昭和十二年九月の新宿第一劇場の『ノウ・ハット』は、菊谷栄がエノケンのための台本を書いた最後の舞台となった。この舞台のあと菊谷には召集がかかって中支戦線に送られ、そこで還らぬ人となるのである。この舞台については『映画とレヴュー』第三巻第四号（昭和十二年十月）に掲載された旗一兵による劇評「戦時下の軽演劇」がある。旗は丸の内のサラリーマン層を目標に昇る陽の勢いのロッパ劇団に対して、エノケン劇団の見るも無惨な凋落ぶりを強調して「浅草を風靡したエノケンの没落には分析すれば幾多の原因も有らうが致命的なものは（中略）スタッフの膠着であらう。ヴアラエテイ団が融通無碍のヴアラエテイを失つた時ほど惨めなものはない」と述べ、これに比してロッパ劇団は、「飽くまでヂヤーナリスティックな動向に終始しスタック〔フ?〕を流動的なものにしてゐる」と述べる。

このあと旗は、エノケンの努力にもかかわらず「古い枠」が彼を取り囲んでいるため「新しい感興が少しも起らない」と続ける。そして『ノウ・ハット』には次のような厳しい評価を下している。

> （前略）「ノウ・ハット」は作者の菊谷栄君が上演間際に出征したのでいろ〳〵の手違ひを《ママ》有つたらうが、プロットの骨組みが剝き出しになつてゐて些かも風俗詩的なニウアンスがないのと、沢カオルの振付のだらしなさが索然たる印象を与へる。ノウハツト、ノウ・ネクタイの溌剌とした風俗は頗る現実的だが、出て来る人間に一人も現実的な性格を与へてゐないのは、いくら音楽喜劇でもその作劇態度に於いてエノケン一座の足踏みを示す以外の何物でもない。（九七頁）

ここからは菊谷が粗削りの台本を書いたらしいことはわかるが、この台本を私は眼にしていないので、旗の証言に従う他はない。但し、「菊谷栄年譜」（『ツガル・ロマンティーク　陽炎の唄は遙かなれども』上演パンフレット）の昭和十二年七月のところを見ると「黄だんで倒れ、療養」とあり、菊谷が肉体的にも相当に厳しい状況に追い込まれていたことが想像される。

これは何度も確かめてきたことだが、菊谷の才能は長年にわたる過重なノルマのためにすり減っていた。菊谷は勉強家であったが、劇場に釘づけの生活を長期間強いられてきた。東宝傘下にいて小林一三の庇護を受けてきた白井鐵造との労働条件の違いが次第に表面化していたと見て間違いないだろう。

第七章　菊谷栄戦場に死す

菊谷○隊長

『キネマ旬報』第六百三十号（昭和十二年十二月一日）の「短信一束」という欄に、菊谷の劇団葬についての記事が突如として掲載される。

上海戦線で壮烈な戦死を遂げたエノケンの作者菊谷栄氏の葬儀は十一月廿九日午前八時より十時まで浅草菊屋橋宗円寺に於て、ピエル・ブリヤント劇団葬として執行された。（三〇頁）

この年の七月、盧溝橋事件が勃発し、日本は中国と泥沼の戦争に突入していった。菊谷は予備役であったため九月に、青森第五連隊より召集令状を受けとった。菊谷は伍長として入営した。青森駅を発つべく市中行進をした際、菊谷は分隊長の位置を占めていたという。

この召集の際、エノケンは映画『エノケンの猿飛佐助』（岡田敬監督）の撮影のため妙義山中にあったが、報せを聞いて急いで帰京した。しかし、菊谷はすでに青森に向けて発った後だった。この頃、ちょっとした意見の食い違いから、菊谷はエノケンから少しの間離れていたらしい。こうした状態で別れなければならなかったことをエノケンは後々まで悩んでいたと和田五雄は言っている。

菊谷が他の将兵と共に品川駅を通過したとき、エノケン一座は新宿第一劇場で、菊谷の遺作になった『ノウ・ハット』を上演中であった。舞台に上る前にエノケンは一通の電報を受け取った。文面は「コンヤ　八ジ　シナガハエキツウカ　キクヤ」というものであった。

舞台に上がったエノケンはどもる口調で、客に菊谷栄が軍用列車で前線に向かうために品川駅を通過するので、舞台の中断をお許し願いたいとひれ臥し、頭を舞台の床にすりつけてお願いした。こうして座員と共に品川駅に駆けつけたエノケンは、菊谷の部隊長に、菊谷は日本のレヴューに大事な人だから必ず生還させてくれるよう頼んだ。部隊長がレヴューを国賊の技芸ぐらいにしか思っていなければ、何の意味もない懇願であったろうが、少なくともエノケンの名前くらいは部隊長も知っていたろうから、意のあるところは汲み取ったのであろう。彼は手を振って「わかった、わかった」と言った（牛島秀彦『浅草の灯 エノケン』一四二—一四三頁）。

菊谷は前線からピエル・ブリヤントの後輩劇作家、池田弘に宛てて次のような手紙を書き送っ

◉軍服を着た菊谷栄

ている。

——戦地に居てレヴユウの事ばかり考へてゐます。

どしどし書いて下さい。

私は帰つてから書くオペレツタを考へてゐます。私の今迄やつて来たものは全部駄目です。これからはもつと社会的な（ちと大袈裟ですが）日本現代オペレツタでなくてはなりません。それも全作品で。新喜劇結構、あなたの好む道へはどしどし進んで下さい。けれどもオペレツタやレヴユウも、もつと研究して、どしどし書いて下さい。（「菊谷さん・さよなら」『新喜劇』第三巻第十二号、昭和十二年十二月）

この他、牛島秀彦は『浅草の灯 エノケン』の中で、次のような菊谷が戦地から友人たちに送った書簡を紹介している。

大町竜夫宛

「今こそ本心を語りたいのです。忘れようと努めて忘れ得ない愛着のレヴュウです。僕は敵弾にたおれる最後の時迄レヴュウ人として、ものを見るでせう……」

和田五雄宛

「思い切って良いお仕事をなすって下さい。御身御大切になさいまして準戦時時代のレヴュウ界の為めに御奮闘下さいまし……」

志村治之助宛

「……僕は死ぬ迄レヴュウ人としての仕事を忘れない……」（一四三―一四四頁）

菊谷の属した工藤部隊は、広島、朝鮮経由で中国に渡り、中支の石家荘の先の順徳と南和の間の河郭鎮で、十一月九日、菊谷は頭部貫通銃創のために戦死を遂げた。享年三十六歳であった。

当時従軍記者として前線にあった竹内俊吉は、、十二月十一日の『東奥日報』に「河郭鎮の戦闘六 菊谷栄君の戦死」と題して、次のような菊谷の戦死の前後の様子を書き送った。

菊谷君の〇隊は、工藤部隊の最左翼を承り河郭鎮の北方から迂回して唐荘、田荘、鄭《てい》荘、西韓の線に出で、敵の退路を断つて南和攻略に一大効果を挙ぐべき重大責任を帯びて出発したのであるが、千田〇隊は殆ど独立行動隊の如き任務であつた――午前九時頃順徳を出るとき菊谷〇隊長は部下に

『けふこそ…うんと…思ひきり働くんだぞ、良いか』

と訓示した

◇

北豆村を出て昼飯を食べ、愈々戦闘に臨んだのは午後一時半頃であつた、ある部落を出て向ふに田荘部落が見えたとき、高粱畑の向ふに五、六人の怪しい人影が見えた、と見るとすぐ左側から

ババアン
と来た、敵は相当の兵力である、高粱に打ちあたる弾丸の音はバラッバラッと、恰も霰の音だ
『○隊長注意、各○隊の連絡が大切だゾ』
千田隊長の声が響く
こちらも散開して、射ちつつじり〳〵と進む
敵はなか〳〵頑強で、退く風も見えない…
『よし、かうなつたら突撃体形で進まう』
菊谷○隊長の命令一下、○○隊長はウワッと突撃の喊声をあげて一気に百米を前進し、こゝでまた伏せイをして射つた、敵はこの気勢に呑まれて狼狽の色を見せ、矢鱈に撃つて来る
『弾丸は…よく狙ひを定めて射つんだぞ』
菊谷○隊長の注意
◇
そのとき敵の射撃の方向が少し違つて来た、明かに相手の陣地が動揺し位置を変へつゝある証拠だ、機敏なる菊谷○隊長は早くもそれを見て取り
『○○○隊……右斜に向きを変へ……前進』
と号令をかけ、自分が先頭に立つて、三十間程ある高粱畑を越え、敵を射撃し易い線まで出

て
『この線まで出よ』
と号令し、○隊の兵を見るために右の方へ顔をねぢ向けたときブスッ
菊谷君はどつと倒れた
鮮血は見る〱顔中を朱に染めた、菊谷君は左手で眼のあたりを押へ、ううんと苦しさうに
唸つた
敵の弾丸はます〱激しい
『○隊長殿』
兵達は○隊長の負傷を案じて寄つて来るのを菊谷君はかすかに手を振つて拒んだ
『俺よりも……敵を見よ』
その気持は兵達にすぐわかつた、菊谷○隊長に特に親しんでゐた神山清作君（小阿弥村）が
『○隊長殿』
と寄つて行くと
『オイ……しつかりやれ』
と言はれ、神山君もその佷戦に立向つたが、そこから数歩で神山君もまた右腕と脛に二弾命
中して倒れた、菊谷君と五間も離れてゐなかつたので、神山君は○隊長負傷の場所に這ひ寄
つてもう一度

『菊谷○隊長殿』
と呼んだが、もう返事がなかつた、時計を見ると午後五時五十分、暮色蒼然とした中に銃砲の音のみが凄じい
『○隊長殿が戦死です』
神山君は叫んだ、『あの親切な○隊長が戦死した』神山君の眼からは大粒の涙がハラ〳〵と落ちた、二、三の兵が数歩引返して来て菊谷君を抱きあげた
『○隊長殿、○隊長殿』
もうこと切れてゐた、見れば左コメカミから右眼のあたりへ小銃の貫通である
かうして菊谷栄君は母荘部落手前の高粱畑で彼の三十六年の生活を御国のために終つたのである（威県にて……）

この具体的な敬愛に満ちた描写は、菊谷が最後まで如何に健気に振る舞っていたかを生き生きと再現している。確かに菊谷の闘った戦争は空しい戦いであった。菊谷がそうした戦を素直に自らのものにして、従容として死に就いたことに批判がないわけではなかろう。しかし生き残った者に較べて菊谷が得たものは何もないのである。

顧みれば、レヴューの世界で、菊谷ほど損な役回りを演じた人も少なかったと言えるかもしれない。菊谷を取り巻く批評家たちが欧米に遊学した人士が多く、演出家でも白井鐵造のように長期間の洋行に恵まれた人もいた。そのような運にも恵まれず、これらほとんどの人が戦後まで生

き延びたにもかかわらず、菊谷だけは一人貧乏籤を引いて前線に赴き、短い生涯に終止符を打ってしまった。

竹内俊吉が、菊谷の戦死の現場に到着したのは、死の二日後、菊谷の遺骸が荼毘に付されているときのことであった。

遺骨が帰って来たのは、同じ年の十一月二十九日のことである。エノケンはジャズによる劇団葬を行った。この時当時の人気歌手上原敏が「声なき凱旋」を歌った。

菊谷栄没後の評価

エノケンは昭和十七年夏、菊谷栄の追善興行のため青森市に来た。燕尾服にシルクハット、ステッキの服装で、報恩の礼装というでたちであったという。油川の明誓寺の菊谷家の墓に参ったエノケンは「先生！」と絶叫し、墓に伏して泣いた（小館保「青森県の劇作家1　県立図書館文化講座から　菊谷栄」『東奥日報』昭和五十五年一月三十日）。

当時の『東奥日報』（昭和十二年十一月十八日）は「演劇界の大損失――堅い決心で出征戦死の菊谷栄君」と題して、次のような死亡記事を掲載している。

（前略）殊にエノケンとはカジノフオリー時代からの専属でその軽妙なる筆致とたくまざるウイツトの溢れた脚本はエノケンをして今日あらしめたと言へる、（中略）我国の喜劇作者で五郎、五九郎等の役者兼口述作家の後に生れた最初の職業的喜劇作者であり、又現在勃興しつゝある新喜劇運動に新らしい指針を与へた人としてかの新劇の雄友田恭助とは異なつた意味で氏の戦歿は演劇界の大きな損失であらう、（後略）

菊谷の没後も、菊谷の評価は二分した。

雑誌『新喜劇』は第三巻第十二号（昭和十二年十二月）を「菊谷栄・金杉惇郎追悼号」とした。この同人誌の発行者は、カジノフォーリーゆかりの島村竜三であるが、この特集号の編集後記は奇しくも穂積純太郎の名で記されている。何故奇しくもと言うかというと、この菊谷訃報の部分を書く二日前（昭和五十九年七月十三日）に新聞各紙夕刊はこの穂積純太郎の死亡記事を掲載していたからである。

『毎日新聞』は穂積について、次のように記している。

九年に新宿ムーラン・ルージュ文芸部に所属、古川ロッパ一座脚本部を経てフリーになり、脚本やユーモア小説を執筆、戦後はラジオドラマ「赤胴鈴之助」の脚色、戯曲「無頼官軍」のほか演劇、映画、テレビの評論活動をした。

つまり穂積はほとんど菊谷の同時代人であったと言えるのである。

『新喜劇』の「編輯後記」に穂積は次のように記していた。

金杉惇郎氏の追悼号を出す計画は、前号からの予定であつたが、突然のレヴユウ界の名将菊谷栄氏追悼の辞を、あわてててここに重ねねばならぬとは、何という悲しみであろうか。

（一八六頁）

菊谷の戦死の部分を書く少し前に、菊谷特集号の編集担当をした穂積の死亡記事に接するというのは、並ではない偶然であるように思われる。

菊谷の没後も菊谷の評価は二分したことは、この追悼号に寄せられた文章の中でも読み取れるところである。

水守三郎は、菊谷について「伍長の死」と題する文章を次のように書き始める。

　さきに新劇の名優友田伍長の死が賑々しく報道された。そしてまた今度はレヴユウの名作者菊谷伍長の死である。僕はそのどちらをも生前全然ミリタントでない面でよく知つてゐた。（中略）友田氏にしても舞台上の寧ろフイーブルな役柄を通して印象づけられてゐたが、菊谷君の場合もレヴユウの作品のうちでも一番繊細な抒情的な、どちらかといへば少女歌劇を思はせるやうな仄かなオペレットの作者としての印象が深い。ふだんの人となりもやはりその風貌が極楽コンビの某外国俳優〔コステロ〕に似てゐることも有名であつたがさうしたユーモラスな風丯《ふうぼう》からも壮烈な戦死などは到底聯想出来ない。それはあくまでも菊谷栄蔵伍長の死であつてオペレット作者菊谷栄の死とは考へられないのである。友田伍長の場合はそれでも戦死直前の鬚茫々の日焼けした写真があつた。菊谷伍長の場合にはそれがない。益々死の実感から遠くさせられる所以である。（『新喜劇』九七頁）

水守が反軍国主義の心情の持ち主であったことは、この文章からも窺われる。しかし、菊谷が抒情的な優しさをたたえていたからといって、フランク・キャプラの映画『ザ・ストロング・マン』におけるハリー・ランドンのように、戦場を逃げ回っていなければならないということにはならない。菊谷にはむしろ運命をそのまま受け容れるという、決して彼のためにはならなかった自覚のようなものがあったとしか思われないし、彼の果敢な死も、そうとしてしか説明つかない。

水谷は菊谷の仕事の全般的な見通しについて次のように説く。

まづ仕事の上での彼、さきにも言つた抒情的なオペレットは彼の表芸であつて、その繊細な作風はエノケンのバルガリティ〔卑俗性〕をよく補ひ助けるに力があつた、時には線を太く「弥次喜多」「民謡六大学」等のヒットを残したことは誰も知つてゐる。彼のさうした高踏的な行き方はエノケン一座に風格を持たせ、〔エノケンを〕大物たらしめるのに効果があつた。（九七頁）

しかし、水守が菊谷を評価するのはここまでで、この後の評価は厳しくなる。

だが終始一貫その宝塚少女歌劇就中白井鐵造心酔から来ると言はれる抒情趣味は遂に趣味に堕し、マンネリズムに陥り、最近のエノケンの興行性を希薄にした過誤もないとは言はれない。（死屍に鞭打つ様な気もするが、通り一篇の讃辞のみが追悼記ではあるまい。正しく顧る所に追悼の意義があると思ふ。）（九七–九八頁）

菊谷の白井鐵造心酔は、本人も認めるところであり、外国に素材を取った菊谷の多くのオペレットに白井の影がちらついていて、それが逆にエノケンを平板にする要因として作用していたと言えないことはないかもしれない。

とはいえ、座付作者として、エノケンの伴侶、助言者として菊谷の果たした役割の大きさは誰しもが否定出来ないし、水守もその点については次のような形で認めている。

> 表面にあらはれた仕事はさうであるが、内部的にエノケンのよき相談役となり、座員就中大部屋、ダンシングチームの統整指導によつてＰＢに残した大きな功績は内部にゐた者でなくてはわかるまい。（九八頁）

水守の結論は、菊谷は転換点にさしかかり、次の飛躍が求められていたその時に、生命を奪われてしまったというところにあるらしいことは、次のような表現からも窺われる。

> （前略）作品は輓近転換を要求されてゐたが、その内剛性と実行力で新生面を切りひらいて貰ふことは、エノケンの為にもレビユウ界の為にも望ましいことであつたが。……惜しい限りである。（九八頁）

この水守三郎の冷静な菊谷評に対比されるのは、当時浅草のレヴューに入れあげていた友田純一郎の「菊谷栄君と僕」という文章である。

友田純一郎のエノケン一座に対する思い入れは、高踏的でペダンティックで、作る者の苦しみを知らず、ない物ねだり的で、いささかサディスティックな、どちらかというと山の手、丸の内好きで浅草嫌ひの蘆原英了の批評と対をなすものであったことは、これまで触れて来た二人の劇評の鑑賞の違いからも知られることであろう。

友田純一郎の回想するところによると、友田は、どちらかというと本来、映画の側に身を寄せていたので、浅草のレヴューは「偏気な見世物」としていた。浅草のレヴューに通うにしても動機は不純で、舞台レヴュー娘の色香がお目当てであった。

ところがエノケン一座が浅草常盤座で『エノケン・フタムラの弥次喜多』を上演してから、浅草レヴューに対する接し方がまるで変わってしまった。友田は、この舞台を「恰もたのしきトーキー・ミユウジカルを見る如く楽しかつた」(一〇五頁)と回想している。こうして、エノケン一座の作者菊谷栄が友田の視野の中に入って来た。

昭和八年頃、在パリ十二年の石見為雄が帰国し、『キネマ旬報』の「ヴリエテ欄」に批評を書き出した頃、菊谷は「世界与太者全集」を大町竜夫と共に書いていた。この舞台で菊谷は「巴里でその道の佳汁をなめつくして来た石見老の嘆称を博した」(一〇六頁)と友田が強調していたことは既に触れた通りである。菊谷の「世界与太者全集」の巴里篇については、飯田心美が劇評を書いていて、かなり厳しく採点している。いずれにせよ、昭和九年頃の友田らの菊谷に対する想い入れは相(以下、原稿なし)

付録 西田幾多郎とメイエルホリドの間のエノケン

＊この文章の初出は『彷書月刊』第五巻第八号（昭和六十三年七月）。その後、山口昌男著『気配の時代』（筑摩書房、平成二年四月）に収録された。転載にあたり、本書に合せて若干体裁を変更したほか、明らかな間違いと思われるものは訂正し、編者による書誌情報等は、〔 〕内に割り註の形で掲載した。

菊谷栄とエノケンに焦点を合わせて一冊本を書くと宣言してからもう四年以上経過した。昨年夏の段階で六五〇枚を越えているのだが、それ以後一枚も加わっていない。毎月、本稿のような飛び込み原稿が多いのと、『季刊へるめす』で準連載「挫折の昭和史」を書きはじめたので、エノケンのために一週間を割くということが出来ない。毎朝少しずつ書き溜めればいいではないかという声も挙がるようだが、朝の七~八時はテニスの壁打ちに使うので、エノケンに戻るわけにはいかない。今朝は涙をのんでこの時間帯のテニス練習を犠牲にして本稿のために、エノケン執筆用の机に一年ぶりで坐っているのである。

そもそもエノケンを書こうという気になったのはどのような動機に基づくものであったのだろうか。七、八年前、NHKラジオの日曜喫茶室で財津一郎氏と向いあいで出演したことがある。その時、財津氏はエノケンとロッパを対比的に論じていた。財津氏は「エノケンに菊谷栄という台本作者がついていましてね。あの人が戦争で亡くなったのがエノケンに大打撃だったようです」というようなことを言った。そこで興味を持った私は、丁度当時、『週刊新潮』の「探しています」という欄〔「週刊新潮掲示板」のこと〕に菊谷栄のことを調べたいと思いますので記憶とか資料をお持ちの方は御助力願いますというようなことを書いた。日本というのは有難い国で、この申し出に対して何人かの方が早速葉書を送って下さった。その中には菊谷の実妹の伊藤すゑさんも居られた。伊藤さんは菊谷実家には、まだ遺品が保存されているので案内しましょうと申し出てくれた。伊藤さんは娘の頃兄菊谷栄が大好きで、菊谷が脚本を書いたレビューをみに東京に来たこともあるくらいだった。

早速、青森市油川の菊谷の実家へ赴いた。菊谷の甥にあたる人が家を継いでいたが、それ程無いがと言いつつ土蔵を開けて遺品を見せてくれた。そこには、菊谷達の愛聴したブランズウィック盤のジャズ・レコードが一枚、一枚丁寧に紙にくるんで引き出しケースに収められて保存されていた。菊谷は油彩画家を志して一時川端画学校に通っていたので、その時代の習作がこれまた丁寧に保存してあった。当時、菊谷がエノケン劇団のために描いた舞台図もあった。更に、菊谷自身による菊谷及びエノケン関係のスクラップ・ブックがあった。菊谷家では、どうぞ自由にお使い下さいと言うのでその厚意に甘えて、貴重な資料をお借りして今日に至っている。六十冊になるエノケン劇団のための菊谷の台本も貴重である。この経験は、日本の土蔵文化の豊かさをしみじみと感じさせた。つまり、半世紀前に戦死した一族の想い出を遺品物に託して大事に護り育てるという行為が土蔵文化においては可能だということである。都市のマンション文化にはこういう奥行きの深い過去を保存する力はない。土蔵においては過去の或る時間が固定したまま静止することができる。古本屋にもこういう魅惑の異空間を見出す人も少なくないだろう。

エノケン＝菊谷についてはこの他、榎本よしゑ・武智豊子・中村是好《ぜこう》・菊谷の同僚だった佐藤邦夫・和田五雄の他、津田純・瀬川昌久・井崎博之といった人達などがその想い出を語って下さった。そのうち榎本よしゑ・井崎博之氏の本が上梓された〔井崎博之『エノケンと呼ばれた男』講談社、昭和六十年八月、榎本よしゑ著『浮世あまから峠道――エノケンと泣いて笑って五十年』廣済堂出版、昭和六十一年一月〕。

とはいえエノケンについてはとりたてて多くの本が書かれているわけではない。特に古本屋で高値をよぶという性質の本は少ない。上記二冊の他『喜劇放談——エノケンの青春』（明玄書房、昭和三十一年九月）、エノケン自伝『喜劇こそわが命』（栄光出版社、昭和四十二年二月）、牛島秀彦『浅草の灯 エノケン』（毎日新聞社、昭和五十四年五月）といった具合に新しいものが多い。

しかし、何といっても愉しいのは思いがけない雑誌に出会うことである。特にエノケンについて『花王名人劇場』にはじめて書いた頃、編集部の木村万里女史が中村是好さんのところへ取材に行ってくれた。是好さんは大事に保存してあった、松竹エノケン劇場のパンフレット『SHOCHIKU REVUE NEWS』を貸して下さった。目録自体にも面白い事実が書き込まれているが表紙が卓抜であった。**SEWGE**というサインの入ったエノケンの顔を図案化したものが多かった。いわゆるアール・デコ風にエノケンの特徴のある顔をあしらったものが中心であった。この**SEWGE**という日本人か外国人かわからないサインは川村秀治のことである。昭和一桁の後半は浅草松竹座の専属の舞台美術家であったからエノケン劇団の公演のパンフレットの表紙の絵を描いていたのであろう。松竹の他の舞台も手がけていたらしく、昭和八年から十一年頃までの『キネマ旬報』のレヴュー舞合評に舞台美術の担当として名が挙っている。舞台美術の方はそれ程ではなかったと見えて、評者に叱られてばかりいた。しかしイラストではエノケンの特徴ある表情を自由自在に変形加工してエノケンらしさを一層浮き上らせ我々を魅了する。後に東宝のロッパ劇団に移ったらしくロッパの日記（滝大作監修『古川ロッパ昭和日記』全四巻、晶文社、昭和六十二年七月〜平成元年四月）の第二巻にその名が散見する。

レヴュー舞台に立っていたエノケンを対象とした仕事であるから、いきおい同時代人の証言と雑誌が頼りになる。例えば既述の『キネマ旬報』は、ふつう映画の雑誌でレヴュー舞台についての文章など載っていないと思われている。ところが、毎月蘆原英了をはじめとするレヴュー狂の批評家によって鋭い批評がエノケン・ロッパの笑の王国、ヤパンモカル、ムーラン・ルージュなどの舞台について評言が載せられていた。

松竹といえばエノケンのファン雑誌『月刊エノケン』が昭和九年から十年にわたって発行されていた。例えば昭和九年四月号には「ピエル・ブリヤント」の舞台の写真の次にPCLでの『青春酔虎伝』の撮影風景の写真が載っている。フロント・ページはエノケンの御挨拶があり続いて、大阪薬学校中退のインテリで『金色夜叉』でエノケンと絶妙のかけあいを演じ、「アラビヤの唄」を甘い声ではやらせたが、ホモッ気が災いして晩年やや不幸気味であった二村《ふたむら》定一の「ルシエンヌ・ボアイエの唄」というエッセイ、続いて森行雄の「シネマのエノケン」、江川宇礼雄が「榎本健一君」という題で関東大震災直後エノケンが浅草を逃れて江川と共に名古屋でショーを興行していた時の想い出を語っている。

あの頃は君も僕も金は無かつたがお互い大きな希望を持合つて実に幸福に暮してゐたつけ。君、僕と一緒に借りたあの新しい二階建の洋館を想ひ出してくれ。裏には大きな池が有つたけ《ママ》ね。君はあの池で鮒をつる事が巧かった。あの家には電気がなかつた。夜になるとランプの光りで君とよく語つたもんだ。

　建築許可がおりてゐないので電気会社が送電してくれない家を僕達に貸して家賃を取らうとした家主も押しが太いが、又其の家を借りて家賃も払はずに一年間も暮した僕達も相当押しの強いもんだつた。（一三頁）

愉快で貴重なエピソードである。

この他既に述べた川村秀治の「レヴユウ舞台の暗転に就て」という文章、坂口千代松「照明室から」が載っている。後者では「メエルホリード」の名前も見られるからエノケンとメイエルホリドまでの線がつながって来るのが面白い。

『月刊エノケン』を大事に保存してあったのも菊谷宅であり、伊藤すゑさんのはからいでお貸しいただいた。この『月刊エノケン』は昭和十年十一月号で廃刊になり、依って十二月から『ＰＢエノケン』として再出発した。この創刊号にはエノケンが「歌舞伎・新派・劇作家」という題で文章を寄せている。二村定一は「ＰＢ——満四年」という文章を寄せてエノケン劇団「ピエル・ブリヤント」の命名者について述べている。

　「輝く玉」といふやうな劇団名を付けて将来、立派な一座になつたら公演劇場の屋根にギラ〳〵と輝く珠玉を据付けやうぢやないかといふ榎本さんの意見に賛成して先ずフランス語にその名を求めました。

当時私達の後援者で、菊谷さんの友人に横内忠作〔引用元の原文に「忠悦」とあるが、「忠作」の誤植〕氏といふ隠れたる博学にして、高潔なる品性の方が居まして能く私達にいろ〳〵と良き指導の言葉を惜しまれなかつたのです。その横内氏に「輝く玉」のフランス語をお願ひした所、輝く珠玉――といふより、輝く小石の方がよくはあるまいかと仰有つてピエル（小石）・ブリヤント（輝く）といふ劇団名が出来たのです。（八頁）

この横内氏は青森出身で菊谷達と共に東京に出て来て、本郷界隈にたむろし、ニコニコというおでん屋でエノケンと会って、エノケン・ファン・クラブの一員であった人である。数年前までは健在で東北タンクという会社の社長であった。

その菊谷は「近時雑感」という文章の中でジャズに彼らがどのように接していたかを述べている。

僕達は新しく輸入される楽譜や、レコオド――どちらもジヤズ――殆んど全部目を通してゐる。勿論斯うしなければ新しく優秀な楽譜などは手に入らないからだ。（一一頁）

事実、菊谷達はレコード店ばかりでなく、横浜あたりに赴いて、アメリカ帰りの客船の乗組員から直接レコードを買い求めた。菊谷の実家の土蔵に遺品として保存されている百枚のレコードの大半はそのようにして求められたものである。半世紀前の輝かしい時間の化石のような想いにとらわれるのは私ばかりではあるまい。

『月刊エノケン』を語ると、そのエノケン達が対抗誌として意識していた月刊『歌劇』〔宝塚少女歌劇発行〕について語らねばならない。同時期つまり昭和六年から、菊谷の戦死する昭和十二年頃までの『歌劇』は極めて質の高い音楽雑誌であった。このナンバーの可成りのものは筑摩書房の間宮氏の尽力で蒐めることができた。

その他「ピエル・ブリヤント」「玉木座」「カジノフォーリー」のプログラム等は様々の人達の好意によって集まるか、入手できたりした。

『映画とレヴュー』という雑誌も合本を関井光男氏の所蔵のものをお貸しいただいた時はその好意に頭の下がる思いをした。

戦後のエノケンについては深く立ち入らないつもりであるが、彷書の散歩で入手した珍しい雑誌について触れておこう。

二年ほど前、奈良の春日大社の若宮のおん祭を観に行ったときのこと、近鉄の奈良駅の近くのアーケードの商店街を散歩していたら古本屋が一軒目にとまったので早速入って見たところ戦後のカストリ雑誌があったので目を通していた。エノケンの上手な漫画が目にとまったので見直したら、それは小野佐世男氏によるエノケンの楽屋訪問記である。雑誌名は『ピンアップ』第一号（昭和二十一年八月）である。このように探している対象に関連した記事が突如として目の前に現われるというのは、エノケンのような大衆文化の中に埋れていた人物について調べる愉しみの一つである。西田幾多郎がカジノフォーリーにエノケンを観に行ったことがあるということである。その西田についての文献は何処にあるかは既にわかっている〔『映画とレヴュー』第四巻第五号、昭和十三年五月、所収の「エノケン座談会」で、武田麟太郎が「西田幾多郎が来たといふ話も聞いたな」と語っていることを指す。〕ので探書の中での偶然的な事件というのは起らないが、この例が示すようにエノケンのような主題ではまだ何か起りそうな気がしないでもない。

編集後記

編集後記 その一

間宮幹彦

本書の原稿はすべて川村伸秀さんが編集の力量を発揮して形を整えたものである。川村さんにゆだねるまでにこの原稿がたどった長い時間の経緯を、元担当編集者として、手短かに記しておきたい。

本書の企画をかつての勤務先・筑摩書房で提出したのは、一九八三年五月だった。その時の表題は『菊谷栄——エノケンと浅草レヴューの世界』で、菊谷栄の存在をその数年前に知った山口さんの関心と執筆意欲は、『週刊新潮』掲示板での問い合わせに実妹の伊藤すゑさんからはがきが来たことで、一気に加速しふくれあがっていた。

四月に協力者である早稲田銅鑼魔館主宰の劇作家・森尻純夫さんも同道して、青森の伊藤すゑさんと当主の菊谷陽一氏をはじめとする菊谷家の方々を訪ねていたが、八月に再び訪ねて、菊谷さんの台本や切り抜き帖をお借りし、あらかじめ用意して行ったポータブルの変換録音機で、菊谷旧蔵のSPレコードをカセットテープに録音させていただいた。また油絵・水彩画や舞台装置の下絵は、それらを撮影して保管していた五拾壹番館ギャラリーの高木保氏から写真をお借りした。エノケンや菊谷栄と同時代的に面識のあった方々への取材も、原稿のなかで談話が引用されている方々だけではなく、森尻さんの協力で行われていった。

山口さんは相変わらず超多忙な状態であったが、原稿はかなりの速度で着実に書き進められていった。表題は、書き出して間もなく現在のものに改められ、山口さんはときどきの短いエッセイでもこの原稿にしばしば言及し、もうすぐにでも出来上がりそうな気配をふりまいていた。

それがいつ頃からのことだったか、いつのまにか八〇年代の終りに近づいてゆく頃合いだったか、足踏み状態がつづくようになっていて、ある日、「山口さん、あのう、エノケ……」と言い出そうとすると、「どうしてそんな白い眼で見るんだ！」と睨みつける山口さんの眼こそものすごい白眼なのだった。そんな次第で『エノケンと菊谷栄』の原稿を話題にすることは、腫れ物に触るような具合になっていった。

この原稿に山口さんが言及した最後のものは、一九八九年八月の「西田幾多郎とメイエルホリドの間のエノケン」だと思われるが、山口さんのもどかしい苛立たしいおもいがでていて「あとがき」ならぬ「なかがき」のおもむきがある（本書に「付録」として収録）。

それでも、九〇年代の初めに福島の廃校になった喰丸小学校を活動の場所にしたときは福島へ、九〇年代の半ば以降に札幌大学へ赴任したときは札幌へ、原稿は山口さんとともに移動し、それとなくうかがうと、そのつど「手直しを加えている」ということだった。

それからまたさらに時間は流れ、二〇〇〇年代に入り、今福龍太さんの編で『山口昌男著作集』（筑摩書房）を出し終え、二〇〇三年に札幌を引きあげて東京府中へ戻られたときに、あらためて『エノケンと菊谷栄』についてうかがうと、空を睨みながら少しも悪びれずに、「失くした」というのだった。

これで一巻の終わりかと思ったが、ふと、福島へ移動する前にすべての原稿のコピーをとってあったことを思い出しそれを告げると、山口さんは「やる」という。その後の「手直し」がどうだったのかがわからず不確かな思いもしたが、山口さんは、エノケンのビデオをすべてそろえて、それを見始めることから原稿を再開しようとした。あるときは「あと二百枚は書く」と豪語もした。しかし重なる病いのため手を付けるまでにいたらなかった。

これでほんとうに一巻の終わりのはずだった。ところが、二〇一二年の秋に、ひょんなことで札幌の古本屋さんに原稿が置かれているのが見つかり、山口家へ帰還を果たしたのだった。

山口さんが翌二〇一三年三月に亡くなられた後で、コピー原稿と帰還してきた原稿を山口ふさ子夫人から受け取り、詳細に照合してみると、原稿の配置・構成を細かく変え、あらたに百枚以上加筆され、組み込まれるべき場所が決定されていない原稿の幾束かも残されていて、福島、札幌と移動しながら手直しは加えられていたのだった。しかし、まだ完成に遠いことには変わりなかった。

あきらめるべきかも知れなかったが、どうしても捨てがたいものがここにあるように思われた。しかし困ったことに、この原稿とおなじように、三十年もの、四十年ものの進行しつつある原稿と企画を二つ抱えていて、わたくしはもうこれ以上首が回らない状態になりつつあった。そこで、『山口昌男ラビリンス』など晩年の山口さんの本の綿密な編集を手がけ、また山口さんの詳細な年譜作成をつづけていた川村伸秀さんに、この原稿の編集作業をお願いしたのだった。

この後記を書くために記憶と記録を洗い出していたところ、一九八三年に企画提出する前月の手帳に、伊藤すゑさんの名前・住所・電話番号が書き込まれていたが、次の週の欄に川村さんの名前・住所・電話番号が記されているのを見つけた。おそらく面識が出来て間もない川村さんが何かのときに助けになる人物だと見込んで、山口さんはわたくしに書き取らせたのだと思う。

刊行は晶文社社長の太田泰弘さんと編集担当の倉田晃宏さんのおかげである。

編集後記 その二

山口人類学のミッシングリンク

川村伸秀

本書の執筆動機は、NHKFMラジオの『日曜喫茶室』に出演した山口さんが、番組に同席した俳優の財津一郎氏から、〝日本の喜劇王〟と呼ばれたエノケン（榎本健一）に、菊谷栄という座付作者がいたと聞いて、にわかに興味を抱いたことに始まる。このことは本書に再録した「西田幾多郎とメイエルホリドの間のエノケン」に明らかである。この辺りの事情を少し時系列を追って確認してみたい。『日曜喫茶室』のこの回は、一九八〇（昭和五十五）年六月二十六日に収録され、七月二十七日に放送された。

それまで山口さんは、アフリカの神話や説話に登場するトリックスター（いたずらもの）に始まり、十六世紀半ばのイタリアに誕生した即興仮面喜劇コンメーディア・デッラルテに登場する道化役アルレッキーノ（＝アルルカン、ハーレクィン）がさまざまな形でヨーロッパを中心に伝播してきたことを明らかにし、その分析に力を注いできた。そんな山口さんが、財津氏の洩らしたエノケンの座付き作者に菊谷栄という人物がいたという言葉に大いに興味を持ったとしても不思議はない。エノケンが近代日本演劇史のなかでも傑出した道化役者であったことは、山口さんも充分に承知していた。そのエノケンを陰で支えていた菊谷栄の存在を梃にすることで、道化エノケンに別の側面から新たな光を当てることができるかもしれない、おそらく山口さんはそう考えたのではないだろうか。ここから山口さんのエノケン・菊谷についての情報蒐集が開始された。

『週刊新潮』の「週刊新潮掲示板」欄に山口さんの菊谷栄に関する情報依頼が掲載されたのは、第二十七巻第二十五号（一九八二年六月二十四日）のことである。その文章はこれまで山口さんの単行本のどこにも収録されたことがないので、全文をここに引用しておこう。

本業にも少なからず関係はあるのですが、演劇に大変関心があり、先月もニューヨークへ出かけて、「日本の演劇」をテーマにしたシンポジウムに出席してきたところです。日本の演劇では大衆演劇、特にエノケンに興味を持っていますが、エノケンに関連した探しもののお尋ねがあります。浅草におけるエノケンの台本作者で、昭和七年に中国戦線で戦死した菊谷栄のことを調べており、この人に関する情報と台本などの資料をお持ちの方、お知らせ頂けませんでしょうか。（一三五頁）

これに対する菊谷栄の妹・伊藤すゑさんの反応を受けて山口さんが、当時筑摩書房の編集者で山口さんの本を担当していた間宮幹彦さん、早稲田銅鑼魔館の劇作家・演出家の森尻純夫さんと共に菊谷栄の実家を訪れたのが、翌年四月十八日（推定）、そして間宮さんによって、筑摩書房に本書の企画が提案されたのが、五月十一日である。

企画は通ったものの、意に反して原稿は遅々として進まなかった。その最大の原因は、山口さんがあまりに多忙な日々を送っていたことにある。本書の原稿を執筆していた一九八〇年代、山口さんは時代の寵児として度々マスコミに取り上げられ、猛烈な忙しさのなかにあった。専門誌からミニコミ誌に至るまでのあらゆる媒体に文章を書き、かつインタヴューに応じた。東京外国語大学アジア・アフリカ言語文化研究所の教授だった山口さんには授業を受け持つ必要はなかったが、客員教授として海外の教壇に立ち、頻繁に国内外のシンポジウムに出席しては発表を行い、講演もこなした。国内外の識者との対談・座談会も多く、その傍らで民俗芸能の調査に赴き、演劇・映画・コンサートにもまめに足を運んだ。しかも合間を見つけては趣味のテニスに打ち講じるとなれば、これは書き下ろし一冊のためのまとまった時間が割けないのも道理である。

そうこうするうちに、一九八四年十二月から始まった雑誌『季刊へるめす』（のちに隔月刊となり「季刊」の文字が取れ『へるめす』）の同人となった山口さんは、そこに精力的に文章を発表し始める。「知の即興空間」と題する連載が始まったのは、第七号（一九八六年六月）からであった。第一回は「四月はいちばん無情な月」と題して、パレルモで行われた文化記号論の学会に出席した話にテニスやカルメンの話題などを織り交ぜながらまとめている。「知の即興空間」というタイトルからして、おそらくはそのときどきの関心を自由に綴っていこうとしたのであろう。この連載のなかで、「挫折の昭和史――エノケンから甘粕正彦まで」が登場したのは、第十四号（一九八八年三月）掲載の第六回であった。おそらく山口さん自身もこのときはまだ、それが山口人類学後期の大きなテーマへと繋がっていくとは思っていなかっただろう。

連載は、第七回の「土地の精霊とその眷族たち」では、吉田喜重監督の映画『嵐が丘』が扱われているが、第八回は再び「挫折の昭和史Ⅱ」として「戦争と〝知識人〟」が執筆される。そして一九八九年三月発行の第十八号になると、「知の即興空間」という連載タイトルは消えて、「挫折の昭和史」のタイトルの下、第三回として「スポーツの帝国（上）――小泉信三とテニス」が始まる。ここからは、腰を据えてこのテーマを追究していこうとした姿勢が明確に見て取れよう。連載終了後も、昭和から更に近代史を遡行し、明治の〝負け派〟の人たちへと山口さんの関心は移っていった。「明治モダニズム――文化装置としての百貨店の発生」に始まり、断続的に掲載された一連の論考はのちに『「敗者」の精神史』（岩波書店、一九九五年七月）として結実する。こうして『エノケンと菊谷栄』の仕事は、いつしか置き忘れられ、原稿は未完のままに遺された。

単行本にまとめられた『「挫折」の昭和史』（岩波書店、一九九五年三月）の「あとがき」で山口さんは、次のよう記している。

本書に収められた諸論考を書き始めたきっかけは極めて単純なものであった。もう、六、七年前ということになるが、ベルトルッチが監督し、坂本龍一が出演した映画「ラストエンペラー」の試写会を渋谷の東急パンテオンで見たあとのレセプションにおいて、ジョン・ローンや坂本龍一と言葉を交わしていたとき、ふと、満州に流れていった昭和モダニズムについて書いてみようかという気になったというのが、それである。大正から昭和初頭にかけての都市モダニズムが何処から来て何処へ行ったのかという点を観察し省察してみる必要がありやしないかというのが、その時、脳裏に浮んだことである。（四一九頁）

山口昌男の仕事は、『「挫折」の昭和史』から突然に日本の近代精神史へと強い関心を示し、扱う対象が大きく変わっていったことはよく知られている。先の「あとがき」には、その理由として『ラストエンペラー』をきっかけにして昭和モダニズムについて書いてみようと思ったとある。しかし、それだけでは何かあまりに唐突であるという感は否めない。ところが、『「挫折」の昭和史』とそれ以前の仕事の間に本書を置いてみると、すんなりと納得がいくのである。つまり、『エノケンと菊谷栄』を書いているなかでその時代背景として浮上してきた昭和モダニズムの問題が、『ラストエンペラー』を見たことで更に強く意識されたのだ、と。その意味では、未完のまま眠っていた本書は、山口人類学のミッシングリンクであると言うことができよう。

本来であれば、本書の編集は間宮さんが担当する筈であった。だが、間宮さんは現在刊行中の『吉本隆明全集』（晶文社）等で当分手が離せないため、代って私のほうで編集を引き受けることになった。未完とはいえ、全体が連続して書かれており、その原稿が途中で終わっているのであれば、さして問題ではない。そのまま細部に眼を配った上で、まとめればよいだけの話である。だが、間宮さんから渡された原稿は混乱し、錯綜していた。各章ごとにクリップで留めた束にはなっていたけれども、読んでみると文章が途中で終わったまま別の話が始まっていたり、同じような内容を書き改めた別原稿があったりと、山口さんが何度も時間を見つけてはこの原稿に取り組んでいた様子が見て取れた（筆記用具や書かれた字体が各所で異なっていることも、それをなまなましく物語っていた）。おそらく、時間が経つなかで、山口さん本人にも収拾がつかなくなっていたことが想像される。だからこそ、生前この原稿の話に水を向けると、いずれ書き足して本にするつもりでいるんだとは言うものの、最後まで出版を見送ったのではなかったか。

思い返せば、初めて山口さんとお会いしたのは、山口さんがこの原稿に夢中になっている頃であった。山口さんがエノケンのことを話題にしていたのを覚えている。だが、まさか三十数年後に自分がその本の編集に携わろうとは、当時は想像だにしていなかった。

正直、編集作業は困難を極めた。年代順に沿って文章を並べ替え、組み込まれる場所の決まっていない原稿の束を整理して新たに章を設け、小見出しを加え、引用文の出典を確認し、事実関係の誤りを修正し、という作業を繰り返し繰り返し行いながら文章の体裁を整えて、どうにかこのような形にまで辿り着いた。ご存命ならば、これに山口さんの手を加えて出版したいところだが、もはやそれも叶わない。細かいところで加筆した部分もあるが、その際には山口さんの論旨は変えないよう心掛けたつもりである。本人の亡くなったあとで、残された断片から構成したという点では、本書は山口昌男の『メキシコ万歳』（山口さんが好きだった映画監督セルゲイ・M・エイゼンシュテインの遺作）と言えるかもしれない。必ずしも山口さんの望んだ形ではなかったであろうが、ともあれ、いまは幻の論考をどうにか形にできたことに、安堵の胸を撫で下ろしている。

参考文献一覧

あ

青柳有美著「楽壇の籠姫 関屋敏子を論ず」『歌劇』第百二十一号（宝塚少女歌劇団、昭和五年四月）

秋野たま子著「わたしの打明け話 舞ひが一番好きでした」『歌劇』第百二十一号（宝塚少女歌劇団、昭和五年四月）

蘆原英了著「「エノケン一座」評」『キネマ旬報』第五百二十九号（キネマ旬報社、昭和十年一月二十一日）

蘆原英了著「ディガ・ディガ・デュウ」『キネマ旬報』第五百八十六号（キネマ旬報社、昭和十一年九月一日）

安宅関子ほか「座談会 初舞台を前にして」『歌劇』第百二十一号（宝塚少女歌劇団、昭和五年四月）

い

飯沢耕太郎著「モダニズムとしての「新興写真」」▼南博編『日本モダニズムの研究』

飯田心美著「「真夏の夜の夢」其の他」『キネマ旬報』第四百七十三号（キネマ旬報社、昭和八年六月十一日）

池田弘著「菊谷さん・さよなら」『新喜劇』第三巻第十二号（新喜劇社、昭和十二年十二月）

井崎博之著『エノケンと呼ばれた男』（講談社、昭和六十年八月）

石山賢吉著「八月の有楽座」『東宝』第二十一号（東宝出版社、昭和十年九月）

一瀬直行著『随筆浅草』（世界文庫、昭和四十一年一月）

岩村和雄著「舞踊について一言すれば」『歌劇』第百二十五号（宝塚少女歌劇団、昭和五年八月）

岩村英武著「露西亜舞踊印象記1（一九二六年のバレー・リュス）」『歌劇』第百四十三号（宝塚少女歌劇団、昭和七年二月）

う

牛島秀彦著『浅草の灯 エノケン』（毎日新聞社、昭和五十四年五月）
内田岐三雄著「アトラクション講座 第五十九回「第六章 サーカス（六）」第五百六十号（キネマ旬報社、昭和十年十二月一日）
内田三岐雄著「有楽座のエノケンの二の替り」『キネマ旬報』第五百六十八号（キネマ旬報社、昭和十一年三月一日）
内山惣十郎著『浅草オペラの生活』（雄山閣、昭和四十二年四月）
楳茂都陸平著「舞踊に於ける重力の考察―リズミック教育と肉体教練―」『歌劇』第百二十一号（宝塚少女歌劇団、昭和五年四月）
海野弘著『モダン都市東京――日本の一九二〇年代』（中央公論社、昭和五十八年十月）

え

榎本健一著『喜劇こそわが命』（栄光出版社、昭和四十二年二月）

お

大笹吉雄著『日本現代演劇史――大正・昭和初期篇』（白水社、昭和六十一年七月）
大町竜夫著「菊谷君の足跡」『新喜劇』（新喜劇社、第三巻第十二号、昭和十二年十二月）
長部日出雄著「玉の井純情派」『オール讀物』（文藝春秋、第二十八巻第十二号、昭和四十一年十二月）
小館保著「菊谷栄――『青森県の劇作家1』」『東奥日報』（東奥日報社、昭和五十五年一月三十日）

か

カジノ・フォーリー文芸部編『カジノフォーリー脚本集』（内外社、昭和六年九月）

上山草人著「宝塚の皆さん人に呼びかけて 私の初舞台の話など」『歌劇』第百二十一号（宝塚少女歌劇団、昭和五年四月）

川端康成著「浅草祭」『浅草紅団』（中公文庫、昭和五十六年十二月）

き

菊田一夫著『流れる水のごとく〈芝居つくり四十年〉』（オリオン出版社、昭和四十二年八月）

菊谷栄著「オペレッタ・カルメン」『月刊エノケン』第一巻第四号（淺草松竹座月刊エノケン社、昭和九年六月）

菊谷栄著「研究生養成に就いて」『月刊エノケン』第二巻第四号（淺草松竹座月刊エノケン社、昭和十年四月）

菊谷栄著「近時雑感」『ＰＢエノケン』第一号（淺草松竹座月刊エノケン社、昭和十年十二月）

如月敏著「レヴユウその他」『キネマ旬報』第五百六十二号（キネマ旬報社、昭和十一年一月一日）

こ

児玉数夫・吉田智恵男著『昭和映画世相史』（社会思想社、昭和五十七年十月）

小林一三著「過激思想に直面して」『歌劇』第百二十一号（宝塚少女歌劇団、昭和五年四月）

小林一三著『逸翁自叙伝』（産業経済新聞社、昭和二十八年一月）

さ

酒井俊著「月報」『大衆芸能資料集成 第九巻』（三一書房、昭和五十六年三月）

坂田稔著「生活文化にみるモダニズム」▼南博編『日本モダニズムの研究』
雑喉潤著『浅草六区はいつもモダンだった』（朝日新聞社、昭和五十九年十二月）
佐々木邦著「古川緑波を語る」『東宝』第二十五号（東宝出版社、昭和十一年一月）
サトウ・ハチロー著『浅草』（素人社、昭和六年三月）
小夜福子ほか「詩」『歌劇』第百二十一号（宝塚少女歌劇団、昭和五年四月）

し

志摩修著『ザ・宝塚――小林一三とその美女群、70年の秘密』（大陸書房、一九八四年一月）
清水俊二著「エノケン一座」『キネマ旬報』第五百二十八号（キネマ旬報社、昭和十年一月一日）
白井鐵造著「巴里《パリ》短信 巴里で石つころのやうに」『歌劇』第百二十一号（宝塚少女歌劇団、昭和五年四月）
白井鐵造著「「赤風車《ムーラン・ルウジュ》」の最初の夜」『歌劇』第百二十三号（宝塚少女歌劇団、昭和五年六月）
白井鐵造著「新奇をねらふフオリベエルゼエルのレヴユウ」『歌劇』第百二十五号（宝塚少女歌劇団、昭和五年八月）
白井鐵造著「パラスとコンセールマイヨールの夜」『歌劇』第百二十六号（宝塚少女歌劇団、昭和五年九月）
白井鐵造著「巴里で観た異国舞踊 デイヤギレフ・ロシア舞踊団の印象」『歌劇』第百二十七号（宝塚少女歌劇団、昭和五年十月）
白井鐵造著「巴里で観た異国舞踊 今秋来朝する サカロフ夫妻」『歌劇』第百二十八号（宝塚少女歌劇団、昭和五年十一月）

す

菅原克己著『遠い城――ある時代と人の思い出のために』（創樹社、昭和五十二年六月）

杉浦幸雄著『面影の女』（実業之日本社、昭和五十九年九月）

せ

瀬川昌久著『ジャズで踊って――舶来音楽芸能史』（サイマル出版会、昭和五十八年八月）

そ

添田啞蟬坊著『浅草底流記』『添田啞蟬坊・知道著作集Ⅱ』（刀水書房、昭和五十七年八月）
園池公功・三林亮太郎訳編、ルネ・フューロップ＝ミレー著『ソヴエト演劇史』（建設社、昭和七年七月）
園池公功著『ソヴエト演劇の印象』（建設社、昭和八年十一月）

た

高木史朗著『レヴューの王様――白井鐵造と宝塚』（河出書房新社、昭和五十八年七月）
高見順編『浅草』（英宝社、昭和三十年十二月）
竹内俊吉著「河郭鎮の戦闘六　菊谷栄君の戦死」『東奥日報』（東奥日報社、昭和十二年十二月十一日）
竹内平吉著「一つの主張　宝塚少女歌劇は独特の美学である」『歌劇』第百二十一号（宝塚少女歌劇団、昭和五年四月）
竹中郁著「花と手巾」『歌劇』第百二十一号（宝塚少女歌劇団、昭和五年四月）
田中純一郎著『大谷竹次郎』（時事通信社、昭和三十六年十二月）
谷崎潤一郎著「鮫人」『谷崎潤一郎全集　第七巻』（中央公論社、昭和五十六年十一月）
玉川信明著『ダダイスト辻潤』（論創社、昭和五十九年五月）

つ

壺井繁治著『激流の魚—壺井繁治自伝—』（光和堂、昭和四十一年十一月）

と

友田純一郎著「エノケン・二の替り」『キネマ旬報』第四百八十七号（キネマ旬報社、昭和八年十月十一日）
友田純一郎著「エノケン・菊谷讃賞」『キネマ旬報』第四百八十九号（キネマ旬報社、昭和八年十一月二十一日）
友田純一郎著「ヴリエテ暦」『キネマ旬報』第五百六十二号（キネマ旬報社、昭和十一年一月一日）
友田純一郎著「座附作者の「力」」『キネマ旬報』第六百二十一号（キネマ旬報社、昭和十二年九月一日）
友田純一郎著「菊谷栄君と僕」『新喜劇』（新喜劇社、第三巻第十二号、昭和十二年十二月）
トルレル（トラー）、エルンスト著、北村喜八訳『独逸男ヒンケマン——表現派戯曲悲劇三幕』（新詩壇社、大正十三年十一月）

な

永田龍雄著「〝Choreography〟の話」『歌劇』第百二十一号（宝塚少女歌劇団、昭和五年四月）
中山太郎著『売笑三千年史』（春陽堂、昭和二年十二月）
中山太郎著『日本婚姻史』（春陽堂、昭和三年十二月）
中山太郎著『日本巫女史』（大岡山書店、昭和五年三月）
中山太郎著『日本若者史』（春陽堂、昭和五年七月）
中山太郎著『日本盲人史』（昭和書房、昭和九年七月）
波島貞著「マゲモノレヴュウ　刺青奉行　遠山金四郎」『月刊エノケン』第一巻第四号（浅草松竹座月刊エノケン社、昭和

九年六月）

に

西村晋一著「素面のエノケン」『キネマ旬報』第五百八十四号（キネマ旬報社、昭和十一年八月十一日）
西村晋一著「憂い午後――エノケン一座九月上旬」『キネマ旬報』第五百八十七号（キネマ旬報社、昭和十一年九月十一日）

は

旗一兵著「戦時下の軽演劇」『映画とレヴュー』第三巻第四号（東京日日新聞社、昭和十二年十月）
旗一兵著『喜劇人回り舞台―笑うスタア五十年史―』（学風書院、昭和三十三年七月）
旗一兵著「菊田一夫と菊谷栄の時代」『演劇界』第三十二巻第十一号（日本演劇社、昭和四十九年十月）

ひ

引田一郎著「生徒に寄せて セリフ・スター出でよ」『歌劇』第百二十一号（宝塚少女歌劇団、昭和五年四月）
引田一郎著「岩村先生の死」『宝塚』第百四十五号（宝塚少女歌劇団、昭和八年一月）
久松一声著「久松一声の壮年時代 そもく～文士劇の始めから」『歌劇』第百二十一号（宝塚少女歌劇団、昭和五年四月）
久松一声著「久松一声の壮年時代 文士劇からお伽劇団の誕生まで」『歌劇』第百二十二号（宝塚少女歌劇団、昭和五年五月）
久松一声著「久松一声の壮年時代 神戸で演じた「錦の御旗」」『歌劇』第百二十三号（宝塚少女歌劇団、昭和五年六月）
久松一声著「久松一声の壮年時代 も一度大連へ押しかけてゆく」『歌劇』第百二十四号（宝塚少女歌劇団、昭和五年七

月）
久松一声著「久松一声の壮年時代 蕗つくりの百姓見習をやめて宝塚へ」『歌劇』第百二十五号（宝塚少女歌劇団、昭和五年八月）
久松一声著「久松一声の壮年時代 コンノート殿下の前で英国々歌をアーアーと合唱」『歌劇』第百二十六号（宝塚少女歌劇団、昭和五年九月）
久松一声著「三人のお子さん」『宝塚』第百四十五号（宝塚少女歌劇団、昭和八年一月）

ふ

双葉十三郎著「ピエル・ブリヤントとムーラン・ルーヂユ」『キネマ旬報』第五百六十七号（キネマ旬報社、昭和十一年二月二十一日）
双葉十三郎著「軽演劇管見」『キネマ旬報』第六百九号（キネマ旬報社、昭和十二年五月一日）
古川緑波著「自己宣伝以上」『東宝』第二十号（東宝出版社、昭和十年八月）
文芸部合評会「前月演物検討座談会」『月刊エノケン』第二巻第二号（淺草松竹座月刊エノケン社、昭和十年二月）

ほ

堀正旗著「伯林《ベルリン》劇壇の回顧―その三―」『歌劇』第百二十一号（宝塚少女歌劇団、昭和五年四月）
堀正旗著「モスクワ劇壇を最後として」『歌劇』第百二十五号（宝塚少女歌劇団、昭和五年八月）
堀正旗著「ベルリン娘」『歌劇』第百五十八号（宝塚少女歌劇団、昭和八年四月）

ま
前田愛著「劇場としての浅草」『都市空間のなかの文学』（筑摩書房、昭和五十七年十二月）
真木潤著「エノケンの三月公演」『キネマ旬報』第五百六十九号（キネマ旬報社、昭和十一年三月十一日）
正岡蓉著「宝塚随筆 とぎれ〳〵に見る夢（上）」『歌劇』第百二十一号（宝塚少女歌劇団、昭和五年四月）
正延哲士著『奈落と花道——奥役《プロデューサー》東五郎の半生』（三一書房、昭和六十二年八月）
松島栄一著「浅草の歴史——そのなりたちと発展」▼高見順編『浅草』
丸尾長顕著『回想小林一三——素顔の人間像』（山猫書房、昭和五十六年九月）

み
水守三郎著「伍長の死」『新喜劇』（新喜劇社、第三巻第十二号、昭和十二年十二月）
水守三郎「レヴューからバーレスクへ」▼高見順編『浅草』
南博編『日本モダニズムの研究』（ブレーン出版、昭和五十七年七月）

む
向井爽也著『日本の大衆演劇』（東峰出版、昭和三十七年十二月）
村山知義著「『乞食芝居』を観て——東京演劇集団の旗揚興行」『東京朝日新聞』（朝日新聞社、昭和七年三月二十九日）

よ
横倉辰次著『銅鑼は鳴る——築地小劇場の思い出』（未来社、昭和五十一年三月）

その他

「宝塚がすつかり好きになつた本居長世氏のお嬢さん達」『歌劇』第百二十一号（宝塚少女歌劇団、昭和五年四月）

「新消息」『歌劇』第百二十一号（宝塚少女歌劇団、昭和五年四月）

『SHOCHKU REVUE NEWS』第十四号（東京浅草公園松竹座、昭和七年四月）

「岩村和雄追悼年譜」『歌劇』第百四十五号（宝塚少女歌劇団、昭和八年一月）

「想ひ出の「サーカス」」『歌劇』第百四十六号（宝塚少女歌劇団、昭和八年二月）

「Ｐ・Ｂ・ニュース」『月刊エノケン』第一巻第四号（浅草松竹座月刊エノケン社、昭和九年六月）

「編集後記」『月刊エノケン』第一巻第四号（浅草松竹座月刊エノケン社、昭和九年六月）

「ＰＢ一九三六年々報」『ＰＢエノケン』第三巻第一号（浅草松竹座ＰＢエノケン社、昭和十二年一月）

「劇界の大損失 菊谷栄の戦死——堅い決心で出征戦死の菊谷栄君」『東奥日報』（東奥日報社、昭和十二年十一月十八日）

「短信一束」『キネマ旬報』第五百三十号（キネマ旬報社、昭和十二年十二月一日）

「菊谷栄作品目録」『新喜劇』第三巻第十一号（昭和十二年十二月）

『ツガル・ロマンティーク 陽炎の唄は遙かなれども』上演パンフレット（昭和四十三年九月二十二・二十三日、青森市民会館、篠崎淳之介作・演出）

欧文

Homer Dickens “The Films of Marlene Dietrichi”, New York, 1971

Jean Prasteau “La merveilleuse aventure du Casino de Paris”, Paris, 1975

榎本健一・菊谷栄略年譜

＊本年譜は、榎本健一に関しては、井崎博之『エノケンと呼ばれた男』、菊谷栄に関しては、『ツガル・ロマンティーク 陽炎の唄は遙かなれども』上演パンフレットその他を参照して作成した。名前の後（ ）内の数字は満年齢を示す。

年代	榎本健一・菊谷栄	同時代の出来事
明治三十五（一九〇二）年	菊谷栄（以下、菊）十一月二十六日、東津軽郡油川村に生まれる。本名栄蔵。	一月、日英同盟。
明治三十七（一九〇四）年	榎本健一（以下、榎）十月十一日、東京市青山に生まれる。	二月、日露戦争（〜明治三十八年九月）。
明治四十（一九〇七）年	菊（3）母方の伯父田中宇一郎に預けられる。	
明治四十二（一九〇九）年	菊（7）四月、油川尋常小学校入学。	
明治四十三（一九一〇）年		五月、大逆事件。八月、日韓併合。
明治四十四（一九一一）年	榎（7）四月、麻布笄小学校入学。	
明治四十五（一九一二）年		七月、明治天皇崩御。大正天皇践祚。
大正二（一九一三）年		九月、帝劇でローシー演出『マスコット』を上演。
大正三（一九一四）年		七月、第一次世界大戦（〜大正七年十一月）。十月、帝劇でローシー演出『天国と地獄』を上演。

大正四（一九一五）年	菊（13） 四月、青森県立青森中学校入学。	五月、ローシー演出『戦争と平和』上演。
大正六（一九一七）年		五月、パリ、シャトレ座でバレエ・リュス『パラード』（エリック・サティ作曲）を上演。十月、ロシア革命。
大正八（一九一九）年	榎（15） 三月、問題児として通算五回の転校を重ねて麻布尋常高等小学校を卒業。卒業式の余興『忠臣蔵』で定九郎役を演じ、大喝采を博す。写真屋に就職。	五月、伊庭孝、新星歌舞劇団を旗揚げ。
大正九（一九二〇）年	菊（18） 青森中学校卒業。東京美術学校の受験に失敗、青森営林局管理課に製図工として就職。 榎（16） 写真屋を逃げ出して京都へ行き、尾上松之助に弟子入りしようとするが失敗。東京へ戻り、家業のせんべい屋を手伝う。	一月、谷崎潤一郎「鮫人」、『中央公論』に掲載開始（～七月、未完）。十月、ロシア未来派の画家ブルリュックとパリモフが来日し、日本初のロシア画展開催。
大正十（一九二一）年	菊（19） 上京し、川端画塾に通いながら日本大学法文学部文学科（芸術学）に入学。本郷森川町の総州館に下宿。	
大正十一（一九二二）年	榎（18） 根岸歌劇団幹部柳田貞一に弟子入りし、同歌劇団でコーラス・ボーイを務める。	
大正十二（一九二三）年	榎（19） 一月、『猿蟹合戦』の演技で頭角を現す。 菊（21） 『昼過ぎのアトリエ』『弾正の謀叛』等を執筆。	七月、マヴォ結成。九月、関東大震災。
大正十三（一九二四）年	菊（22） 『別れ行く人々』『恋と友情』等を執筆。	六月、築地小劇場開場。
大正十四（一九二五）年	榎（21） 東亜キネマ研究生となり、主演俳優として映画	五月、普通選挙法公布。

	を二本撮った他、第一映画にも出演する。 菊(23) 日本大学卒業。卒論は「歌舞伎劇と動物」。	八月、向島に初の同潤会アパート建設。
大正十五(一九二六)年	菊(24) 十月、『パアラア・コーリン』執筆。十二月、青森歩兵第五聯隊に入隊。	九月、衣笠貞之助監督『狂った一頁』。十二月、大正天皇崩御。昭和天皇践祚。
昭和二(一九二七)年	菊(25) 兵役に服務。日記に軍隊生活が苦しいと書き問題となる。	二月、昭和金融恐慌。九月、宝塚少女歌劇団、岸田辰弥作・演出『モン・パリ』を上演。
昭和三(一九二八)年	菊(26) 二月、『夜の町』執筆。 榎(24)・菊 おでん屋「ニコニコ」で二人が知り合う。	二月、第一回普通選挙実施。
昭和四(一九二九)年	榎(25) 七月、浅草公園水族館でのカジノフォーリー旗揚げに参加。『水族館』『大進軍』に出演。不入りのため、二カ月足らずで解散。十月、再スタートした第二次カジノフォーリーに参加。カミ原作、水守三郎作『世界珍探検』佐藤久志作『テレヴィジョン』、中村是好作『ドンキー一座』、川端康成原作『浅草紅団』(昭和五年七月)等に出演。 菊(27) 第二次カジノフォーリー第二回公演を観てエノケンに魅了され、「カジノを見る会」にも参加する。	三月、築地小劇場解散。十月、ニューヨークで株の大暴落、世界恐慌始まる。十二月十二日、川端康成「浅草紅団」、『東京朝日新聞』夕刊に連載開始(〜昭和五年二月十六日)。
昭和五(一九三〇)年	榎(26) 八月、カジノフォーリーを脱退、観音劇場で新	八月、宝塚少女歌劇団、白井鐵造作・

	カジノフォーリーを旗揚げする。十月、新カジノフォーリー解散。十一月、玉木座のプペ・ダンサントに参加。半月程名古屋を巡業して、再びプペ・ダンサントに戻る。十二月、菊田一夫作『阿呆疑士迷々伝』に出演。 **菊** (28) 舞台装置係として新カジノフォーリーに参加。新カジノフォーリー解散後は、プペ・ダンサント、ピエル・ブリヤントとエノケンと共に移る。	演出『パリゼット』を上演。
昭和六（一九三一）年	**菊** (29) 四月、菊田一夫の脱退後、文芸部に所属。五月、佐藤文雄の筆名で『ミニチュア・コメディ』を執筆、玉木座にて上演。以後、台本を執筆するようになる。 **榎** (27) 十二月、ピエル・ブリヤント（ＰＢ）を旗揚げ。	一月、田河水泡「のらくろ二等兵」、『少年倶楽部』に連載開始。九月、中国柳条湖事件。十二月、新宿ムーラン・ルージュ開業。
昭和七（一九三二）年	**榎** (28) 三月、新宿歌舞伎座で東京演劇集団による『乞食芝居』にＰＢから二村定一と共に参加。この時の牧師役の演技が大谷竹次郎の眼に留まり、松竹と契約。 **榎・菊** (30) ＰＢ、四月、オペラ館で波島貞作『ゆく春の悲哀』、清野鍈一郎原案、佐藤文雄（＝菊谷）脚色並演出『私のラバさん』、『サルタンバンク』を佐藤文雄（＝菊谷）が脚色し『サルタンバンクの娘』として上演。五月、和田五雄作『こんな恋なら朗らかに』、七月、初めて「菊谷栄作」として浅草松竹座で『リオ・	一月、上海事変。宝塚少女歌劇団、白井鐵造作・演出『サルタンバンク』を上演。三月、大日本帝国、満洲国建国。五月、五・一五事件。

	リタ』を上演、八月、浅草常盤座で菊谷作『弥次喜多東海道篇』、十一月、同座で佐藤文雄（＝菊谷）作『近藤勇』、菊谷作『リリオム』を上演。	
昭和八（一九三三）年	**榎**（29）・**菊**（31） ＰＢ、二月、浅草松竹座で『研辰の討たれ』等を上演。 **菊** 四月、松竹少女歌へ移る。 **榎** ＰＢ、五月、新宿松竹座で瀬川与志作『マダム・ノンシャラン』、波島貞作『近代明朗篇』を上演。 **菊** 六月、歌舞伎座で上演の『女学生日記』台本を執筆。七月、ＰＢに復帰。 **榎・菊** ＰＢ、十月、浅草松竹座で菊谷作『戸並長八郎』、十一月、菊谷作『弥次喜多 東海道篇』（再演）を上演。	一月、ヒトラー、ドイツ国首相に就任。四月、古川ロッパらが「笑の王国」を結成。五月、宝塚少女歌劇団、堀正旗訳・演出『ベルリン娘』上演、十二月、Ｐ・Ｃ・Ｌ映画製作所設立。
昭和九（一九三四）年	**榎**（30）・**菊**（32） ＰＢ、六月、浅草松竹座で淡島貞作『遠山金四郎』、菊谷作『オペレッタ・カルメン』、七月、同座で菊谷作『夏のデカメロン』『民謡六大学』、十二月、同座で大町竜夫『南風の与太者』、菊谷作『日本の与太者』を上演。	一月、東京宝塚劇場開場。三月、愛新覚羅溥儀、満州国皇帝に即位。
昭和十（一九三五）年	**榎**（31）・**菊**（33） ＰＢ、一月、浅草松竹座で中村愚堂作『花嫁洗濯』、大町竜夫作『君キミ僕ボク』、菊谷『ヤンキー若様』を上演。	六月、有楽座開場。

昭和十一（一九三六）年	**榎**（32）一月、山本嘉次郎監督『エノケンのどんぐり頓兵衛』公開。 **榎・菊**（34）PB、二月、丸の内有楽座で大町竜夫『南風の与太者』、和田五雄『エノケンの法界坊』、菊谷作『男性NO・2』『薔薇色紳士道』、三月、浅草松竹座で菊谷作『流行歌六大学』、大町竜夫作『浪人と猫』、七月、同座で菊谷作『弥次喜多 奥州道中篇』『ミュージック・ゴーズ・ラウンド』、八月、新宿第一劇場で村瀬康一作『ファース・海に別れる日』、大町竜夫作『駱駝の馬さん』、菊谷作『ディガディガ・デュウ』、九月、浅草松竹座で菊谷作『若き燕』、十二月、新宿第一劇場で『十二色のジャズ』を上演。	二月、二・二六事件。五月、阿部定事件。七月、スペイン内戦勃発。八月、ベルリンオリンピック開催。
昭和十二（一九三七）年	**榎**（33）・**菊**（35）PB、四月、浅草松竹座で菊谷作『山猫の春』等を上演。 **菊** 七月、黄だんで倒れる。九月、召集。 **榎・菊** PB、九月十日、新宿第一劇場で菊谷作『ノウ・ハット』上演中、エノケンらが上演を中止して戦地に向かう品川駅頭に菊谷を見送りに駆けつける。 **菊** 十一月九日、北支京漢線順徳より南和へ向かう途中、河郭鎮で頭部貫通銃創のため死去。	七月 盧溝橋事件〜日中戦争。九月、支那事変。十二月、南京事件。

人名索引

か

き

し

す

せ

て

と

な

に

ぬ

の

は

ひ

ふ

り

ろ

わ

菊谷栄所蔵ジャズレコード一覧

＊菊谷栄の実家にあったSPのジャズレコード・コレクション。
（　）内に日本語表記のあるものは日本盤のレコード。

歌手・演奏者	曲　名	レーベル
Louis Armstrong And His Orchestra	You Are My Lucky Star（"Broadway Melody Of 1936" より） La Cucaracha	Decca
Fred Astaire	Cheek To Cheek（頰と頰） No Strings（かゝりあいのない）	Lucky
Fred Astaire With Johnny Green And His Orchestra	Never Gonna Dance（踊りは真平――映画『有頂天時代』より） Bojangles Of Harlem（ハーレムのボージヤングルス――映画『有頂天時代』より）	Lucky
Josephine Baker	Suppose! Pretty Little Baby	Columbia
Connie Boswell	Blue Moon（ブルー・ムーン） Clouds（雲）	Lucky
Connie Boswell	Carioca（キャリオカ） Under A Blanket Of Blue（晴れた夜空に）	Lucky
Connie Boswell	On The Beach At Bali Bali I Met My Waterlow	Decca
Connie Boswell	Seein' is Believin' Chasing Shadows	Lucky
The Boswell Sisters	Dinah Alexander's Ragtime	Brunswick
The Boswell Sisters	Forty Second Street（四拾貳番街） Shuffle Off To Buffalo（行きませうバツフアローへ）	Lucky
Boswell Sisters	Gee, But I'd Like To Make You Happy（あなたを幸福に） Don't Tell Him What's Happened To Me（私の事は黙つてゝ）	Columbia
The Boswell Sisters	Hand Me Down My Walkin' cane（私に杖を頂戴） That's How Rhythm Was Born（リズムの生れたわけ）	Lucky
The Boswell Sisters	Louisiana Hayride（ルイジアナの競馬） Mood Indigo（ムード・インデイゴ）	Lucky
Boswell Sisters	Rock And Roll（ロツク・アンド・ロール） If I Had A Million Dollars	Lucky

Lucienne Boyer	Hands Across The Table Is It The Singer Or Is It The Song?	Columbia
Lucienne Boyer	Parle moi d'autre chose（私に愛を囁き給ふな） （Tango） J'ai laissé mon cœur（想ひを残して）（Fox Trot）	Columbia
Bobby Breen	Let's Sing Again It's A Sin To Tell A Lie	Decca
Cab Calloway & His Orchestra	ST. Luis Blues Gotta Darn Good Reason Now （野暮ぢやないぞ）	Lucky
Maurice Chevalier	My Love Parade（"The Love Parade" より） Nobody's Using It Now （"The Love Parade" より）	Victor
Billy Costello Frances Langford	Dinah When Did You Leave Heaven?	Polydor
Billy Cotton And His Orchestra	Rhapsody In Blue Ⅰ Rhapsody In Blue Ⅱ	Columbia
Jesse Crawford	My Blue Heaven The Song Is Ended	Victor
Bing Crosby	Down By The River（河にそつて） （"Mississippi" より） Soon（真ぐにネ）	Polydor
Bing Crosby	The Touch Of Your Lips Twilight On The Trail	Decca
Deanna Durbin Bobby Breen	Il Bacio The Rosary	Polydor
Marlene Dietrich Louis Armstrong	Ja, So Bin Ich When Ruben Swings The Cuban	Polydor
Odis Elder	Rain（雨） I'm Lonesome For You Caroline （カロリン貴女が恋しい）	Lucky
Ruth Etting	Don't Tell Her What's Happened To Me The Kiss Waltz（"Dancing Sweeties" より）	Columbia
Ruth Etting	Just A Little Closer I'll Be Blue, Just Thinking Of You	Columbia
Ruth Etting	Were You Sincere?（真面目だつたの？） Falling In Love Again （私の恋は気儘なの——映画『嘆きの天使』より）	Columbia
Ted Fio Rito And His Orchestra	You Can Be Kissed（"Broadway Gondolier" より） Lulu's Back In Town	Brunswick
Jan Garber And His Orchestra	A Beautiful Lady In Blue Moon Over Miami	Decca

Benny Goodman Trio Benny Goodman And His Orchestra	Who?（どなた？——映画『サンニー』より） Goody-Goody（グッデイ・グッデイ）	Victor
Johnny Green And His Orchestra	About A Quarter To Nine She's A Latin From Manhattan	Columbia
Al Jolson	Little Pal（"Say It With Sings" より） I'm In Seventh Heaven（"Say It With Sings" より）	Brunswick
Hal Kemp And His Orchestra	Six Women（"George White's Scandals" より） Hold My Hand	Brunswick
The King's Jesters	Some of These days I can't give you anything but love, Baby	Bluebird
Frances Langford	You Hit The Spot（気に入つた） Will I ever know（恋を知り始めて）	Polydor
Guy Lombardo And His Royal Canadians Carlos Molina And His orchestra	Jungle Drums（叢林の太鼓） La Comparsa De Los Congos（コンゴーの原野）	Lucky
Guy Lombardo And His Royal Canadians	My Old Flame（過ぎし我が恋） The Lights Are Low - The Music Is Sweet（おゝ！この歓び、恋の甘さよ）	Lucky
Guy Lombardo And His Royal Canadians	Song Of India（Rimsky-Korsakov） Alice Blue Gown（Harry Tierney- Joseph McCarthy）	Decca
Guy Lombardo And His Royal Canadians	Whistling In The Dark（闇に口笛） Building A Home For You（一緒になる為）	Columbia
Abe Lyman & His California Orchestra	Farewell Blues 12th Street Ray	Brunswick
Raquel Meller	Gitana, Gitana La Pena	Columbia
Raquel Meller	Siempre Flor（From The Talkie "Violettes impériales"） Bonsoir	Columbia
The Mills Brothers	Since We Fell Out Of Love（愛がさめれば） What's The Reason（その訳は）	Polydor
The Mills Brothers	Sweet Sue-Just You（スヰート・スウ） It Don't Mean A Thing（意味ないさ）	Lucky
Ruby Newman And His Orchestra	About A Quarter To Nine（九時頃にね） Little Picture Playhouse In My Heart	Victor
Red Nichols And His Orchestra	Get Cannibal Junk Man's Blues（ジヤンク・マンのブルース）	Lucky

Ray Noble And His Orchestra	Easy To Love（恋するは易し――映画『ボーン・ツウ・ダンス』） I've Got You Under My Skin（貴方はしつかり私のもの――映画『ボーン・ツウ・ダンス』）	Victor
Ray Noble And His Orchestra	Top Hat（シルクハット――映画『シルクハット』より） Piccolino（ピッコリーノ）	Victor
Jack Payne And His Orchestra	Tiger Rag（タイガア・ラツグ） Lazy Rhythm（レエヂイ・リズム）	Crystal
The Pickens Sisters	May I?（……でも、いゝでせう？）（"We're Not Dressing" より） The Beat Of My Heart（高鳴る胸）	Victor
Dick Powell	My Kingdom For A Kiss（"Hearts Divided" より） Two Hearts Divided（"Hearts Divided" より）	Decca
Mae Questel Jessie Matthews	At The Codfish Ball Everything's In Rhythm With My Heart	Polydor
Leo Reisman And His Orchestra	Night And Day（夜と昼――映画「コンチネンタル」より） I've Got You On My Mind（あなたは私の胸に――映画「コンチネンタル」より）	Victor
Red Sam	Dinah（ダイナ） Nobody's SweeTheart（誰の恋人でもない）	Crystal
Kate Smith Ruth Etting	When The Moon Comes Over The Mountain（山の端に月かかる頃） Good-Night Sweetheart（恋人よ、お寝み）	Columbia
Lew Stone And His Band	My Shadow's Where My Sweet Heart Used To Be（影を慕いて） Lights Out（燈を消して）（Fox Trot）	Polydor
Fats Waller And His Rhythm	You're Not The Only Oyster In The Stew（お汁の中の牡蠣ぢやないやね） Sweet Pie（お美味しいパイ）	Victor
Ted Weems And His Orchestra	Cottage By The Moon（月に輝く家） Hey, Babe, Hey（ヘイ、ベビー、ヘイ）	Polydor

著者について

山口昌男（やまぐち・まさお）

一九三一年北海道生まれ。文化人類学者。アジア・アフリカ言語文化研究所教授、同研究所所長、札幌大学学長等を歴任。西アフリカ、インドネシア、カリブ海諸国等でフィールドワークを行う。道化・トリックスターの分析、中心と周縁理論、近代日本の負け派に着目した敗者学等を通じて、国内外の思想界に衝撃を与え、その広い学識は文学・芸術等の分野にも影響を及ぼした。二〇一三年三月逝去。著書に『本の神話学』『道化の民俗学』『文化と両義性』『文化の詩学』『「挫折」の昭和史』『「敗者」の精神史』『内田魯庵山脈』（以上、岩波現代文庫）ほか多数。

エノケンと菊谷栄《きくやさかえ》 昭和精神史《しょうわせいしんし》の匿《かく》れた水脈《すいみゃく》

二〇一五年一月二〇日初版

著者　山口昌男

発行者　株式会社晶文社

東京都千代田区神田神保町一―一一

電話（〇三）三五一八―四九四〇（代表）・四九四二（編集）

URL http://www.shobunsha.co.jp

印刷・製本　中央精版印刷株式会社

ISBN978-4-7949-6865-4　Printed in Japan